KB097232

삼개주막

기담회3

삼개주막
기담회3
오윤희 기담소설

고즈넉
이엔티

삼개주막
기담회3

초판 2쇄 발행 2023년 8월 31일

지은이 오윤희
펴낸이 배선아
편 집 박미애
디자인 엄인경
펴낸곳 (주)고즈넉이엔티

출판등록 2017년 3월 13일 제2021-000008호
주소 서울특별시 중구 청계천로 40, 1203호
대표전화 02-6269-8166 **팩스** 02-6166-9199
이메일 gozknockent@gozknock.com
홈페이지 www.gozknock.com
블로그 blog.naver.com/gozknock
페이스북 www.facebook.com/gozknock
인스타그램 www.instagram.com/gozknock

ISBN 979-11-6316-274-2 03810

표지/내지이미지 Designed by Freepik, Getty Images Bank

그들이 떠나온 조선은 끝이 보이지 않는 검푸른 강물 너머에 있고,
그들이 가야 할 청나라는 눈앞에 보이는 거친 갈대숲 길과 이어져 있다.
드넓은 땅 아래 그들을 기다리고 있는 새로운 기담들.
그곳을 향해 첫 발걸음을 내디딘다.

차
례

모험의 시작

잔뜩 흐린 하늘은 금방이라도 장맛비가 쏟아질 것처럼 꾸물거렸다. 잿빛 하늘과 맞닿은 검푸른 강물도 잔잔한 수면을 일그러뜨리며 높게 출렁거렸다. 성이 난 것 같기도, 곧 하늘에서 떨어질 폭우를 기다리느라 긴장한 것 같기도 했다. 저만치 하늘과 강물이 하나가 된 수평선이 끝도 가늠할 수 없을 만큼 멀리까지 이어졌다.

저 끝까지 가면 청나라가 나올까.

선노미는 하늘과 강물의 경계를 굽어보면서 생각했다.

한양 마포나루 어귀에 자리 잡은 삼개주막에서 주모인 어머니를 도와 잡일을 거들던 열다섯 살 소년 선노미가 한양서 천 리나 떨어진 이곳 압록강까지 오게 된 데는 특별한 사연이 있었다.

한번 보고 들은 건 모조리 기억하는 재능을 타고난 선노미는 주막에서 들은 기이하고 특별한 이야기를 동네 친구 만득이에게 들려주곤 했다. 주막이란 데가 각지에서 별의별 사람들이 다 들르는 곳이라도통 듣기 힘든 괴이한 이야기들도 삼개주막으로 흘러들었다.

어느 날 주막 단골손님인 괴짜 선비가 우연히 선노미의 이야기를 듣고 그를 달포에 한 번꼴로 열리는 모임에 초대했다. 원래는 관직에 나가지 않은 한가한 선비들끼리 모여 회포를 풀고 세상 돌아가는 이야기를 나누는 모임이었는데, 선노미가 끼면서 모임은 '기담회'로 성격이 바뀌었다.

선노미 어머니인 주모 김씨의 배려로 기담회는 손님이 잘 들지 않는 주막의 방 한 칸을 빌려 저녁부터 열렸다. 처음엔 신분이 다른 선노미를 서먹서먹하게 대했던 선비들도 시간이 지나자 차츰 마음을 열기 시작했다. 언문을 가르쳐준 선비도, 주막에서 들은 기담을 잘 정리해놓으라며 지필묵을 가져다준 선비도 있었다. 선노미도 선비들 대화를 어깨너머로 듣다 보니 조금씩 생각이 깨우쳐지는 걸 느꼈다.

그러나 기담회는 단 여섯 번 만에 중단될 처지에 놓였다. 모임을 주도했던 연암(燕巖)이라는 괴짜 선비가 청나라 황제 생신을 축하하기 위한 사절단 일행에 선발된 것이다. 선노미는 실망스러웠다. 나리가 사절단이 되신 건 축하드릴 일이지만, 그 바람에 기담회가 흐지부지되고 말았으니.

그런데 연암은 선노미에게 뜻밖의 제안을 했다. 함께 청나라엘 다녀오자고. 멀고 험한 길이니 어차피 잡심부름을 할 시종이 필요하다면서. 선진국 청나라에서 본 신기한 문물을 빠짐없이 기록할 계획인데, 그러려면 기억력 좋고 언문까지 아는 너를 데려가는 게 제격이라고 했다. 기담을 수집하는 사람으로서 이보다 더 좋은 기회가 어디 있겠냐며 선노미와 주모를 설득했다.

그런 연유로 연암의 시종이 된 선노미가 한양을 떠난 게 벌써 스무날 전이다. 한양에서 압록강을 면한 의주까지 오는 데는 별 문제가 없었다. 그러다 압록강에 도착해 때마침 내리기 시작한 장맛비로 꼼짝없이 발이 묶여버렸다. 강물이 불어난 탓에 좀처럼 배를 띄울 수가 없었다. 물살이 거세져 무리하게 출발했다간 배가 뒤집힐 거라는 우려가 적지 않았다.

"오늘은 떠날 수 있으려나."

일행들은 나루터까지 나와 궂은 하늘과 성난 물살을 살피다 어깨를 떨구고 숙소로 돌아오길 반복했다. 그게 벌써 열흘째다.

"오늘도 안 되겠는가?"

나루터에서 정사(正使) 박명원의 초조한 목소리가 들렸다. 정사는 사절단 일행을 이끄는 총 책임자다. 연암의 팔촌 형님으로, 나라에서 높은 관직을 지내시는 양반이라고 했다. 연암이 정사의 수행을 돕는 자격으로 사절단에 끼었으니, 연암의 시종 노릇을 하는 선노미로선 정사 나리는 감히 눈도 마주치지 못할 만큼 어려웠다.

"두고 봐야 알겠지만 힘들겠는뎁쇼."

늙수그레한 나루터 뱃사공이 대답했다. 바짝바짝 속이 타들어가는 정사의 마음은 아랑곳없이 뱃사공의 말투는 느긋하기 그지없었다.

"어허, 이런 곳에서 오도 가도 못 하고 시간만 썩히다니."

정사는 깊은 한숨을 내쉬며 원망스러운 눈으로 강물을 바라보다 숙소로 무거운 발길을 옮겼다. 수행원들이 내일은 틀림없이 강을 건널 수 있을 거라며 정사 뒤를 따랐다.

선노미는 혼자 남아 넘실대는 강물을 우두커니 바라보았다. 아침에 홀로 강을 보러 나왔다가 정사 일행과 맞닥뜨린 것이니 굳이 그들을 따라갈 필요는 없었다. 선노미가 나루터에 있었는지조차 그들은 눈치채지 못했을 것이다. 허드렛일이나 하는 선노미 같은 종자가 딱히 눈에 들어오지도 않는 것 같았다.

일행 중 신분으로 보나 연령대로 보나 선노미가 그나마 마음 편히 어울릴 수 있는 상대는 딱 둘밖에 없었다. 마부 창대와 시종 장복.

키는 작지만, 몸집은 제법 다부진 창대는 스물을 갓 넘긴 듯 보였다. 전에도 사절단을 수행한 적이 있다 들었는데, 아닌 게 아니라 지리도 훤하고 이것저것 아는 게 많았다. 물론 말도 잘 다뤘다. 덕분에 어르신들한테서 제법 인정받는 눈치였다.

하지만 창대는 꼭 필요한 말이 아니면 입을 여는 법이 없었다. 말수가 적은 건 선노미도 다를 바 없지만, 그의 과묵함은 때때로 단단한 벽처럼 느껴졌다. 마치 다른 이에겐 곁을 내주지 않겠다는 뜻으로 보여 더 맘을 열기 어려웠다.

반면 장복은 제법 수다스러운 편이었다. 장복은 원래 연암의 시종이 되기로 했지만, 연암이 선노미를 지목하면서 일이 꼬였다. 그래서 정사 시종으로 바뀌었다가, 결국 정사와 정사를 수행하는 연암 사이를 오가며 심부름하는 것으로 결론이 났다.

그런 껄끄러운 일이 있어서인지 장복은 선노미를 서먹하게 대했다. 선노미가 제 직분을 뺏었다고 생각하는 것 같았다.

"너, 언문을 안다며? 그래서 연암 나리가 예뻐하시나 보지?"

역할 나누기가 일단락된 뒤에도 장복은 선노미에게 앙금이 남았는지 수시로 빈정거렸다. '그래봤자 너나 나나 하인이야. 양반 나리들 눈엔 다 똑같이 천한 것들이니 으스대지 말라고'라며 밉살스러운 말을 덧붙이는 것도 잊지 않았다.

처음 만날 때부터 장복은 선노미를 갈구었다.

"곱상하게도 생겼네. 너, 혹시 계집애 아니야?"

선노미를 처음 보자마자 장복이 내뱉은 말이었다. 선노미는 기분이 확 상했다. 주막에서도 손님들이 '기생오라비 같네' 하며 쑥덕거리는 소리를 안 들어본 건 아니지만, 이렇게 대놓고 말한 사람은 처음이었다.

장복이 저보다 세 살 많은 형이라 그냥 넘어갔는데, 이젠 연암이 자기를 예뻐하는 것 가지고 걸고넘어지다니. 내가 뭘 어쨌다고! 선노미는 억울했다. 이런 얼굴로 태어난 것도, 연암 나리가 날 시종으로 지목한 것도 내 잘못이 아닌데. 그래도 괜히 얼굴 붉힐 일은 만들고 싶지 않아 꾹꾹 눌러 참았다.

창대와 장복마저 데면데면 굴 때면 선노미는 떠나온 집이 한없이 그리웠다. 여동생 옥이와 복이는 동네 어귀까지 쫓아나와 '오라버니, 잘 다녀와' 하며 손을 흔들다 울음을 터뜨렸는데. '길 떠나는 사람 앞에서 왜 질질 울고 난리야! 두번 다시 못 볼 사람도 아닌데'라며 딸들을 꾸짖는 주모 김씨의 두 눈도 빨갛게 젖어 있었다.

어머니는 별일 없이 잘 계실까. 일손이 줄어 정신없이 바쁘시겠지. 복이랑 옥이도 이제는 아웅다웅 안 하고 사이좋게 지내려나? 날씨마저 우중충하니 한번 시작된 집 생각은 꼬리에 꼬리를 물고 이어졌다.

물살이 잦아들어 배를 띄우면 드디어 조선 땅을 떠난다. 나라 안이라 생각하면 가족도 멀리 있는 것 같지 않았는데, 앞으론 정말 물설고 낯선 외국이다. 이젠 정말 가족과 떨어지는구나 싶어 가슴이 먹먹했다.

강을 건너는 것도 두렵다. 나루터 가까이 살았던 선노미는 배로 일어난 사고를 여러 번 봤다. 강을 건너다 배가 뒤집혀 그대로 물귀신이 되는 건 아니겠지? 생각만 해도 소름이 끼쳤다. 보고 싶은 사람들을 두번 다시 못 만날 수도 있다는 생각에 눈앞이 캄캄해졌다.

역시 오는 게 아니었어.

선노미는 연암의 제안을 선뜻 받아들인 게 후회됐다. 괜히 집을 떠나온 바람에 무리에도 섞이지 못하고 외톨이가 된 것 같았다. 시간을 되돌릴 수 있다면. 그러면 연암에게 '제가 있을 곳은 여기 삼개주막이에요' 하고 도리질을 했을 텐데.

한참을 더 넋 놓고 강만 바라보던 선노미는 '휴우' 한숨을 내쉬며

힘없이 돌아섰다.

말에 여물을 먹이던 창대가 숙소로 들어서는 선노미를 힐끗 쳐다봤지만, 그러고 말았다. 하인들이 함께 쓰는 방엔 아무도 없었다. 지루해하던 장복은 어딜 나간 모양이었다.

선노미는 썰렁한 빈방에 웅크리고 누워 눈을 감았다. 그간 여독이 쌓여서인지 저도 모르게 스르르 졸음이 밀려왔다.

꿈결에 눈에 익은 집 한 채가 보였다. 문 앞에다 내건 '주(酒)'라는 글씨, 안마당에 있는 널찍한 평상……. 다가가자 뜨끈한 국물 냄새가 훅 끼쳤다. 삼개주막의 명물 장국밥 냄새다. 그렇다면 여긴 집이라는 얘긴데. 집에 돌아온 건가?

반가운 마음에 선노미는 안으로 내달렸다. 하지만 주막엔 아무도 없었다. 손님들로 복작거릴 시간인데 어떻게 된 거지? 어머니가 몸져눕기라도 하신 건가? 식구들 쓰는 방문을 열어봤지만, 여기도 텅 비어 있었다. 부엌에도, 마당 뒤편에도 어머니와 여동생이 안 보였다.

선노미는 힘이 빠져 무릎이 푹 꺾였다. 모두 어디로 가버린 걸까? 설마 그 짧은 시간 동안 날 벌써 잊어버린 건 아니겠지?

"아직 때가 아니야."

등 뒤에서 목소리가 들렸다. 예전에 들은 적 있는 상냥한 목소리다.

돌아보니 목련처럼 고운 소녀가 미소 짓고 있었다. 선노미의 가슴을 설레게 했던, 선노미가 태어나 처음으로 연모의 감정을 느꼈던 소녀다. 소녀가 이 세상 사람이 아니라는 걸 아는데도 선노미는 또다시 가슴이 두근거렸다.

"다들 어디로 갔어?"

말을 뱉고 보니 조금 미안해졌다. 만나자마자 인사도 없이 냉큼 식구들 행방부터 묻다니.

"어디긴. 주막에 있지. 널 기다리면서."

선노미가 텅 빈 집을 둘러보았다.

"아무도 없는데?"

소녀는 살포시 웃었다. 꽃이 활짝 피는 듯한 미소.

"아직 때가 아니라니까."

"때라니?"

"네가 돌아올 때. 그때가 되면 다들 마중 나와 널 기다리고 있을 거야."

소녀가 알쏭달쏭한 말을 했다. 문득 소녀와 이렇게 길게 말해본 게 처음이라는 생각이 들었다. 처음 만났을 땐 말을 못 하는 줄로만 알았는데.

"지금 네가 있을 곳은 여기가 아니야."

소녀가 이번엔 누나처럼 제법 엄하게 말했다. 여전히 입가엔 미소가 가시지 않았다. 하지만 어쩐지 조금 슬퍼 보이기도 했다.

선노미가 더 말을 붙이려는데, 소녀의 모습이 연기처럼 조금씩 옅어졌다. 주막도 희뿌연 안개가 감싼 것처럼 부옇게 흐려지더니 차츰차츰 사라지기 시작했다. 선노미 혼자만 사그라지는 풍경 속에 동그마니 혼자 남았다.

"안 돼, 가지 마!"

선노미가 소리쳤다. 하지만 이미 사라진 소녀는 다시 나타나지 않았다.

"기다리라고!"

누군가 어깨를 세게 흔드는 느낌이 났다. 눈을 떠보니 장복이 어이없다는 얼굴로 자신을 내려다보고 있었다.

아, 꿈이었나?

아직도 눈앞에 남아 있는 잔상을 좇으려는 듯 선노미가 눈을 깜빡거렸다.

"무슨 낮잠을 그렇게 오래 자냐?"

장복이 무뚝뚝하게 내뱉더니 방 한구석에 놓인 짐꾸러미를 선노미 쪽으로 툭 던졌다.

"어서 채비해. 나가야 하니까."

"나가다니, 어딜요?"

멍하게 되묻는 선노미에게 장복이 짜증스럽다는 듯 쏘아붙였다.

"어디긴 어디야. 나루터지. 날씨가 개서 배를 띄운대. 이젠 출발할 수 있다고."

"배를 띄운다고요?"

선노미가 눈을 반짝 떴다. 아, 그랬구나. 그래서 소녀가 꿈에 나온 거였구나. 이젠 출발할 때가 됐다고 알려주려고. 지금 자신이 있을 곳은 삼개주막이 아니라 연암 나리 곁이라는 걸 상기시키려고.

순식간에 잠이 달아나버렸다. 선노미는 자리에서 벌떡 일어나 구겨진 옷을 툭툭 털어 주름을 편 다음, 짐꾸러미를 집어 들고 장복의 뒤를 따랐다.

1 • 압록강 뱃사공

하늘을 뒤덮고 있던 잿빛 구름이 어느새 제법 걷혔다. 어두컴컴하던 하늘이 다시 선명한 푸른빛으로 돌아왔다. 구름 몇 점 사이로 화창한 여름 햇살이 내리쬐었다. 잔잔해진 강 표면이 햇살을 받아 투명하게 반짝거렸다.

"이제야 간신히 떠나는군."

정사가 감개무량하다는 듯 말했다.

"덕분에 형님께서도 한시름 더셨습니다."

곁에 있던 연암이 한마디 건넸다.

"제때 도착 못 할까 봐 가슴이 바짝바짝 타는 것 같았네. 그런데 자네는 참 속도 편하더구먼. 기다리는 내내 술로 소일했으니."

아닌 게 아니라 노심초사하는 일행들 사이에서 태연자약했던 건 연암밖에 없었다. '애태운다고 뭐가 달라지나. 갤 때가 되면 개겠지' 라면서 숙소에서 혼자 홀짝홀짝 술을 들이켰다.

"길 떠나는데 술만 한 벗이 있겠습니까."

정사는 어이가 없는지 피식 웃었지만, 딱히 책망하려는 눈치는 아니었다. 드디어 출발한다는 기쁨에 들떠 어지간한 일은 신경이 쓰이지 않는 것 같았다.

"준비 다 됐습니다."

늙수그레한 나루터 뱃사공이 다가왔다. 오랜 세월 강바람을 맞아서인지 굵게 주름이 팬 얼굴은 피부 결이 거칠었다. 검은 머리칼 사이로 희끗희끗한 흰머리가 적잖게 눈에 띄는 걸 보니 제법 나이가 들었을 테지만, 노동으로 단련된 탄탄한 가슴팍과 팔뚝은 어지간한 젊은이 못지않았다.

뱃사공의 안내를 받아 선착장에 와보니 크고 작은 나룻배 두 척이 나란히 대기하고 있었다.

"나눠서 타야 하나?"

늙수그레한 뱃사공이 고개를 끄덕였다.

"작은 나룻배엔 사람이 많이 못 탑니다. 무리해서 태우면 뒤집힐 수도 있고요."

정사가 먼저 사절단 일행과 함께 배에 오르자, 뒤에는 연암과 역관, 선노미와 장복이 남았다.

"천천히 오르시지요."

갑판 위에 서서 기다리던 또 다른 뱃사공이 말했다. 나이는 서른쯤 됐을까. 늙수그레한 뱃사공보다 연륜은 적지만, 믿음직해 보이는 남자였다. 서글서글한 인상이라 붙임성도 좋을 것 같았다.

연암이 먼저 배에 오른 뒤 다른 이들도 뒤따라 올랐다. 가로세로로 체구가 큰 연암과 함께 있으니 선노미는 배 안이 몹시 비좁게 느껴졌다. 선노미 옆에는 장복이 앉았다. 좁은 배 안에서 선노미와 꼭 끼어 앉은 게 거슬리는지 표정이 굳어 있었다. 선노미도 덩달아 부아가 치밀어 가능하면 장복에게 닿지 않게 잔뜩 몸을 움츠렸다.

"자, 출발합니다."

사람들이 모두 탄 걸 확인하자 뱃사공이 여엉차, 하며 노를 저었다. 철썩, 물살이 갈라지는 소리가 나며 배가 나아가기 시작했다. 서늘한 한 줄기 강바람이 불어와 선노미의 뺨을 훑고 지나갔다.

선착장 풍경이 점점 멀어지더니 얼마 후에는 점처럼 작아지고, 마침내는 점조차 보이지 않게 되었다. 사방에 보이는 건 깊이를 알 수 없는 검푸른 강물과 강과 맞닿은 푸른 하늘, 강을 둘러싼 갈대숲뿐이었다. 이젠 정말 청나라로 가는구나.

어머니, 몸 건강히 잘 다녀올게요.

멀어져가는 조선 땅을 바라보며 선노미는 속으로 조용히 속삭였다.

다들 무슨 생각에 빠져 있는지 한동안 말이 없었다. 잔잔한 수면 위로 부서지는 물결 소리만 이따금 고요에 파문을 그렸다. 물살이 잔잔해 배는 미끄러지듯 유유하게 나아갔다.

"영재(泠齋) 선생이 한 말은 죄다 헛소리였나 보네."

문득 연암이 혼잣말처럼 중얼거렸다. 갑작스럽게 침묵이 깨지자 다들 자다가 막 깬 듯한 얼빠진 얼굴로 그를 쳐다보았다.

"영재 선생은 청나라 심양으로 떠날 때 지은 시에서 '그림 같은 배에 올라타 피리 소리, 북소리를 들으며' 이별한다고 했어. 그런데 이 상황에서 그런 묘사가 어디 가당키나 한 말인가."

누군가의 대답을 바라고 한 말 같진 않았으나, 어딘가 모르게 비장해진 표정을 보니 선노미는 뭐라 맞장구라도 쳐야 할 것만 같은 기분이 들었다. 하지만 딱히 떠오르는 말이 없어 잠자코 제 발치만 내려봤다. 대신 옆에서 장복이 당돌하게 끼어들었다.

"그럼 나리 생각은 어떤데요?"

연암은 한 호흡 정도 침묵을 지키다가 대답했다.

"연나라 자객 형가가 진시황을 죽이러 갈 때 심경이랑 비슷할 것 같구나."

'형가'도 '진시황'도 처음 들어보는 이름인지 장복이 머쓱해져서 입을 다물었다. 그건 선노미도 마찬가지였다. 연암의 말뜻을 알 수가 없으니 더는 대화가 이어지지 않았다.

"나리께선 이 길이 초행이신가 봅니다."

문득 뒤에서 굵직하고 낮은 음성이 들렸다. 이제껏 조용히 배를 젓던 젊은 사공이었다. 노를 젓는 몸놀림처럼 목소리도 차분한 게 안정감이 있었다.

"어찌 그리 생각하는가?"

연암의 물음에 사공이 조용히 웃었다.

"형가가 진시황을 죽이러 역수(易水)라는 강을 건널 때 오지 않는 친구를 한참 동안 기다렸다고 들었습니다. 하지만 그게 정말 친구를 기다린 것이겠습니까. 아마도 다시 돌아오지 못하리란 생각에 마음이 복잡했던 게지요."

말을 마친 사공이 고개를 들어 연암을 바라보았다.

"나리께서 형가 생각을 하셨다면, 아마도 이번 출행이 처음이라 불안하신 게 아닌가 짐작했습니다."

연암은 살짝 감탄한 듯했다.

"그 말대로일세. 자네, 눈치가 빠른 데다 아는 것도 많군."

"과찬이십니다. 그저 오다가다 귓등으로 조금씩 주워들은 것이죠."

사공이 겸연쩍은 듯 머리를 긁었다.

연암이 새삼스럽게 뱃사공을 찬찬히 살펴봤다. 그의 눈이 반짝이는 걸 보니 사공에 대한 호기심이 동한 모양이라고 선노미는 생각했다. 언젠가 주막에서 자신에게 말을 걸었을 때도 저런 눈빛을 하고 있었다.

"종일 강 건너편까지 사람들 태워다주고 태워 오고 하노라면 보고 듣는 게 많겠군."

사공은 긍정도 부정도 않고 노를 젓는 손만 부지런히 놀렸다. 굳이 대답할 필요가 없다는 건지, 어쩌다 대꾸하긴 했지만 계속 말을 이어갈 생각이 없는 건지 분간하기 어려웠다.

그러거나 말거나 연암은 개의치 않고 다시 말을 걸었다. 그렇지 않아도 무료하고 심란한데 뜻밖에 제법 괜찮은 말동무를 찾았다고 여기는 눈치였다.

"그러고 보니 사공은 참 묘한 직업이군. 매일 강 이쪽과 저쪽을 오가며 두 세계를 왔다 갔다 하니 말일세. 마치 두 세계를 이어주는 안내인 같네."

사공은 이번에도 대꾸를 안 하고 넘어가나 싶었는데, 별안간 퉁명스럽다 싶게 불쑥 말을 내뱉었다.

"하지만 이쪽에도, 저쪽에도 속하지 않죠. 그런 겁니다, 안내인은."

어딘지 모르게 쓸쓸함이 배어나는 말투였다.

"특히 이 강의 안내인은요."

덧붙이는 말이 기묘할 정도로 의미심장하게 울렸다.

사공이 고개를 들고 연암을 제법 날카롭게 쏘아봤다. 연암도 시선을 피하지 않았다. 잔잔한 수면같이 고요하게 가라앉은 사공의 눈빛이 흔들렸다. 짐을 많이 실은 배가 물살에 휘청 기울 때처럼 순간적으로.

어쩌면 사공도 마음속에 감당하기 힘든 무거운 짐을 싣고 사는 게 아닐까.

아니, 괜한 착각인지도 몰라. 선노미는 속으로 고개를 흔들었다. '이쪽저쪽 어디에도 속하지 않는다'는 말에 나도 모르게 동조가 된 걸지도.

선노미는 사공의 눈을 빤히 들여다보았다. 어디선가 본 적 있는 눈빛 같다고 생각하면서.

"하고 싶은 말을 가슴에만 묻어두면 병 되네."

연암이 덤덤한 목소리로 말했다.

"무언가 하고 싶은 말이 있지? 자네 눈이 그렇게 말하고 있군."

사공이 뭐라 말할 새도 없이 연암이 앞질러 덧붙였다.

"남들한테 터놓기 힘든 사연을 가슴에 품고 사는 사람들을 몇 번 본 적 있네. 대부분 쉽사리 믿기 힘든 기이한 사연이었어. 그래서였겠지, 가슴에 꼭꼭 묻어두고 산 이유가."

아, 그래서였던가. 그래서 사공의 눈빛이 눈에 익었구나. 그 속마음을 알아챈 듯 연암이 선노미 쪽을 한 번 흘낏 바라보았다가 다시 사공에게로 시선을 돌렸다.

"들려주지 않겠나? 자네 이야기를."

뜻밖의 전개에 사공은 난처한 모양이었다. 괜한 짓을 했네, 싶은 표정으로 한동안 묵묵히 노만 저었다. 손가락 관절이 하얗게 변한 걸 보니 노 젓는 손에 힘이 더 들어간 것 같았다.

배 안에 있는 이들 모두 연암과 사공을 번갈아 보며 상황이 어떻게 돌아갈지 궁금해했다.

"못 믿으실 겁니다. 저를 허풍쟁이라고 하실지도 모르고요."

마침내 사공이 입을 열었다.

"그러면 또 어떤가. 어차피 두번 다시 얼굴을 마주할 일도 없는데,

마음속에 있는 걸 훌훌 다 털어내고 잊어버리면 그만 아닌가. 그냥 강물에 흘려보낸다 생각하고."

"그래요, 들려주세요!"

연암의 말이 끝나기 무섭게 장복이 또 끼어들었다. 옛날이야기를 기다리는 어린아이처럼 기대에 잔뜩 찬 얼굴이 밝게 빛났다. 저 형이 저런 표정도 지을 줄 아나, 싶어 선노미는 내심 놀랐다.

뜻하지 않게 지원군을 얻어 든든해졌는지 연암이 다시 사공을 채근했다.

"강 저편에 닿으려면 시간이 꽤 걸리겠지? 무료함을 달래준다 생각하고 얘기 한번 해주게."

"그렇게 대단한 거 아닙니다. 말재주도 없고요."

"그래도 상관없네. 어차피 여기서 달리 할 일이 뭐가 있겠나."

사공이 휴, 한숨부터 내쉬었다. '꽤 성가신 손님이군' 하고 생각하는 것 같았지만, 이미 연암의 설득에 마음이 기울어진 듯 보였다. 그래도 여전히 걸리는 게 있는 눈치였다.

"이런 일은 처음이라……. 어디서 어떻게 시작해야 할지……."

"그것 역시 상관없어. 자네가 이야기하고 싶은 데서 시작하게. 정 생각이 안 나면 자네 소개부터 시작하든지."

"……저는 주매라고 합니다."

연암의 격려에 힘을 얻었는지 사공이 쭈뼛거리며 말문을 열었다.

"태어난 곳은 여기서 좀 떨어진 작은 마을이죠. 이름은…… 아, 이런 것도 다 말해야 하나요?"

연암과 선노미, 장복이 미리 말이라도 맞춘 것처럼 나란히 고개를 흔들었다. 그게 우스꽝스러웠는지 주매가 피식 웃었다. 마음이 한결 가벼워진 것 같았다. 마른침을 한 번 삼키고 나서 주매는 이야기를 꺼내놓기 시작했다.

주매가 태어나 자란 곳은 이웃집 숟가락, 젓가락 개수까지 다 꿰고 있을 정도로 작은 마을이었다. 간밤에 동네에서 일어난 일이 다음 날 점심 나절이면 죄다 퍼질 정도로 작은 세계. 3년 뒤, 5년 뒤, 10년 뒤 자신의 미래가 손에 잡힐 듯 그려지는 좁고 폐쇄된 세계. 주매는 그 세계가 너무나 갑갑했다.

정(情)이란 본성을 내걸고 타인의 삶에 막무가내로 침범하는 무례함도, 작은 마을에서 흔히 볼 수 있는 외부 세계에 대한 배타성도 주매의 목을 옥죄는 것 같았다.

갑갑함이 목까지 차오를 때마다 주매는 압록강을 보러 왔다. 강물은 때로는 잔잔했고, 때로는 성난 파도처럼 거세게 흘렀다. 잔잔한 수면을 볼 때면 주매는 제 가슴속을 휘젓고 있는 불만이 조금은 진정되는 것 같았다. 거침없이 흘러가는 강물 앞에 서면 '내 고민 따위는 아무것도 아니야'라는 생각이 들어 숙연해졌다.

무엇보다 강 건너엔 주매가 모르는 또 다른 세계가 존재한다는 사실이 그의 가슴을 설레게 했다. 주매가 머릿속으로 그려본 미지의 세계는 아름다웠다. 고인 물처럼 정체된 고향 마을과 달리 그곳에선 멋진 일이 일어나고 있을 것 같았다. 언제부턴가 주매의 마음속에는 꼭 강 건너편 세계에 가보고 싶다는 생각이 움트기 시작했다.

어느 날, 자주 보면서 낯이 익은 나루터 뱃사공이 주매에게 말을 걸었다. 허구한 날 찾아와 하릴없이 강 건너만 바라보느니 아예 배를 몰고 저기까지 가보지 않겠냐면서.

생각지도 못했던 제안이었다. 달리 하고 싶던 일도 없었기에 주매는 그 자리에서 그러겠다고 대답했다. 그 뒤로 사공을 스승으로 모시고 노 젓는 일을 배웠다. 그게 벌써 십이삼 년 전 일이다.

그렇게나 그리던 강 건너편 세상이었지만, 막상 직접 가보고 나니 실망스러웠다. 거기라고 별 다를 바 없었다. 저와 비슷비슷해 보이는 사람들이 비슷비슷해 보이는 옷차림을 하고 비슷비슷하게 살고 있는 것 같았다. 겉은 다 달라 보여도 사람 사는 건 거기서 거기라는 생각밖에 들지 않았다.

주매는 허탈했다. 이럴 줄 알았으면 차라리 멀리서 동경만 하는 게 더 나았을 듯싶었다. 그때는 강 건너편 상상 속 세계가 팍팍한 현실을 견디는 버팀목이 돼줬는데. 어쩌면 꿈은 이뤄지지 않는 편이, 언제까지고 그저 꿈으로 남아 있는 편이 더 나을지도 몰랐다.

강을 오가는 날들이 계속될수록 주매는 자신이 뿌리 없는 식물 같다고 느꼈다. 어딘가에 정착하지 못하고 계속 떠도는 존재. 강 건너 사람들은 주매를 곧 떠나갈 사람으로 인식했다. 강 이편 사람들도 마찬가지였다. 주매의 나룻배에 올라타는 사람들 모두 그를 잠시 스치고 지나가는 바람처럼 여겼다.

"뱃사공은 강 이쪽과 저쪽을 이어주는 다리나 마찬가지야."

스승인 뱃사공은 입버릇처럼 그렇게 말했다. 세월이 흘러 그의 검은 머리도 희끗희끗해졌지만, 자부심만은 변치 않는 것 같았다. 그럴 때마다 주매는 속으로 생각했다. 다리는 물론 중요하죠. 그런데 스승님, 아무도 다리를 기억해주지 않아요. 강을 건너는 순간 잊어버린다고요.

대신 주매는 자신을 '안내인'이라 여기기로 했다. 건너는 사람이 밟고 지나간 다음 까맣게 잊어버리는 다리보다는 한쪽 세상에서 다른 쪽 세상으로 인도해주는 안내인이라는 말이 어쩐지 더 그럴싸하게 여겨졌다. 세상을 옮겨주는 일을 한다고 생각하니 뱃사공 일에도 그럭저럭 애정이 붙었다.

시간은 강물처럼 유유히 흘러갔다. 매일같이 손님들을 태우고 갔다가 태우고 돌아왔다. 그런 날들이 차곡차곡 쌓이는 동안 주매의 불만과 좌절도 점차 희미해지기 시작했다.

땅거미가 질 무렵이었다. 불그레한 저녁노을이 잠기면서 그 자리에 어스름이 내려앉고 있었다. 초가을에 접어들어 밤이슬을 머금은 공기가 제법 차가웠다. 선착장 주위를 에워싼 억새풀이 쌀쌀한 가을바람에 이따금 사락사락 소리를 내며 스산하게 흔들렸다.

한 식경쯤 전 손님들을 실어 나른 주매는 다시 반대편으로 돌아갈 준비를 하고 있었다. 그날은 일이 꽤 늦게 끝난 편이었다. 보따리 행상들을 태우고 출발했을 때도 이미 늦은 오후였으니. 서두르지 않으면 강 한복판 이르러 캄캄해질 것 같았다. 주매는 서둘러 나룻배 닻을 풀었다.

문득 저만치서 남녀 한 쌍이 배로 다가오는 게 보였다. 삼십 대 중반으로 보이는 여자와 갓 스물을 넘긴 듯 어린 티가 나는 남자였다. 여자는 화장기 없는 얼굴에 쪽 찐 머리를 하고 있었다. 보통 체구에 곱지도 못나지도 않은 수수한 생김새. 배에서 내려주고 나면 금세 잊어버릴 것 같은 평범한 얼굴이었다.

시선이 가는 건 남자 쪽이었다. 제법 잘생긴 외모였다. 새카만 눈동자와 짙은 눈썹이 창백하리만큼 하얀 얼굴과 대조돼 강렬한 인상이었다. 콧날이 벨 것처럼 오뚝하고 턱부위가 가팔라 전체적으로 예민하고 단호한 느낌이었다. 상투를 틀지 않은 검은 머리가 어깨 부위까지 흘러내렸다.

생김새도 예사롭지 않았지만, 그보다 더 눈길을 끄는 건 옷차림이었다. 남자는 머리부터 발끝까지 검은 옷을 걸치고 있었다. 그것도 그냥 검은 게 아니라, '칠흑 같다'는 표현이 꼭 어울릴 만큼 새카만.

조선에선 잘 볼 수 없는 옷인데, 그렇다고 청나라 사람들이 입는 옷 같지도 않았다. 의복만 까만 게 아니라 버선과 신은 짚신까지 마치 일부러 검은 물을 들이기나 한 것처럼 새카맸다.

남자의 눈이 섬뜩하게 빛났다. 눈빛이 찌를 것처럼 날카로웠다. 주매는 저도 모르게 휙 고개를 돌렸지만, 자꾸만 남자 쪽으로 눈길이 가는 건 어쩔 수 없었다.

타라는 말도 하지 않았는데 남자가 스스럼없이 먼저 배에 올랐다. 사공의 허락 따위는 필요 없다는 듯이. 반면 여자는 머뭇거렸다. 타야 할지 말아야 할지 갈피를 잡지 못하는 모양새였다.

"탈 거요, 말 거요?"

보다 못한 주매가 퉁명스럽게 물었다. 남자도 말없이 여자를 쳐다보았다. 어떻게 할 거냐고 묻는 듯한 표정이었다. 허둥거리던 여자는 남자가 채근하듯 쏘아보자 체념한 얼굴로 배에 올라섰다.

기묘한 조합이라고 생각했다. 어머니와 아들이라기엔 나이 차가 크지 않은 것 같고, 그렇다고 부부라기엔 여자 쪽 나이가 너무 많아 보였다. 일행이라고 하기엔 묘하게 서먹해 보이는데, 아예 모르는 사이 같지도 않았다.

"맞은편으로 가시는 거지요?"

여자가 엉거주춤 배 안에 엉덩이를 내려놓자, 주매가 남자에게 확인했다. 남자는 '당연한 걸 왜 묻냐'는 표정으로 힐끗 바라볼 뿐 대답은 하지 않았다. 말없이 갈 눈치라 주매도 입을 다물었다.

기분 나쁜 사람들이군.

기묘하고 불쾌한 침묵 속에서 강을 건널 생각을 하니 주매는 출발 전부터 힘이 빠졌다. 그래도 일인지라 노를 저어 물살을 갈랐다.

배가 강 한복판쯤 이르렀을 무렵엔 이미 둥근 보름달이 휘영청 떠 있었다. 어둠 속에서 혼자 하얗게 빛나고 있는 달은 어딘지 모르게 스산하고 외로워 보였다. 부드러운 하얀 달빛이 잔잔한 강물 위에 살포시 내려앉았다가 수면 아래로 스르르 가라앉았다. 아니, 깊이를 알 수 없는 검푸른 강이 달빛을 그대로 삼킨 것 같기도 했다.

어디선가 이름 모를 새가 지저귀었다. 물 밑에서 고기가 노니는지 이따금 수면이 참방참방 잔물결을 그렸다. 주변에서 무심하게 들리는 작은 소리가 없었더라면 배 안에 아무도 없다고 생각했을 만큼 정적이 흘렀다.

쇄아아아.

한 줄기 바람이 불어와 강을 에워싼 갈대밭을 훑고 지나갔다. 갈대가 일제히 옆으로 누우면서 저들끼리 몸을 부딪치는 소리를 냈다.

"잠깐 배를 멈추시오."

남자가 입을 열었다. 그가 처음 내뱉은 말이었다. 나지막하지만 무겁게 내리누르는 듯한 목소리였다. 주매는 잠시 노 젓던 손을 멈췄다.

수면은 매끄러운 거울처럼 고요했다. 평상시엔 아무리 물살이 약해도 강물이 흐르는 게 느껴지는데 지금은 희한하게도 아무것도 느껴지지 않았다. 일시적으로 강물의 움직임이 멎어버린 것만 같았다. 배는 깊이를 알 수 없는 강물 밑에 튼튼한 동아줄로 닻을 내린 것처럼 멈춰 선 자리에 딱 고정됐다.

참방.

어디선가 작은 소리가 들렸다. 강에 작은 조약돌을 던질 때 날 법한 소리였다. 사방이 캄캄한 어둠이었지만, 강물이 작은 반원으로 파문을 일으키며 멀리 번져나가는 모습이 눈에 보이는 것만 같았다.

참방.

또다시 같은 소리가 들렸다. 이번엔 좀 더 가까이서, 더 또렷하게.

몸을 작게 웅크린 채 얼굴을 파묻고 있던 여자가 스르르 고개를 들었다. 핏기라고는 하나도 없는 새하얀 얼굴이었다. 처연해 보이는 것이 어쩐지 스산한 보름달을 닮았다고 주매는 생각했다.

여자가 이리저리 두리번거렸다. 얼핏 잠이 들었다 막 깨어나 어리둥절한 걸까. 그런 것 같지는 않았다. 가만 보니 여자는 무언가를 찾는 눈치였다. 한밤중 인적 끊긴 강 한가운데서 대체 뭘 찾는 걸까. 여자가 초조한 기색으로 잘근 입술을 깨물었다.

휘리리, 휘리리.

별안간 남자가 휘파람을 불었다. 낮은 휘파람 소리는 기묘한 여운을 남기고 어둠 속에 녹아들었다. 그 소리가 무당이 곁에 있는 귀신을 불러들일 때 내는 소리처럼 들려 주매는 팔등에 오톨도톨 소름이 돋았다.

찰랑찰랑.

수면이 가볍게 흔들리더니 저만치서 천천히 떠내려오는 게 있었다. 죽은 물고기나 부러진 나뭇가지 같은 건 아니다. 그보다 훨씬 컸다. 적어도 사람, 그것도 완전히 성장을 멈춘 성인 정도는 될 법했다.

'그것'은 조금씩 밀려오더니 어느덧 배 근처까지 이르렀다. 제일 먼저 주매 눈에 들어온 건 펼친 부채처럼 물 위에 넓게 퍼진 하얀 치맛자락이었다. 그 아래 수면 위로 살짝 솟은 뾰족한 버선코도 보였다. 아직 보지 못한 얼굴은 어쩐지 끔찍한 몰골을 하고 있을 것 같았다.

이상야릇한 호기심에 사로잡혀 주매는 치맛자락에서 얼굴 쪽으로 쭈뼛쭈뼛 시선을 옮겼다. 저고리 고름을 지나 가느다란 목 그리고…….

갑자기 곁에 있던 여자가 아아, 하고 탄식을 내뱉었다. 주매는 화들짝 놀라 여자를 바라봤다. 여자의 시선 역시 주매의 눈이 좇던 곳에 고정돼 있었다. 주매도 두근거리는 가슴을 억누르며 여자의 눈길을 따라 다시 고개를 돌렸다.

아니, 저건!

주매가 저도 몰래 헉, 숨을 들이켰다. 배 안에 타고 있는 바로 그 여자였다! 우연히 스치고 지나면 금방 잊어버릴 얼굴이지만, 이렇게 나란히 놓고 보니 헷갈릴 수가 없었다. 강물에 떠내려온 여자와 배 안의 여자는 같은 사람이 확실했다. 차가운 물 속의 여자가 입술이 파랗게 얼고, 얼굴이 부석부석하게 부어 있다는 정도를 빼면 둘은 마치 찍어낸 것처럼 똑같았다.

"이, 이 여자는……."

주매가 저도 모르게 말을 더듬었다. 머리칼이 쭈뼛 서고 뒷덜미에 소름이 쫙 끼쳤다.

여자는 사공의 반응엔 아랑곳없이 그저 물 속 여자만 넋 놓고 내려다보았다. 배 위의 여자는 조금 달라진 것 같았다. 몸이 연기처럼 엷어진 것 같다고 생각했는데, 자세히 보니 하얀 달빛이 여자의 몸을 그대로 통과하고 있었다. 원래대로라면 여자 때문에 절대 보일 리가 없는, 말아둔 닻줄 꾸러미가 여자의 투명한 몸을 통과해 선명하게 비쳤다.

주매는 그제야 깨달았다. 이 여자는 이 세상 사람이 아니다. 한때는 그랬겠지만 지금은 싸늘한 주검이 되어 강 위에 누워 있다. 그렇다면 배에 올라탄 여자의 형상은 대체 뭐란 말인가.

“구천을 떠도는 혼이요.”

주매의 속마음을 읽은 것처럼 남자가 대답했다.

“혼이라고?”

주매가 멍하니 남자의 말을 되풀이했다. 지금 자신이 보고, 듣는 것들이 머릿속에 온전히 와 닿지 않았다.

“죽어서도 어디로 가야 할지 몰라 방황하는 넋들이 더러 있지. 저 여자도 그중 하나요.”

“그, 그렇다면 당신은……?”

남자가 기묘하게 웃었다. 몸에 피가 돌지 않는 사람이나 지을 법한 웃음이라고 주매는 생각했다. 어쩐지 자신을 비웃고 있는 것 같다고도 느꼈다.

“안내자요. 당신과 마찬가지로.”

쇄아아아.

한 줄기 바람이 수면을 훑고 지나갔다. 찰랑찰랑 잔물결이 일면서 꼼짝 않고 서 있던 배가 옆으로 기울며 출렁거렸다. 이제까지 배를 단단히 붙들어 매고 있던 미지의 힘이 순식간에 사라진 것 같았다.

주매는 서둘러 노를 들어 가로로 움켜쥐고 기우뚱거리는 배의 균형을 바로 잡았다. 다시 고개를 들어보니 그사이 배 안에 있던 남자와 여자는 사라지고 없었다. 연기처럼 홀연히. 흔적도 없이.

깜빡 잠이 들어 꿈을 꾼 건가.

주매는 머리가 텅 빈 것처럼 정신이 없었다. 고개를 휘휘 흔드는데, 뱃전에 무언가 툭 부딪치는 소리가 났다. 여자의 시신이었다. 바로 위에서 보니 부릅뜬 여자의 두 눈은 불투명한 막을 씌운 것처럼 부옇게 흐려져 있었다. 다시 온몸에 소름이 쫙 돋았다.

꿈이 아니었구나.

주매는 중얼거렸다. 꿈이 아니다. 조금 전 자신이 목격한 것들은 모두 진짜로 일어난 일이다. 여자의 시신이 그 사실을 똑똑히 말해주고 있었다.

구천을 떠도는 혼이요.

남자가 했던 말이 주매의 귓전에 되살아났다.

여자는 대체 무엇 때문에 아직 한창인 나이에 싸늘한 주검이 돼 강을 떠돌고 있었을까. 부릅 뜬 눈을 감지도 못할 만큼 얼마나 가슴에 맺힌 게 많았던 걸까.

제 시신을 찾으려 황망하게 두리번거리던 여자의 얼굴이 떠올라 주매는 가슴이 저릿해졌다. 살아서는 한 번도 만나지 못한 여자가 가엾었다. 연민 때문인지 깊은 어둠 속에서 홀로 타인의 시신을 마주하고 있다는 사실도 더는 두렵지 않았다. 망령이 돼서도 죽은 육신을 찾아 헤매던 여자를 생각하니 시신을 그대로 버려두고 갈 수가 없었다.

강물에 떠도는 부유물을 건져내는 용도로 배 한구석에 두고 다니던 갈퀴로 조심조심 여자의 시신을 건져 올렸다. 물에 불은 시신은 생각보다 무거웠다. 있는 힘을 다해 갑판 쪽으로 끌어올리자 생명이 빠져나간 살덩어리가 썩기 시작하면서 풍기는 비릿한 냄새가 훅 코를 찔렀다.

주매는 시신을 살펴보았다. 옷차림새로 미루어보건대 시신은 주매가 향하는 조선 쪽에서 떠밀려온 게 틀림없었다. 수소문해보면 가족이든 지인이든 찾을 수 있을 터였다. 어쩌면 그게 죽은 여자가 바라는 것인지도 몰랐다.

그러려면 시신을 뭍까지 손상 없이 인도해야 한다. 힘은 들겠지만, 그게 바로 자신에게 주어진 책무라고 주매는 마음을 다잡았다. 산 사람이든 죽은 사람이든 자신은 그들이 원하는 곳으로 데려다주는 안내인이니까.

주매는 팔에 힘을 줘 노를 저었다. 조금 전보다 무거워진 배는 더딘 속도로 물살을 가르기 시작했다. 배가 지나가는 자리에 수면 위로 길게 한 줄 물길이 만들어졌다.

쏴아아아.

멀리서 갈대밭을 쓸고 온 바람이 주매가 탄 배를 스치고는 다시 허공으로 사라졌다.

"구천을 떠도는 혼이라니…… 그, 그럼 귀신이잖아요!"

장복의 외마디가 물 흐르듯 이어지던 주매의 말을 끊어버렸다. 당장 눈앞에서 귀신이라도 본 것처럼 그는 파랗게 얼굴이 질려 있었다.

"뭐 그럴 수도……."

주매가 난감한지 살짝 말끝을 흐렸다. 본인도 자신이 마주한 기이한 이들의 정체를 납득하지 못했을 것이다.

"그럴 수도 있는 게 아니라 귀신이죠. 그렇다면, 귀, 귀신이…… 이 배에…… 타고 있었다는 거네?"

혼자 제멋대로 묻고 대답하더니 장복은 서서히 말꼬리를 흐렸다. 불안한 그의 시선이 배 안을 이리저리 훑었다. 대체 죽은 여자의 넋이 앉았던 자리가 어딜까 가늠해보겠다는 듯이.

"귀신도 예전엔 사람이었어요."

선노미가 쩔쩔매는 장복에게 말했다. 그가 흥분해 갑자기 벌떡 일어서기라도 하면 배가 균형을 잃고 기우뚱거릴까 봐 걱정되었다. 그동안 내린 비로 수위가 많이 높아졌을 텐데 배가 뒤집히기라도 하면 큰일이다. 그러면 다 같이 강물에 빠져 꼼짝없이 물귀신이 되는 수밖에 없다. 그 전에 어떻게든 장복을 다독여야 한다고 생각했다.

장복이 허를 찔린 표정으로 선노미를 바라봤다. 선노미가 그의 시선을 피하지 않고 덧붙였다.

"우리도 죽으면 귀신이 될지 모르고요."

그러니 귀신이라 해서 무조건 질겁할 필요는 없다고 덧붙이려다 그만뒀다. 기이한 이야기라면 제법 익숙해졌다고는 하나, 선노미 역시 떠도는 넋이나 원혼이 두렵지 않은 건 아니다. 태어나 처음으로 제 가슴을 설레게 만든 소녀가 이 세상 사람이 아니라는 걸 알았을 때는 그야말로 온몸이 사시나무처럼 떨렸다. 하물며 이런 이야기를 처음 들었을 장복은 오죽할까.

"야, 너 대단하다."

장복이 마치 처음 보는 사람처럼 선노미를 찬찬히 뜯어보았다.

"나보다 나이도 어린데 어떻게 그런 생각을 다 했냐?"

자신을 탐탁지 않아 했던 장복이 대견하게 보자 선노미는 오히려 얼떨떨했다. 뭐라고 반응해야 할지 몰라 우물쭈물하는데, 답답했던지 연암이 대신 대답했다.

"기담이 익숙하니까. 선노미는 한양에 있을 때 주막에서 보고 들은 기이한 이야기들을 나와 다른 선비들에게 들려줬지. 그러면서 자신도 세상 사는 지혜를 조금쯤은 터득한 거야."

장복이 '기담?' 하고 혼자서 중얼거렸다.

"그 얘기는 둘이 차차 하도록 하고."

연암이 화제를 돌렸다. 장복 때문에 끊어진 이야기의 뒷부분이 궁금한지 남자를 보채었다.

"그래서 여자 시신은 무사히 뭍으로 데려온 겐가?"

구경꾼처럼 멀거니 바라보던 주매가 퍼뜩 정신이 들었는지 '네' 하고 황급히 고개를 끄덕였다.

"신원도 밝혀졌고?"

주매의 얼굴에 씁쓸한 빛이 떠올랐다.

"나루터 인근에 사는 복순이라는 사람이었습니다. 이름과 달리 박복한 여자였죠."

복순의 남편은 마을에서 알아주는 한량이었다. 변변한 일도 없이 날마다 빈둥거리며 소일하는 게 전부였다. 다행히 몇 년 전 죽은 부친에게 물려받은 재산이 있어 먹고 사는 데는 큰 어려움이 없었다. 그건 복순에겐 다행이자, 불행이었다. 천성이 게으른 데다 당장 입에 풀칠할 걱정조차 없으니 남편은 더더욱 일 같은 건 할 생각이 없었다. 남아도는 시간에 술집을 전전하다 술 따르던 여자랑 눈이 맞아 아예 딴살림까지 차렸다.

그래도 복순은 남편이 언젠가 저에게 돌아올 거라며 기다렸다. 어려서 부모를 잃고 세상에 피붙이 하나 없는 복순에게 남편은 세상에서 유일하게 기댈 수 있는 가족이었다. 자식이라도 있었더라면 아이 보는 낙으로라도 살았을 텐데 야속하게도 삼신 할멈은 자식을 점지해주지 않았다.

날마다 속을 끓이던 어느 날, 복순은 달거리가 끊긴 걸 알았다. 날을 꼽아보니 남편이 간만에 집에 들렀을 때 잠자리를 한 뒤로부터 몇 달째였다. 처음엔 긴가민가했지만, 시간이 지나자 조금씩 배가 불러왔다. 복순은 날 듯이 기뻤다. 드디어 하늘이 아기를 점지해줬구나. 내가 딱해서 동정을 베푸신 거야. 아기가 태어나면 남편도 정신을 차리고 돌아오겠지. 암, 그렇고말고.

하지만 현실은 복순의 바람처럼 순탄하지 않았다. 남편은 끝내 돌아오지 않았다. 아이를 가졌다는 말도 귓등으로 흘렸다. 오히려 자기 아기가 맞냐며 의심했다. 자주 집을 비운 사이 다른 남자를 불러들인 것 아니냐고 몰아세우기도 했다. 제 자식인지 아닌지도 모르는데 낳아도 책임질 생각이 없다며 으름장까지 놓았다.

복순은 세상이 무너지는 기분이었다. 남편이 이 정도로 말종은 아니었는데. 딴살림을 차린 여자에게 미쳐도 단단히 미친 것 같았다. 복순의 가슴에 남편의 말 한마디가 비수처럼 꽂혔다.

너처럼 못생기고 지루한 여자 데리고 사느라 내가 얼마나 힘들었는지 알아!

다리에 힘이 빠져 집으로 돌아오는 내내 무릎이 푹푹 꺾였다. 아까는 충격이 너무 커서 넋을 놓았는데, 집에 돌아와서야 정신이 들었는지 뒤늦게 오열이 터져 나왔다. 앞으로 어떻게 살아야 할지 앞길이 막막했다.

다음 날 복순은 배가 끊어질 듯한 통증에 시달렸다. 다리 사이로 핏물이 줄줄 흐르고 있었다. 이웃 아낙이 데려온 산파는 머리를 절레

절레 흔들었다. 유산이었다. 아기가 죽자, 복순의 마음속에 있던 마지막 희망도 꺼져버렸다. 이제 더는 살아야 할 이유가 없었다. 세상에 마음 붙일 구석이 없었다. 깊은 밤중에 복순은 강물 속으로 걸어 들어갔다. 물살이 제 목숨을 쓸어가버릴 때까지.

주매는 복순네 마을 사람들에게서 이런 사연을 전해 들었다.

그들은 복순의 시신을 내려다보며 쯧쯧 혀를 찼다. 갑자기 홀연히 사라져 행여 나쁜 마음을 먹은 게 아닐까 걱정했는데, 정말 그리 되어버린 것이다. 남편이라는 작자는 시신이 발견되지 않았으면 조강지처가 죽었는지 살았는지도 몰랐을 거라 했다. 이렇게라도 돌아왔으니 남편 멱살이라도 끌고 와 복순의 장사를 치러야겠다며 동네 아낙들은 제 일처럼 분통을 터뜨렸다.

그제야 주매는 납득이 갔다. 어째서 복순의 넋이 갈 곳을 잃고 헤매고 있었는지. 마음 편히 저세상으로 가기엔 가슴속에 맺힌 것이 너무 많아 차마 발길이 떨어지지 않았는지 모른다. 그렇다고 제 죽음을 진심으로 슬퍼하는 이 하나 없는 이 세상에 구태여 남아 있을 이유도 없었을 것이다. 그러니 어떻게 해야 할까. 어디로 가야 할까.

차디찬 강물 아래 가라앉아 있었을 시신이 수면 위로 떠올라 모습을 드러낸 건 복순의 염원 때문이었는지도 모른다고 주매는 생각했다. 어쩌면 복순은 그렇게 해서라도 남들이 자기를 봐주길 바랐을 거라고. 초라한 삶이었지만, 저승으로 떠나기 전 저를 알던 누군가의 배웅을 받고 싶었던 거라고.

복순의 장례는 무사히 치러졌다. 동네 사람들 우격다짐에 무덤 앞까지 끌려온 복순의 남편은 죄책감 때문인지, 둘러싼 사람들의 험악한 기운 때문인지 새파랗게 질려 있었다고 했다.

이제는 헤매지 않겠지.

복순의 마지막 소식을 들은 주매는 그녀가 미련 없이 떠났길 기원했다. 그녀가 가야 할 곳이 극락인지 지옥인지 모르지만, 상처를 안고 이 세계와 저 세계 사이를 헤매는 일이 더는 없길 바랐다.

꽤 오랜 시간이 지난 뒤에도 복순과 검은 옷을 입은 남자는 주매의 머릿속에서 지워지지 않았다.

남자는 저승사자일까. 죽은 사람을 이승에서 저세상으로 데려간다는 점에선 저승사자도 일종의 안내인이라 할 수 있었다. 하지만 남자는 거꾸로 이미 죽은 복순을 강 건너편 살던 마을까지 데려오지 않았는가. 복순의 시신을 배에 싣고 온 건 자신이지만, 남자의 안내가 없었더라면 그건 일어나지 않을 일이었다.

대체 정체가 뭘까.

어쩌다 남자를 한 번씩 떠올릴 때면 그의 창백한 낯빛과 얼음처럼 차가운 눈빛이 떠올라 주매는 몸이 으스스 떨렸다.

주매가 남자를 다시 만난 건 선명했던 기억이 꿈처럼 어렴풋하게 멀어져갈 무렵이었다.

강 건너편에서 돌아오는 길에 동료 뱃사공이 모는 배와 스쳐 지나갔다. 동료 진동은 의주에서 손님들을 태우고 강 건너 쪽으로 향하는 길이었다.

주매가 진동을 향해 소리쳤다.

"일은 할 만한가?"

"아이고, 보기보다 힘드네요."

진동이 이마에 흐르는 땀을 닦아냈다. 사공 일을 시작한 지 얼마 안 되는 햇병아리다. 나루터 사공들 가운데 그는 가장 어렸다. 젊은 패기에 힘쓰는 일이라면 뭐든 자신 있다고 했지만, 아직은 요령이 부족해 쉽게 지치는 모양이었다.

"처음이라 그래. 차차 나아질 거야."

주매가 진동을 격려하곤 다시 노를 저으려는데, 문득 진동의 배 안에 낯익은 손님이 눈에 띄었다. 그 남자였다! 언젠가 복순과 함께 탔던 검은 옷을 입은 남자. 그가 커다란 보따리 꾸러미를 멘 두 남자 뒤에 조용히 앉아 있었다.

"저, 저 사람은……."

주매가 저도 모르게 말을 더듬었다. 진동이 주매의 시선이 향하는 곳을 힐끗 바라봤다.

"왜 그러십니까, 형님? 저 두 분, 아는 분들이에요?"

진동이 물었다. 태연한 말투였다.

"……두 분이라고?"

보따리 장수처럼 보이는 두 남자도 고개 들어 주매를 쳐다보았다.

얼굴엔 어리둥절한 기색이 어려 있었다.

선미(船尾) 쪽에 앉은 검은 옷을 입은 남자가 안 보이냐고 물으려다 주매는 목까지 올라온 말을 그대로 삼켰다. 그들에겐 남자가 보이지 않는 모양이었다. 혼란스러웠지만, 어쩌면 그럴 수도 있겠다 싶었다. 정확한 정체는 몰라도 남자가 이 세상 존재가 아닌 건 분명할 테니까.

그런데 왜 내 눈엔 저자가 보이는 걸까.

"아, 아무것도 아니야."

주매는 괜한 말로 이들을 불안하게 만들고 싶지 않았다.

"그럼 전 이만 가보겠습니다."

더는 노닥거릴 시간이 없었는지 진동이 노를 저어 배를 움직였다. 배가 주매를 지나쳐 강물 위를 스르르 미끄러져 가기 시작했다.

주매는 배와 함께 멀어져가는 검은 옷 남자를 뚫어지게 쳐다보았다. 그와 시선이 마주쳤다. 날카로운 눈빛이 겨울철 서릿바람처럼 차가웠다. 남자의 입꼬리가 실룩 움직였다. 음흉한, 비웃는 듯한 미소였다.

주매가 다시 진동을 부르려는데, 남자가 집게손가락을 세워 제 입술에 갖다 댔다. '쉿, 조용히 해'라고 경고하는 것처럼 보였다.

쏴아아아아아.

한 줄기 바람이 불어와 수면 위를 훑고 지나갔다. 반원의 물결 문양이 멀어져가는 배 뒤로 꼬리처럼 달라붙었다.

주매는 한동안 그 자리에 붙박인 것처럼 서서 멀어져가는 배를 지켜보았다.

진동이 탔던 배가 풍랑을 만나 뒤집혔단 소식을 들은 건 다음 날 아침이었다. 주매가 나루터에 도착한 직후부터 하늘이 흐려지더니 갑자기 폭우가 쏟아지기 시작했다. 이런 속도라면 금방 강물이 불어버릴 텐데. 아직 경험도 부족한 진동이 잘 수습할 수 있으려나. 주매는 내심 걱정하며 간밤 내내 속을 끓였다. 그런데 기어이 일이 그렇게 되고 말았다니.

얼마 후 건너편 강기슭 어귀에서 진동과 승객의 시신이 떠올랐다. 진동과 승객 하나는 시신을 건져 올려 돌아왔는데, 또 다른 한 사람은 미처 손쓸 겨를도 없이 물살에 떠밀려 사라져버렸다고 했다.

주매는 진동의 죽음이 제 책임인 것만 같아 마음이 쓰렸다.

그때 어떻게든 뭍으로 돌아가게 할 걸 그랬나. 그랬더라면 배에 탔던 이들 모두 죽음을 면할 수 있었을지 모르는데.

어쩌면 다 부질없는 후회인지도 몰랐다. 검은 옷을 입은 남자가 타고 있으니 돌아가라고? 무엇으로도 진동을 납득시킬 길이 없었다. 그게 무슨 말도 안 되는 소리냐면서 오히려 이상하게 여겼을 것이다.

다 팔자인 게지…….

주매는 그렇게 생각하기로 했다. 진동이 그렇게 짧은 생을 마쳐야 했던 것도, 제 눈에만 남자가 보이는 것도 모두 다 알 수 없는 운명 때문이라고. 인간이 타고난 운명을 거스를 순 없다. 그러니 남자는 미약하기 짝이 없는 존재인 인간이 함부로 끼어들지 말라고 경고했던 것이리라.

거기까지 생각이 미치자, 주매는 남자의 정체가 더욱 궁금해졌다. 그와 함께 배에 탔던 사람들은 모두 죽었다. 역시 그는 사자였을까. 죽을 운명을 받아 놓은 이들을 저승으로 데려가는. 그가 자신을 복순의 시신으로 인도한 건 그녀가 제 죽음을 알리고 싶다고 남자에게 간청했기 때문인지도 모른다. 이승을 떠나는 망자(亡者)의 마지막 소원을 남자가 들어줬기 때문인지도.

저승사자라…….

주매는 섬뜩한 그 단어를 속으로 가만히 되뇌어보았다.

그가 보이는 건 나 역시 죽을 날이 머잖았다는 뜻일까?

생각만으로도 머리털이 쭈뼛 서는 것 같았다. 삶에 큰 애착이 있는 건 아니지만, 그래도 벌써 죽고 싶은 마음은 없었다. 하지만 그 또한 정해진 운명이라면 피할 방법도 없을 것이다.

"저승사자라……."

역관 홍명복이 불쑥 혼잣말로 중얼거렸다. 배에 탄 사람들의 시선이 일제히 그에게 쏠렸다. 말이 없어 이제껏 아무도 신경 쓰지 않았는데, 새삼스럽게 다들 그의 존재를 인식한 것 같았다.

외양만 보면 명복은 볼품없는 사내였다. 밭에서 캔 감자처럼 생김새가 울퉁불퉁했다. 키도 작고 땅딸막한 데다, 틀어 올린 상투 머리도 숱이 적어 초라해 보였다. 하지만 청나라말은 출중하다고 하니, 이 사행길엔 없어선 안 될 인물이었다.

사람들 눈이 쏠린 걸 의식한 명복은 쑥스러운 듯 손으로 제 얼굴을 쓰다듬었다.

"그 말을 들으니 갑자기 기억나는 게 있어서요."

연암이 주저하지 말고 말해보라는 듯 고개를 끄덕였다.

"돌아가신 아버지 병간호를 할 때였어요. 이제 가실 날이 얼마 안 남았다고 식구들 모두 체념하고 있었는데, 갑자기 상태가 반짝 좋아지더니 자리에서 일어나려 하시더라고요. 재성 삼촌이 부르러 왔으니 채비를 해야 한다면서요. 오랜만에 삼촌을 만나는 게 반가웠는지 얼굴에 환한 미소까지 띠고 계셨습니다."

"재성 삼촌이요?"

장복이 끼어들었다.

"아, 사실 진짜 피붙이는 아니고 아버지랑 어린 시절부터 친형제처럼 친하게 지냈던 분. 그래서 나랑 형제들도 삼촌이라고 부르며 따랐는데……."

명복이 말꼬리를 흐렸다가 다시 말했다.

"그분이 사고로 아버지보다 먼저 가셨거든요. 그때 아버지는 혼수상태라 모르셨을 테지만요."

다들 숙연한 표정으로 입을 다물었다. 주매조차 표정이 어두워졌다. 명복이 말을 이었다.

"얼마 후에 아버지도 결국 세상을 떠나셨습니다. 후에 가족들끼리 재성 삼촌이 데리러 오신 거라고, 그분이 저승사자였다고 숙덕거렸죠."

"그래도 자네 아버지는 마지막 가시는 길이 행복했을걸세."

연암이 부드럽게 말했다.

"……그런가요."

명복이 미심쩍은 어투로 말했다.

"그렇다면 다행이지만."

"어릴 때부터 형제처럼 친하게 지내던 사람이 마중 나오지 않았나. 어차피 언젠가는 끝이 있는 게 사람 목숨인데, 나도 마지막 가는 길에는 반가운 얼굴이 데리러 오면 좋겠구먼. 기왕 가는 거 즐겁게 갈 수 있도록 말일세."

"전 싫어요. 죽은 형이 데리러 오면 금방이라도 냉큼 따라나설 것 같으니까."

장복이 저도 모르게 큰 소리로 말했다가 시선이 쏠리자 무안했는지 시무룩하게 중얼거렸다.

"형이랑 정말 사이가 좋았거든요."

장복에게 그런 아픔이 있었나, 하고 선노미는 생각했다. 그러고 보니 장복이랑 마음속 대화를 해본 적이 없었다. 이렇게 사람들 속에 품은 감정을 끄집어내는 것이 이야기의 힘이라고 선노미는 새삼스레 깨달았다.

"그런데 자네는 저승사자를 만나고도 무사하구먼."

명복이 문득 생각났다는 듯 주매를 보고 말했다. 어쩐지 감탄 섞인 말투였다.

"아마도 그를 따라가질 않아서 그랬을 테지."

주매가 조용히 대답했다.

"사실은 따라간 적이 있습니다."

"뭐라고?"

일제히 입을 딱 벌렸다.

"어, 어째서……. 왜요?"

선노미가 저도 모르게 중얼거렸다.

"이후에도 그 남자를 다시 만났나?"

연암이 물었다. 주매가 고개를 끄덕였다.

"진동이 죽은 지 석 달 뒤였습니다."

그날 밤, 주매는 청나라 쪽에서 건너온 손님들을 내려주고 닻을 내리던 참이었다.

이미 사방엔 캄캄한 어둠이 내려앉아 있었다. 보통은 일이 이렇게 늦게 끝나지 않는데, 그날은 강 건너편에서 출발이 늦어지면서 그렇게 되었다. 다른 사공들은 모두 일을 마치고 돌아갔는지 주위엔 아무도 없었다. 인적 끊긴 나루터엔 주인 떠난 배들만 호젓하게 떠 있었다.

바스락.

등 뒤에서 인기척이 들렸다. 돌아본 주매는 깜짝 놀라 눈을 휘둥그레 떴다. 눈앞엔 낯익은 얼굴이 서 있었다. 잘 벼린 칼처럼 날카로운 검은 눈동자, 머리부터 발끝까지 온통 검은색으로 휘감은 차림새. 그 남자였다. 자신을 '안내인'이라고 칭했던 저승사자.

"다, 다, 당신은……."

입 안에서 혀가 얼어붙은 것만 같았다. 남자가 주매에게 한 발짝 다가왔다.

"배를 띄우시오."

나지막한, 하지만 위협적인 목소리였다.

"배를 띄우라니…… 그럴 수 없소. 싫소!"

주매는 세차게 고개를 내저었다. 이 밤중에 저승사자가 나타나 배를 몰라고 하다니. 그건 나를 데려가겠단 말 아닌가. 예전에 보았던, 물에 불어 푸르딩딩해진 시신들이 머리에 떠올랐다. 안 돼, 그렇게 될 순 없어.

버티는 게 부질없는 짓일지 몰라도 얌전히 따라나서고 싶진 않았다. 강 위에서 그를 만났다면 달리 뾰족한 방법이 없겠지만, 아직 뻗댈 수 있는데 고분고분 배를 띄워 죽음을 맞이하긴 싫었다.

예상치 못한 반응이라는 듯 남자가 눈썹을 치켜세웠다.

"싫다고?"

"그래, 싫소! 날 저승으로 데려가려나 본데, 세상에 어느 누가 예, 하고 넙죽 따라나서겠소."

딱딱하게 굳었던 남자의 표정이 누그러졌다. 기분 탓인지 몰라도 눈매도 조금 부드러워진 것 같았다.

"착각한 모양인데, 난 당신을 데려가려고 온 게 아니오. 부탁하러 온 거요."

"부탁……이요?"

"해야 할 일이 있소. 오늘을 놓치면 또 한참을 기다려야 하오. 그러니 배를 띄우시오."

"해야 할 일?"

주매가 남자를 빤히 쳐다보았다. 나를 속이려는 걸까. 혹시 내가 익사할 팔자를 타고났는데, 이렇게 구슬려서 데려가려는 걸까. 나 말고도 운명을 거스르려는 사람들을 이렇게 구슬렸을까.

하지만 남자의 얼굴은 거짓말을 하는 것 같지 않았다.

"이미 시간이 늦었는데……."

남자의 눈치를 보며 주매는 우물쭈물 말꼬리를 흐렸다.

"부탁을 들어주지 않으면 다음번에 손님들을 태우고 나갈 때 반드시 큰 풍랑을 만나게 될 거요."

주매가 주저하는 걸 보자 남자가 협박조로 말했다.

"풍랑이라니, 그런……."

뭐라고 항의하려는 주매를 남자가 중간에서 가로막았다.

"하지만 내 청을 들어주면 그 대가로 선물을 줄 것이오."

이것 역시 예상치 못한 말이었다.

남자가 꿰뚫어보듯 하는 눈길로 주매를 쏘아봤다.

"어느 쪽을 택하겠소? 풍랑이오, 선물이오?"

두 사람의 시선이 맞섰다. 마치 서로의 마음을 읽으려는 것처럼 둘은 마주 서서 노려봤다. 먼저 시선을 내리깐 것은 주매 쪽이었다.

"알겠소. 출발하지요."

버텨봤자 이미 결론은 나 있었다. 남자의 뜻이 확고해 보이니 그걸 거스를 수는 없었다. 행여 남자가 자신을 속였다 해도 어쩔 수 없었다. 오늘 여기서 도망치더라도 다시 배를 띄우는 날엔 남자 말대로 풍랑을 만날 테니.

결국엔 정해진 운명을 조금 연기하는 것에 지나지 않을 것이다. 그럴 바엔 남자의 말을 믿어보는 편이 낫지 않을까. 어쩌면 남자는 정말 자신을 데려가려는 게 아닌지도 모르는데.

그가 기다렸다는 듯 배 위에 올랐다. 주매는 잠자코 닻을 풀고 배를 출발시켰다. 단단한 동아줄에서 풀려난 배는 미끄러지듯 앞으로 나아갔다. 주매가 노를 저어 속도를 높였다.

출렁출렁.

물결이 뱃전에 부서졌다. 경쾌한 소리가 배 안에 내려앉은 어색한 침묵을 조금이나마 달래주는 것 같았다.

배는 잔잔한 물살을 타고 거침없이 움직였다. 묵묵히 노만 젓느라 몰랐는데, 정신을 차려보니 어느새 배는 뭍에서 꽤 먼 곳까지 나와 있었다.

"그만. 여기서 멈추시오."

남자가 말했다.

사방이 온통 새카맸다. 하늘과 강이 구분이 안 갈 만큼. 검은 옷을 입은 남자도 캄캄한 어둠 속에 완전히 녹아들었다. 한 줄기 빛조차 비치지 않는 강 한가운데서 저승사자일지 모르는 남자와 단둘이 마주해 있다는 생각에 주매는 새삼 등골이 쭈뼛해졌다. 남자는 주매의 속마음을 아는지 모르는지 미동도 않고 앉아 있었다.

저 멀리서 갈대밭이 바람에 버스럭거리는 소리가 들렸다. 풀벌레 우는 소리, 물고기가 헤엄치고 갈 때 수면이 참방참방 튕기는 소리도 어우러졌다. 그 소리가 밤중에만 들리는 건 아닐진대 어둠 속에서 들리는 소리는 한낮보다 더 또렷하고 생생하게 느껴졌다. 마치 누군가 귓가에 대고 들려주는 것처럼.

얼마나 시간이 지났을까. 인내심이 바닥난 주매가 '언제까지 이러고 있어야 하는 거요'라고 막 항의를 하려는데 남자가 먼저 입을 열었다.

"이제 때가 됐군."

그 말과 동시에 새카만 하늘에 두둥실 보름달이 떠올랐다. 달마다 한 번꼴로 보는 보름달이지만, 그날 허공에 걸린 달은 어쩐지 여느 때와는 달라 보였다. 평소엔 먼 하늘에 동전만 한 크기로 보였다면, 그날은 사발만큼 커 보였다. 둥그스름한 달에서 빛나는 하얀 달빛이 사방에 내려앉았다. 조금 전까지는 잘 보이지 않던 남자의 얼굴 윤곽이 달빛에 비쳐 어슴푸레 드러났다.

남자가 서서히 몸을 일으켰다. 배 위에 똑바로 몸을 곧추세우고 서더니 낮게 휘파람을 불었다.

휘이익.

달빛이 잔잔한 수면 위로 일제히 쏟아졌다. 거울처럼 잔잔한 수면이 달빛을 튕겨내며 반짝반짝 빛났다.

휘익 휘익.

다시 휘파람 소리가 들리자, 깊이를 알 수 없는 고요한 강물 속이 밑바닥까지 똑똑히 들여다보였다. 마치 달빛이 강바닥을 비추는 것처럼.

검푸른 수표면과 달리 깊은 강물 안은 화창하게 갠 맑은 하늘처럼 투명한 푸른빛을 띠고 있었다. 강바닥에 뿌리 내린 물풀들 사이로 형형색색의 물고기가 이리저리 헤엄쳤다.

생전 처음 보는 놀라운 광경에 주매는 입이 딱 벌어졌다. 아, 날마다 오가는 강물 속이 이런 모습을 하고 있었구나. 정말 아름답다. 그런데 가만히 보니 강바닥 곳곳에 무언가가 드문드문 깔려 있었다.

아니, 저건!

주매가 너무 놀라 숨을 훅, 들이켰다. 사람이었다. 아니, 한때는 사람이었지만, 지금은 육신에서 생명이 빠져나간 시신들일 뿐이다. 비교적 형체가 온전한 시신, 고기에게 살점이 뜯어 먹혀 훼손된 시신, 아예 새하얀 백골만 남은 시신……. 수십 구는 될 법한 시신들이 저마다 다른 모습을 한 채 차가운 강바닥에 누워 있었다.

주매는 번쩍 고개를 들어 남자를 쳐다보았다. 막상 입을 열려고 하니 궁금한 게 너무 많아 머릿속이 정리가 되지 않았다.

남자는 제 일이 급한 듯 품속에서 무언가를 꺼내 들었다. 작은 피리였다.

필릴리 필릴리.

피리를 입에 대자 구슬픈 음이 흘러나왔다. 어쩐지 애처로운 가락이었다. 누군가를 부르고 있는 것처럼, 어쩌면 달래는 것처럼 들리기도 했다.

피리 소리가 들리자, 물 밑에 가라앉아 있던 시신들의 감은 눈꺼풀이 반짝 열렸다. 피리 선율이 무슨 신호라도 된 것처럼. 백골만 남은 시신도 소리에 반응하듯 뼈를 달그락거렸다.

필릴리 필릴리.

강물 속을 투과한 하얀 달빛처럼 피리의 선율도 강 밑바닥까지 전해진 것 같았다.

시신들은 탁한 막이 희뿌옇게 내려앉은 눈을 벌리고서 주매가 탄 배를 올려다보았다. 주매의 눈에는 시신들이 소리가 들리는 방향을 좇고 있는 것처럼 보였다.

하지만 그뿐이었다. 몸에 무거운 추라도 달고 있는 것처럼 그들은 꼼짝도 하지 않고 듣고만 있었다.

"아, 이래도 안 되는 것인가."

남자가 탄식했다. 조금 지쳐 보였다. 어깨도 축 처진 걸 보니 맥이 빠진 것 같았다.

남자는 이번엔 한 뭉텅이나 되는 종이를 품에서 꺼냈다. 때마침 불어온 밤바람에 종이뭉치가 팔랑팔랑 나부꼈다. 주매가 흘깃 보니 빛이 누렇게 바랜 종이마다 붓으로 쓴 글자가 적혀 있었다.

가장 위에 있는 종이 한 장을 집어 올렸다.

화르르.

순간 종이를 든 남자의 손에서 불꽃이 일더니, 종이는 눈 깜짝할 사이에 새카맣게 타서 검은 재가 돼버렸다. 그의 손가락 사이로 잿가루가 빠져나와 강물 속으로 스르르 떨어졌다.

"김호춘."

남자가 이름을 부르고서 한 호흡 정도 기다렸다. 아무런 반응이 없었다. 다음 종이를 집어 들었다.

화르르.

또다시 그의 손에서 타오른 불꽃은 순식간에 빛바랜 종이를 삼켜버렸다. 강물에 떨어진 검은 재가 물에 녹아 서서히 사라졌다.

"이효순."

다시 누군가의 이름을 불렀다. 역시나 이번에도 아무런 응답이 없었다.

주매는 홀린 듯이 남자가 하는 짓을 지켜보았다. 보아하니 남자는 종이를 태우면서 거기 적힌 사람들 이름을 부르는 것 같았다. 한 장, 또 한 장……. 남자가 손에 든 종이를 다 태우는 데는 그리 오랜 시간이 걸리지 않았다.

마지막 종이까지 재가 되어 사라지자, 갑자기 어둠이 밀려들었다.

하늘 한가운데 걸려 있던 보름달도 구름이 가려버렸는지 이젠 보이지 않았다. 투명하게 비치던 강바닥도 더는 들여다보이지 않고, 수면 위로 검푸른 물결만 넘실거렸다. 마치 강바닥으로 통하던 비밀 통로를 누군가 다시 막아버린 것 같았다. 주매는 남자와 단둘이 어둠 속에 남겨졌다.

"대체 내가 지금 본 게 뭐요? 당신, 뭘 하고 있었소?"

주매가 무거운 침묵을 깨고 물었다.

"이 세상과 저세상 사이에 낀 넋을 부른 거요."

예상 외로 남자는 선선히 대꾸했다.

"낀 넋이라고? 그게 대체 무슨 말이오?"

"전에 나랑 같이 배에 탄 여자 기억나오?"

복순을 말하는 거라고 짐작하며 주매가 고개를 끄덕였다.

"그 여자도 두 세상 사이에서 길을 잃고 오도 가도 못 하던 넋이었소. 자신이 죽은 걸 몰랐거든. 그래서 내가 일깨워줬지. 당신은 망자라고."

아, 하는 소리가 주매의 입에서 새어 나왔다. 남자가 복순의 넋을 시신과 대면시켜줬던 건 그 때문이었나. 저 자신이 죽은 줄도 모르고 헤매던 복순의 넋은 이미 껍데기만 남은 제 육체를 보면서 어떤 심경이었을까. 좌절했을까, 안도했을까.

"그 여자는 자신이 죽은 걸 몰랐소. 하지만 누구인지는 알고 있었지. 구천을 헤매는 넋 중에선 비교적 안내하기 쉬운 편이라오."

남자가 검푸른 강물 아래를 흘깃 쳐다보더니 말을 이었다.

"하지만 자신이 누구인지 모르는 넋도 많다오. 이승에서의 짐이나 업보가 너무 커서 내세의 기억이 지워진 탓이겠지."

남자가 잠시 말을 멈췄다가 덧붙였다.

"자기 자신이 애써 기억을 지워버렸을 수도 있고."

그 말이 주매의 가슴을 무겁게 짓눌렀다. 조금 전 강바닥에서 봤던 수많은 시신들이 눈앞에 떠올랐다. 그렇게도 많은 이들이 모두 감당하기 어려운 한과 죄를 짊어지고 있었단 말인가.

"피붙이들이 열심히 빌어주면 넋이 무사히 저승에 간다던데, 그게 아니오?"

주매가 안타까운 마음에 물어보았다. 하지만 그는 천천히 고개를 저었다.

"그건 망자의 마음에 달려 있소."

"마음에 달려 있다니?"

남자가 다시 잠시 말을 멈췄다. 주매에게 뭐라고 설명하는 게 좋을지 생각하는 눈치였다. 마침내 입을 열었다.

"나는 안내인이오."

남자는 전에 주매가 들어본 적이 있는 말을 되풀이했다.

"이승에서 정해진 명이 다하거나, 혹은 제 의지로 이승과의 인연을 끊어버린 사람들을 다른 세상으로 안내하지."

"그, 그렇다면 당신은 역시 저승사자로군."

"저승사자라……."

남자가 주매의 말을 곱씹어보듯 말했다.

"그렇게 부르는 사람도 있겠지. 하지만 안내인이라고 하는 쪽이 더 정확할 거요. 이 강 위를 떠도는 넋들을 가야 할 장소로 안내하니까. 당신처럼 강 이편과 저편을 오가면서."

"강 이편과 저편을 오간다고……."

주매가 중얼거리듯 남자의 말을 따라 했다. 남자가 했던 말의 의미가 점점 분명하게 와 닿는 것 같았다.

"목적지를 알면 데려다주는 일은 쉽지. 하지만 자신이 누구인지, 원하는 목적지가 무엇인지도 모르는 넋은 안내인으로서도 어쩔 도리가 없소."

강바닥에 누워 있던 시신들이 자신을 일깨우는 피리 소리를 듣고서도, 제 이름을 부르는 소리를 듣고서도 꿈쩍 않고 있었던 이유를 주매는 이제 알 것 같았다. 그들은 분명 그 소리를 들었을 것이다. 소리를 좇는 눈을 보면 알 수 있었다. 하지만 그들은 그 소리가 무엇을 의미하는지는 몰랐다. 제 이름이 들리는데도 그게 자신인지 깨닫지 못했다. 슬프고도 무서운 일이라고 주매는 생각했다.

"구천을 떠도는 넋이 어디로도 가지 못하고 헤매는 건 자신이 누구인지, 제 마음이 무엇을 원하는지 모르기 때문이오. 그래서 저승으로 무사히 가는 건 망자의 마음에 달려 있다고 한 거요."

주매의 머릿속에서 실타래처럼 엉킨 의문들이 하나씩 풀리고 있었다. 주매는 마지막으로 궁금했던 것을 물었다.

"왜 꼭 오늘 배를 띄우라고 했소?"

"혜매는 넋을 부르기 좋은 날이니까. 당신은 모르겠지만, 오늘은 몇십 년 만에 한 번씩 특별한 달이 뜨는 날이거든. 하지만 아무 소용이 없었지."

넋을 부르는 일에 힘을 모조리 써버렸는지 남자는 지쳐 보였다. 차갑게 빛나던 눈동자도 갑자기 빛을 잃고 흐려진 것 같았다. 조금 전 주매가 봤던 시신의 눈처럼 뜨고 있다기보다는 무의미하게 벌어져 있는 듯한 눈이었다.

남자가 말을 마치자, 주매도 더는 할 말이 없었다. 한동안 배 안엔 침묵이 흘렀다.

솨아아아아.

바람이 불어와 잔물결을 그리고 지나갔다. 남자는 '이제 슬슬 돌아갈까' 하고 말했다.

서서히 배가 움직여서 왔던 길을 돌아가기 시작했다. 어느 틈엔가 구름 속에서 모습을 드러낸 달빛이 두 사람의 등 뒤를 은은하게 어루만졌다.

"잊기 전에 약속한 선물을 줘야겠군."

저만치 나루터가 보일 만큼 왔을 무렵, 남자가 불쑥 말을 꺼냈다.

"선물이라고?"

주매는 충격적인 경험 때문에 남자가 출발할 때 했던 약속은 까맣게 잊고 있었다.

"당신이 모는 배는 절대로 사고를 당하거나, 뒤집힐 일이 없을 거요. 앞으로 언제까지고."

물 위의 사고가 가장 큰 걱정인 뱃사공에겐 최고의 선물이었다. 주매가 고맙다는 말을 하려고 고개를 돌렸다. 하지만 남자는 흔적도 없었다. 검은 옷을 입은 남자는 어둠 속에 그대로 녹아들기라도 한 것처럼 홀연히 사라져버렸다.

주매의 이야기가 끝났을 때 누구도 입을 열지 않았다. 구천의 원혼들에 대한 안타까움이 사람들의 마음을 무겁게 만든 것 같았다.

"그런 연유로 제 배는 절대 뒤집힐 일이 없답니다. 그러니 나리들께서도 걱정하지 않으셔도 됩니다."

주매가 농담이라도 하는 듯한 어조로 말했다. 행여나 분위기가 가라앉을까 봐 걱정스러웠는지 일부러 명랑하게 지어낸 어투였다.

"그것 참 다행이네요. 그렇지 않습니까, 나리?"

먼저 침묵을 깬 이는 역관 명복이었다. 명복은 그렇게 말하면서 연암의 안색을 살폈다.

"내가 언제 걱정이라도 했던 것처럼 말하는구만."

출발할 때 자객 형가까지 운운하며 진지하게 굴었던 걸 까맣게 잊어버렸는지 연암이 능청스럽게 딴청을 했다. 선노미는 피식 웃음이 터져 나오려는 걸 꾹 참았다.

문득 곁을 보니 장복도 입술을 꽉 깨물고 있는 것이 터지려는 웃음을 참고 있는 눈치였다. 선노미와 눈이 마주치자, 장복은 함께 못된 장난을 꾸미는 것처럼 씩 웃어 보였다.

"저기 뭍이 보이시죠? 이젠 거의 다 왔습니다."

주매가 손을 들어 앞을 가리켰다. 다들 일제히 뱃전으로 고개를 내밀고 강 건너편을 바라보았다. 앞으로 일행이 가야 할 미지의 세계가 눈앞에 펼쳐졌다. 선노미는 갑자기 가슴이 벅차올랐다.

이제까지는 낯선 사람들 사이에서 혼자 겉돌고 있다는 씁쓸함과 집에 대한 그리움 때문에 새로운 모험을 앞뒀을 때의 설렘을 오롯이 만끽하지 못했다. 하지만 주매의 이야기를 들으면서 선노미는 그간 제 마음이 왜 그토록 소란스러웠는지 이유를 깨달았다. 그동안 선노미는 몸은 한양서 멀리 떨어진 곳에까지 와 있지만, 마음은 어디를 향해야 할지 몰라 갈피를 못 잡고 있었다. 주매, 아니 주매가 만났던 남자의 말을 빌리자면, 선노미도 목적지를 몰라 방황하던 넋과 크게 다를 바가 없었다.

삼개주막을 떠나올 때만 해도 선노미는 집 생각이 이렇게 많이 날 거라고는 예상치 못했다. 자신이 속한 작은 마을에 염증을 느꼈던 주매와 마찬가지로, 사실 선노미 역시 가끔은 주막에서 벗어나고 싶었다. 매일 아침부터 밤늦게까지 주막에서 어머니를 돕는 일은 때로는 지치고 힘들었다. 주막이라는 한정된 장소에서 벗어나지 못하는 제 삶도 갑갑하게 느껴졌다. 어린 여동생들은 귀여웠지만, 속마음을 터놓을 순 없었다. 자신이 속한 작은 세계에 싫증이 날 때마다 유일하게 선노미를 달래주었던 건 귓전으로 들은 기이하고 신기한 이야기였다. 등골이 오싹해지거나 가슴이 저릿해지는 이야기를 들으면서 바깥세상엔 내가 모르는 별의별 일들이 참 많구나, 새장 같은 주막을 나와 큰 세상을 보고 싶다고 생각했다.

그런데 막상 나와본 바깥세상은 선노미가 머릿속으로 그렸던 것과 많이 달랐다. 그래도 주막에선 저를 알아줬던 가족이나 이웃들이 있었는데, 여기선 누구도 신경 쓰지 않는 하인 중 하나일 뿐이었다. 하인들도 딱히 자신을 반겨주지 않았다. 고작 이런 거였나, 싶어 선노미는 맥이 탁 풀렸다. 그렇게도 주막을 벗어나고 싶었는데 나와서 맞닥뜨린 게 고작 차별과 냉대라니. 꿈에 그리던 강 건너편 세상을 접하고 실망했던 주매의 심정이 손에 잡힐 듯 생생하게 와 닿았다.

어쩌면 그래서였을 것이다. 자신이 그토록 집을 그리워했던 이유가. 바깥세상에 대한 기대가 컸던 만큼 실망도 컸기에 떠나온 곳이 더욱더 아쉽게 느껴졌다. 이토록 좋은 걸 손에 쥐고서도 그동안 가치를 알지 못했구나 싶어 후회되고, 이따금 원망스러웠던 어머니한테도 죄책감이 들었다.

하지만 선노미는 이제 더는 외로움과 그리움 사이에서 방황하지 않기로 했다. 자신에게는 돌아갈 곳이 있으니까. 삼개주막이라는 뚜렷한 목적지가. 소중한 사람들이 기다리는, 선노미를 위한 작은 세계가. 돌아갈 곳이 있다는 게, 목적지가 있다는 게 얼마나 감사한 일인지를 선노미는 주매의 이야기를 들으며 깨달았다.

돌아갈 곳이 있는 한, 나는 어디에도 속하지 못하고 헤매는 넋들과 다르다. 머잖아 나는 내가 속한 작은 세계로 돌아가야 한다. 그러니 그때까지 힘을 내서 더 넓은 세계를 마음껏 보고 듣고 즐겨야겠다고, 더는 낙심하거나 우울해해선 안 된다고 선노미는 다짐했다.

드디어 배가 뭍에 도착했다. 등 뒤로는 선노미 일행이 건너온 강이 드넓게 펼쳐졌다. 그들이 떠나온 조선은 끝이 보이지 않는 검푸른 강물 너머에 있고, 그들이 가야 할 청나라는 눈앞에 보이는 거친 갈대숲 길과 이어져 있다.

"새로운 세계로 가는 길이로구나."

연암이 혼잣말처럼 중얼거렸다. 술도 먹지 않았는데 얼굴이 벌겋게 상기된 걸 보니 그도 강을 건너 미지의 땅에 도착한 게 가슴 벅찬 모양이었다.

연암과 명복이 주매의 부축을 받으며 배에서 먼저 내리고 다음은 선노미가 내릴 차례였다. 선노미가 무거운 짐꾸러미를 등에 지고 일어서는데, 오랫동안 쪼그리고 앉아 있었던 탓인지 갑자기 다리가 휘청거렸다.

"조심해!"

뒤에서 누군가 넘어지려는 선노미를 꽉 붙잡았다.

"비실비실하기는. 갈 길도 먼데 벌써부터 그래서 어떡하냐."

장복이었다. 선노미는 속으로 '또 잔소리가 시작되겠구나' 생각했다. 하지만 장복은 더는 별말을 하지 않았다. 잠자코 선노미 등에서 짐을 벗겨 제 등에 짊어지고, 제 짐은 한쪽 어깨에 단단하게 맸다.

"무리하다가 또 주저앉으면 안 되잖아. 다리 저린 거 풀릴 때까지만 들어주는 거다."

선노미는 뜻밖의 친절에 얼떨떨해서 고맙다는 말도 잊고 장복을 멍하니 쳐다보았다.

"왜 그렇게 쳐다봐? 내 얼굴에 뭐 묻었냐? 어서 가기나 해."

장복이 퉁명스럽게 말했다. 속으로 '그럼 그렇지' 하면서 선노미는 장복이 또다시 핀잔을 늘어놓기 전에 서둘러 배에서 내렸다.

장복도 선노미를 따라 배에서 내려섰다. 선노미 몫까지 짐을 들어 발걸음이 무거웠다. 조금 앞서서 가는 선노미의 호리호리한 체구와 여윈 어깨가 보였다. 어쩐지 그 모습에 어릴 적 제 모습이 겹쳐졌다.

지금은 키가 훤칠하게 크고 체구도 당당하지만, 어린 시절 장복은 잔병치레가 잦은 병약한 아이였다. 겁이 많아 밤에 혼자 뒷간 가는 것도 무서워했다. 부모님은 '사내자식이 저래서야 밥벌이나 제대로 하겠냐'며 이따금 한숨을 쉬었다. 힘으로 서열이 결정되는 사내아이들 사이에서도 장복은 무시당하기 일쑤였다. '아무 짝에도 쓸모 없는 녀석' 그것이 장복에게 붙어 있던 꼬리표였다.

아무 짝에 쓸모없는 자신을 유일하게 소중하게 대해준 건 위로 세 살 터울 나는 형이었다. 자신과 달리 튼튼하고 힘이 셌던 형은 장복이 해야 할 궂은 잡일을 대신 해주고, 장복을 괴롭힌 동네 아이들을 혼내주기도 했다. 이 세상에 의지할 사람은 형밖에 없다고, 나중에 자라면 형 같은 남자가 되고 싶다고 생각했다.

하지만 형은 꼭 지금 제 나이였을 무렵 어이없는 사고로 세상을 떠났다. 어느 양반 어르신이 타고 가던 말이 거리에서 갑자기 날뛰는 바람에 말발굽에 차여 머리가 깨진 것이다. 온기가 사라진 형의 시신과 든든한 큰아들의 갑작스러운 죽음에 몸져누운 부모님을 보면서 장복은 생각했다. 형 몫까지 열심히 살아야겠다고, 형과 부모님이 자랑스러워할 사내가 되자고.

그 뒤로 열심히 몸을 단련하고, 힘든 일이 있어도 피하지 않고 도맡아 했다. 자신을 무시하는 아이들에게도 당당히 맞섰다. 시간이 흐르면서 장복을 보는 사람들의 시선도 조금씩 달라졌다. 훤칠한 소년이 된 장복은 어느새 자신이 동경했던 형의 모습을 닮아 있었다. 타고난 겁 많은 천성까지 바꿀 순 없었지만.

조선 사신단 일행의 하인으로 청나라에 가게 됐을 때 장복은 뛸 듯이 기뻤다. 먼 사행길은 힘들고 위험하겠지만, 위험을 각오할 만한 가치가 충분하다고 생각했다. 큰돈을 벌어 드디어 부모님께 효도할 수 있게 되었으니.

그런데 어디서 굴러왔는지 모르는 선노미라는 아이 때문에 하마터면 제 계획이 틀어질 뻔했다. 선노미는 정사 어르신 팔촌 동생인 연암 나리가 특별히 하인으로 지목한 아이랬는데, 기억력이 탁월하고 언문도 안다고 했다. 얼굴도 어지간한 여자보다 더 예뻤다. 장복은 질투로 속이 뒤틀리는 것 같았다. 그렇게 열심히 노력했는데, 한순간에 '쓸모없는 녀석'이라는 말을 듣던 예전으로 돌아간 것 같았다. 장복에게 선노미는 자신의 과거를 생각나게 하는 껄끄러운 존재였다. 주매의 이야기를 들으며 죽은 형을 떠올리기 전까지.

장복의 기억 속에서 형은 언제까지나 열여덟 살로 남았다. 어릴 땐 그 숫자가 까마득하게 멀게 느껴졌는데, 문득 돌이켜보니 어느새 자신도 형이 죽었을 때와 똑같은 나이가 돼 있었다. 장복은 처음으로 형의 시선으로 곁에 앉은 선노미를 바라봤다. 공교롭게도 선노미 나이는 형이 죽었을 때 제 나이와 똑같았다. 힘쓰는 일은 도통 못할 것처럼 보이는 여리여리한 체구도 어쩐지 그 나이 때 자신과 닮아 있었다. 앞으로 힘든 일들이 많을 텐데 제 앞가림도 하기 힘들어 보이는 선노미를 형이 돼서 챙겨줘야겠다고 생각했다. 예전에 형이 자신에게 그랬던 것처럼.

"야, 선노미야!"

장복이 부르는 소리에 선노미가 화들짝 놀라 돌아보았다.

"너, 언문 잘 알지?"

선노미가 쭈뼛쭈뼛 눈치를 보면서 네, 대답했다. 그냥 말을 걸었을 뿐인데 꾸중을 듣는 것처럼 목까지 잔뜩 움츠리고 있다.

"나중에 나한테 가르쳐줄래?"

예상치 못했던 말이었는지 선노미가 '네?' 하고 되물었다. 아까 말했던 '네'보다는 몇 음계 올라간 목소리였다.

"뭘 그렇게 놀라냐. 나도 내 이름 정도는 쓸 줄 알아야겠다 싶어서."

'장복'이라는 이름 쓰는 법을 배우고 나면 다음엔 '장수'라는 글자를 배워야겠다고 생각했다. 그리운, 죽은 형의 이름이다.

선노미는 무슨 상황인지 이해가 안 가 벙벙한 표정을 지었다가, 얼떨떨한 얼굴로 고개를 끄덕였다. 그러고선 할 말이 있는지 머뭇머뭇하며 마치 큰 결심이라도 한 듯 어렵게 입을 뗐다.

"짐 들어줘서 고마워요, 형."

"뭘 이런 걸 가지고."

장복이 일부러 아무렇지도 않다는 듯 대답했다. 둘은 나란히 서서 걸었다. 장복 자신은 깨닫지 못했지만, '형'이라는 말에 입꼬리가 미소 짓는 것처럼 살짝 올라간 것을 선노미는 놓치지 않았다.

뭍에 도착한 일행이 짐꾸러미를 들고 멀어져갔다. 주매는 점점 작아지는 그들의 뒷모습을 눈으로 배웅했다. 사라져 보이지 않을 때까지.

뒤에 남겨진 주매는 또다시 혼자가 됐다. 어쩐지 허탈했다. 손님들을 실어다주고 실어 오고 하는 일에 이젠 이골이 났지만, 아직도 이따금 어느 무리에도 속하지 못하고 강 이편과 저편을 오가는 제 처지가 고독하게 느껴질 때가 있었다.

어쩌겠나. 그게 사공의 숙명인 것을.

씁쓸한 마음을 떨쳐버리려는 듯 주매가 먼 수평선을 지긋이 쳐다봤다. 오늘따라 마음이 더 심란한 건 조금 전 배에서 내렸던 손님이 했던 말 때문인지도 몰랐다. 마지막 가는 길에 반가운 얼굴이 저승사자가 되어 인도해줬으면 좋겠다는 말.

주매에게도 보고 싶은 그리운 얼굴이 있다. 어린 시절 친구였던 두란. 주매가 강 건너편을 바라보며 언젠가 저 세계로 꼭 건너가겠다 다짐하던 그때도 주매의 곁엔 두란이 있었다.

작은 마을에서 형제나 다름없었던 두란은 스물을 갓 넘었을 무렵 제 손으로 목숨을 끊었다.

주매와 두란이 나고 자란 곳은 압록강에서 조금 떨어진 작은 마을이었다. 바깥사람들은 그곳을 '향화호인(向化胡人) 마을'이라고 불렀다. 향화호인은 귀화한 여진족을 가리키는 말이다. 주매네 마을 사람들은 함경도 국경 일대를 자주 침범했던 여진족의 후예였다. 조선의 조정에서 여진족 포용책의 일환으로 귀화를 장려했고 그들은 허락된 지역에 뿌리를 내리고 정착했다.

마을 사람들은 모두 조선 백성이지만, 조선인들과 똑같은 대우를 받지는 못했다. 자기들끼리 모인 작은 마을 밖으로 나가면 차별 대우를 당하기 일쑤였다. 넓은 세계를 보려고 마을을 떠났던 사람들은 결국 적응하지 못하고 돌아왔고, 그럴수록 그들 세상은 점점 더 외부로부터 고립되었다.

수렵민족의 피가 흘러서인지 마을 사람들은 농사에 크게 소질이 없었다. 대신 익숙한 사냥을 하고, 짐승을 잡는 백정 일로 생계를 꾸렸다. 모두 바깥세상에선 홀대하는 일인지라 외부인들이 갖는 편견은 더욱 심해졌다. 그러다 보니 마을 사람들은 아예 밖으로 나갈 생각을 하지 않고 평생을 작은 마을 안에만 머물렀다. 자기들끼리 무리를 짓고서.

생각하기에 따라 안정적인 삶이라 할 수도 있었지만 그 안에서도 차별은 존재했다. 외부로부터 고립된 작은 세계일수록 배타성은 더 강했다. 무리와 다를수록 곧바로 별종이 되어 내쳐졌다. 절반은 조선인, 절반은 여진족의 피를 물려받은 주매와 두란은 마을에서 가장 손쉬운 공격 대상이었다.

어머니가 조선인인 주매, 아버지가 조선인인 두란은 마을에도, 바깥세상에도 끼지 못하고 겉돌았다. 둘이 뿌리를 내릴 곳은 어디에도 없는 것 같았다. 가슴이 갑갑할 때마다 주매와 두란은 함께 압록강을 보러왔다.

이 강을 보면 가슴이 후련해지는 것 같아.

두란은 그렇게 말했었다.

어른이 되면 지긋지긋한 이 마을에서 꼭 벗어날 거야. 넓은 세상으로 나갈 거라고.

두란의 눈은 그 말을 할 때마다 기대에 부풀어 반짝거렸다. 그래, 같이 나가자. 꼭 함께 강 저편까지 가보는 거야. 주매는 친구와 손가락을 걸었다.

그러나 둘의 약속은 지켜지지 않았다. 언젠가부터 두란의 눈은 무섭도록 날카로운 빛을 띠기 시작했다. 그것이 갑갑한 현실과 나약한 자신에 대한 분노라는 사실을 주매는 잘 알고 있었다. 알고는 있었지만, 속수무책이었다. 무엇도 두란을 예전으로 돌릴 수 없었다. 주매는 두란을 위로하기도 하고, 질책하기도 하면서 그저 예전으로 돌아오기만 바랐다.

하지만 아무런 소용이 없었다. 두란은 주매와도 점차 거리를 두기 시작했다. 고치 속으로 틀어박힌 누에처럼 끝없이 속으로 침잠했다. 세상에 벽을 치고 누구도 제 마음속에 들이려 하지 않았다. 심지어 주매조차도.

어쩌면 그때 두란이 울증을 앓고 있었는지도 모르겠다고 주매는 꽤 오랜 세월이 흐른 뒤에야 짐작했다. 하긴 알았다 하더라도 뾰족한 수는 없었을지 모른다. 산짐승을 잡는 거친 삶에 익숙한 마을 사람들에게 울증이란 건 마음이 약해서 생긴 병일 뿐이었으니까. 만약 마을 사람들이 두란이 울증을 앓는 걸 알았다면, 그를 향한 편견이 더 심해졌을지도 모른다.

결국 두란은 목을 매 자살했다. 두란의 눈에 어렸던 살기는 결국 저 자신을 죽여버렸다.

두란이 죽은 뒤 주매는 마음 한구석이 무너져 내린 것 같았다. 말리지 못한 자신을 한없이 자책하고, 그렇게 쉽게 가버린 두란을 원망했다. 그러나 다 부질없는 일이었다.

대신 주매는 도망치듯 자신이 자란 마을을 떠났다. 주매 마음속에

갈 곳은 하나밖에 없었다. 어린 시절 두란과 함께 봤던 압록강. 딱히 뚜렷한 계획이 있었던 것도 아닌데, 주매의 발걸음은 자연스럽게 그 강을 향하고 있었다.

다행히도 늙은 뱃사공의 제안으로 그곳에서 일을 얻었고, 하루하루 먹고사는 데 골몰하는 사이 세월이 흘렀다. 두란으로 인해 새겨진 가슴속 상처도, 두란을 잃었다는 상실감도 조금씩 아물어갔다. 세월이 약이라는 말은 괜히 생긴 게 아니었다. 두란에 대한 기억은 주매의 머릿속에서 조금씩 잊혀졌다. 오랜만에 두란을 떠올린 건 그 남자를 만난 뒤였다.

검은 옷을 입은 남자를 처음 보았을 때, 주매는 숨이 멎는 것만 같았다. 두란이다! 죽은 두란이 다시 자신 앞에 나타났다. 차림새는 달랐지만, 남자의 창백한 얼굴과 날카로운 눈매는 두란이 죽기 전 모습과 꼭 닮아 있었다.

하지만 남자는 주매가 누군지 알아차리지 못한 것 같았다. 주매에 대한 기억도 완전히 사라진 듯했다.

혹시 두란이 아닌 걸까?

주매는 갈피를 잡을 수 없었다. 그래, 두란이라면 나를 몰라볼 리가 없지. 세상에 닮은 사람이 어디 한둘인가. 애당초 죽은 두란이 저승사자 같은 게 돼서 나타날 리가 없지 않은가. 남자가 두란의 모습을 한 건 그저 우연일 뿐이라고 생각했다. 그런데…….

보름달이 뜬 날, 남자를 배에 태우고 나갔을 때 주매는 그가 손에 든 종이뭉치의 마지막 한 장을 뚫어지게 들여다보았다.

'강두란'

한때 자신이 형제처럼 아꼈고, 자신을 죽을 만큼 아프게 했던 그 이름을 보면서 주매는 확신했다. 이 남자는 두란이었구나. 무슨 이유에서인지 몰라도 두란은 이 세상과 저세상을 이어주는 '안내인'이 된 거야. 자신이 커서 그토록 오고 싶어 했던 이곳 압록강에서.

필릴리 필릴리.

두란이 배에서 일어나 피리를 불었다. 구슬픈 가락이 주매의 귓전을 때렸다. 이승에도, 저승에도 가지 못하고 낀 넋을 부르는 소리. 그 소리가 자신을 부르고 있다는 걸 두란은 깨닫지 못했다. 강바닥에 눈을 부릅뜨고 누워 부르는 소리를 들으면서도 알아채지 못한 다른 넋들처럼.

화르륵.

피리 불기를 끝낸 두란이 제 이름이 적힌 종이를 뽑아 들었다. 두란의 손에서 작은 불꽃이 일며 '강두란'이라는 글자가 적힌 빛바랜 종이를 태웠다. 종이는 작은 재가 돼 두란의 발치 앞에 하나둘 떨어졌다.

"강두란."

두란이 제 이름을 불렀다. 그게 마치 타인의 이름이라도 된다는 것처럼.

주매는 어쩐지 눈물이 나올 것만 같았다. 두란아, 모르겠니? 네가 부르는 건 네 이름이야. 구천을 헤매는 넋을 안내해준다면서 왜 너 자신이 그런 넋이라는 걸 모르는 거야, 왜?

두란의 멱살을 잡고 흔들고 싶었다. 하지만 소용없는 일이라는 걸 잘 알았다. 두란이 말한 대로 자신이 누구인지, 자신이 어디로 가야 할지를 깨닫는 건 모두 제 마음의 몫이다. 어느 누구도 그걸 대신해 줄 순 없다. 종이를 다 태우고 난 뒤 강바닥에 누운 시신들처럼 공허하기 짝이 없는 눈빛을 한 두란을 보며 주매는 그 사실을 뼈저리게 느꼈다.

다음에 만날 때는 기억날지도 모르지.

주매는 그렇게 생각하기로 했다. 그게 몇 달 뒤일지, 몇 년 뒤일지 그건 아무도 모른다. 어쩌면 자신이 저승으로 향하는 삼도천을 건널 때일지도 모르겠다고 주매는 생각했다.

그것도 나쁘진 않아.

기억을 되찾은 두란의 안내를 받으며 이승의 강을 건널 수 있으리라 생각하니 죽음도 마냥 무섭지만은 않을 것 같았다. 그러면 둘은 나란히 이 세상에서 저세상으로 갈 수 있을 테지.

해가 뉘엿뉘엿 넘어갈 때까지 나루터에 아무도 안 나타나는 걸 보니 더는 태울 사람이 없는 모양이었다. 주매는 닻을 풀고 배를 띄웠다. 노를 젓자 배가 수면 위로 찰랑찰랑 잔물결을 일으키며 앞으로 나아가기 시작했다.

솨아아아.

등 뒤에서 갈대숲이 주매를 배웅하듯 바람에 일제히 흔들렸다.

• **영재(泠齋)**: 유득공(1748~1807) 조선 후기 실학자.

2 • 돌아온 탕아

구련성에 도착했을 때는 이미 해가 서쪽으로 뉘엿뉘엿 넘어가고 있었다. 명나라 때 만든 병영이 연달아 줄지어 서 있어 '구련성(九連城)'이라는 이름이 붙었다는데, 지금은 사람 하나 살지 않는 버려진 땅이다. 민가에선 이맘때면 저녁밥 짓는 연기가 모락모락 피어오르고 있을 터이지만, 이제 쓰지 않는 병영만 호젓하게 남은 구련성 일대는 무서우리만치 황량했다.

"저기 보입니다."

정사 박명원의 말을 끌던 창대가 한곳을 가리켰다.

멀리 천막 여러 채가 옹기종기 모여 있었다. 청나라로 가는 사행단 일행이 도착하기 전에 의주 부윤(지방 관아인 부(府)의 우두머리)이 미리 군관을 보내 쳐놓은 것이다.

청나라 출입국 관리소가 있는 책문에 도착하기까지는 사흘 정도 걸린다. 거기까지 가는 길엔 객주는 물론이고 인가도 하나 없다. 어쩔 수 없이 꼬박 하루 이틀 정도는 천막을 치고 길에서 노숙하는 수밖에 없었다.

가까이 가니 사람들이 삼삼오오 모여 떠드는 소리, 말 울음소리가 동시에 들렸다. 일행이 묵을 천막과 조금 떨어진 곳에 자리 잡은 천막촌에서 나는 소리였다. 대부분 조선과 청나라를 오가며 장사하는 의주 만상(灣商)이라고 했다.

을씨년스럽던 초입과 달리 시끌벅적한 천막촌은 여느 사람 사는 동네와 다를 바 없어 보였다.

정사가 묵을 천막 앞에 군관 몇 명이 일행이 당도하는 것을 보고 허리를 숙였다. 군관들은 검푸른 삼베로 만든 소매 좁은 전투복에 적색 속적삼을 꿰고 있었다. 허리엔 쪽빛 전대를 두르고 어깨엔 주홍빛 무명실로 만든 겉옷을 걸쳤다.

"의주 관아에서 보냈군."

정사가 군관들 인사를 받으며 말했다. 압록강을 건너기 전, 사행단을 맞이한 의주 부윤에게 미리 언질을 받았다. 구련성 일대는 인근에 숲이 우거져 있어 가끔 호랑이가 출몰하기도 하기 때문에 병졸들을 보내 밤새 지키도록 할 거라고.

일행은 여장을 풀고 묵을 곳을 찬찬히 둘러보았다. 천막 주위마다 화톳불 지필 장작더미가 수북하게 쌓여 있었다. 천막 안에는 여럿이 함께 쓸 이부자리 몇 채와 한기를 막아줄 담요도 깔려 있었다. 뒷간은 없으니 각자 알아서 적당한 곳에 구덩이를 파고 해결해야 한다고 했다.

"뭐, 그리 나쁘지 않군."

잠자리를 살펴보던 정사가 일부러 태연한 어조로 말했다. 이미 각오는 했지만, 막상 차가운 밤이슬을 맞으며 노숙할 생각을 하니 마음이 심란한 것 같았다.

주위에선 만상 일행들이 저녁 준비에 한창이었다. 숲에서 아름드리나무를 베어와 만든 장작불 위에 밥을 짓고 나물을 볶았다. 어디서 공수해왔는지 털 뽑은 닭 십여 마리를 번갈아 가며 시냇물에 씻어 오는가 하면, 투망으로 물고기를 잡아 와 매운탕 끓일 준비까지 하고 있었다. 손 놓고 우두커니 서 있는 정사 일행과는 영 딴판이었다.

"대단하네."

만상들의 일솜씨를 먼발치서 지켜보던 정사가 입을 딱 벌렸다.

"저희 같은 책상물림들이랑은 확연히 다르군요."

맞장구치는 연암 역시 감탄한 어조였다.

"우와아, 맛있겠다."

장복이 음식 냄새를 맡고 허기를 느꼈는지 혼잣말처럼 중얼거렸다. 아닌 게 아니라 선노미도 입에 침이 고이는 것 같았다.

"시장하시지요. 부윤께서 저희 편에 요깃거리를 보내셨습니다."

군관 중 제일 우두머리로 보이는 사내가 정사에게 보따리를 올렸다. 안에는 나물과 해물, 젓갈, 밑반찬이 골고루 들어 있는 찬합 여러 개와 털 뽑은 닭 수십 마리가 들어 있었다. 사절단 일행뿐 아니라 보초 설 군관들 몫까지 고려한 양인 듯했다.

"바쁘실 텐데 여러모로 세심하게 신경 써주셨구만. 꼭 감사하다고 전해주시게."

정사가 인사치레를 하곤 창대에게 보따리를 건넸다.

창대는 묵묵히 보따리를 들고나와 장복과 선노미를 불렀다.

"너희가 좀 도와줘야겠어."

창대는 여간해선 둘에게 말을 걸지 않았다. 지금도 일하자는 의미였지만, 선노미는 창대가 아는 척했다는 사실만으로 반가웠다. 장복도 뜻밖이었는지 조금 놀란 듯했다가, 이내 '그럼요' 하고 씩씩하게 대답했다. 장복도 속내를 잘 드러내지 않는 창대를 불편해하긴 마찬가지였다.

"이거 불에 구워 먹을 거니까 저기서 불쏘시개 좀 구해와."

창대가 생닭이 든 보따리를 열어 보이며 우거진 숲을 가리켰다.

호랑이가 나온다는 말을 들은 터라 숲 초입까지만 가서 불쏘시개를 구했다. 잔 나뭇가지를 꺾고 땅에 떨어진 가지에서 잎을 말끔하게 떼어내 이 정도면 됐다 싶을 만큼 가지를 모아 돌아왔다. 창대는 이미 닭을 깨끗하게 씻어놓고 고기 구울 준비를 하고 있었다.

"그런데 숯도 없는데 어떻게 불을 피워요?"

장복이 이걸 어쩌나, 하는 얼굴로 물었다.

"아마도 군관 나리들이 가져왔을 테니 여쭤볼까요? 아니면 저 만상 일행들한테 불씨 좀 나눠달라고……."

"필요 없어."

창대가 장복의 말을 자르더니 땅바닥에서 날카로운 돌 두 개를 집어 들었다. 모서리 부분이 날카로운 것이 둘을 기다리면서 미리 잘 갈아놓은 것 같았다. 창대가 돌덩이를 세게 서로 맞부딪쳤다. 처음 몇 번은 반응이 없더니, 네댓 번 더 반복하자 '타다닥' 하며 작은 불꽃이 튀었다.

우와, 장복과 선노미의 입에서 감탄사가 절로 나왔다. 창대는 들은 척도 않고 손바닥으로 바람을 막으며 조심조심 불꽃을 장작더미 위에 올려놓았다. 미약한 불꽃이 장작더미 위에서 가는 연기를 피어올렸다.

불길이 안정적으로 타오르는 걸 확인한 창대는 이번엔 장복이 가져온 나뭇가지들 사이에서 길고 날카로운 것들을 골라 능숙하게 하나씩 닭을 꿰었다.

"이제 익을 때까지 굽기만 하면 돼."

거기까지 작업을 마친 창대는 그제야 한숨 돌린 듯 소매로 이마에 밴 땀을 닦았다.

"우와, 형! 진짜 대단해요. 앞으로 형님으로 모실게요. 그래도 되죠?"

장복이 호들갑을 떨었다. 창대가 움찔하며 고개를 돌렸다. 마치 듣기 싫은 소리라도 들은 것 같았다.

"내가 왜 네 형이야?"

창대가 쏘아붙이듯 물었다. 느닷없이 따귀를 한 대 찰싹 내려치는 말투였다.

장복이 그만 머쓱해져서 입을 다물었다.

"동생이라면, 이미 충분해."

창대가 휙 등을 돌렸다. 장복과 선노미는 얼어붙은 얼굴로 고개만 갸웃거렸다. 창대는 신경 쓰지 않고 장작을 집어넣으며 닭을 굽는 데 열중했다.

밤이 깊었다. 호젓한 곳이라 새카만 하늘에 흩어진 별들이 유난히 더 반짝거렸다. 풀벌레 소리, 바람에 숲이 몸을 떠는 소리가 생생하게 들렸다. 낮 동안 후덥지근했던 공기도 기온이 떨어지면서 서늘해졌다.

군졸들이 천막 곳곳에 아름드리 장작을 배치하고 화톳불을 지펴놓았다. 모두 합해 서른 곳이나 됐다.

"추운 날씨도 아닌데 왜 이렇게 불을 많이 피우나?"

연암이 군졸에게 물었다.

"호랑이를 쫓으려고요. 들어서 아시겠지만, 이곳엔 호랑이가 가끔 출몰합니다. 오죽하면 마을 이름도 호산(虎山)이겠습니까."

연암이 수긍한 듯 고개를 끄덕였다.

"날이 밝을 때까지 이따금 저희가 뿔 나팔을 불고, 소리를 지르기도 할 겁니다. 호랑이를 쫓기 위한 방책이니 잠을 설치더라도 이해해 주십시오."

그런 연유로 사절단 일행은 그날 밤새도록 소음에 시달려야 했다. 군졸 말을 들을 때는 다들 그런가 보다, 했는데 잊을 만하면 들려오는 뿔 나팔 소리와 군인들 함성은 달콤한 잠이 막 찾아올 때마다 저만치 쫓아버리기 일쑤였다.

몇 번이고 선잠이 들었다가 화들짝 놀라 깨는 게 반복되자 선노미는 차라리 그냥 밤을 새는 게 낫겠다 싶어 천막을 열고 나왔다.

밖엔 이미 나와 있는 사람들이 제법 많았다. 다들 저처럼 잠을 포기한 모양이었다. 저만치 장복이 화톳불을 쑤석거리고 있는 게 보였다. 선노미가 다가가자, 장복은 '왔냐?' 하고 반색했다.

부우우웅.

와아아아.

때마침 우렁찬 나팔소리와 그 뒤를 이은 함성이 천막촌을 뒤흔들었다.

"이래서야 원. 잠자긴 다 그른 것 같다."

장복이 절레절레 고개를 흔들었다.

"그러게요."

선노미도 푹, 한숨을 내쉬었다. 앞으로 갈 길이 머니 눈 붙일 수 있을 때 자두면 좋으련만.

"그래도 호랑이한테 물려가는 것보다야 낫지. 그거 아냐? 호랑이에 물려 죽으면 창귀(倀鬼)가 돼서 계속 다른 사람들을 호랑이 먹잇감으로 데려간대."

장복은 묻지도 않은 얘기를 꺼내더니, 본인이 소름 끼친다는 듯 몸을 부르르 떨었다. 그러다 덤덤한 표정으로 듣고 있는 선노미에게 갑자기 질문 공세를 퍼붓기 시작했다.

“너, 이런 무서운 얘기를 양반 나리들께 들려드렸다면서? 혹시 실제로 귀신을 본 적도 있냐? 안 무서워? 밤에 뒷간 갈 때 막 생각나지 않디? 이불에 오줌 지린 적은 없어? 아, 하긴 오줌 쌀 나이는 지났나. 그렇게 가만있지 말고 뭐라고 말 좀 해봐!”

선노미가 당황해 ‘어어’ 하는데, 낯선 남자 목소리가 불쑥 끼어들었다.

“귀신 얘기라면 나도 하나 알지.”

돌아보니 서른쯤 된 사내가 기척도 없이 다가와 있었다. 낮에 만상들이 묵는 천막 앞에서 그가 서성대는 걸 얼핏 본 것 같았다. 아마도 상인 일행이리라.

사내는 체구는 크지 않고 몸피가 오동통했다. 먼 거리를 오가는 상인이라 햇빛 볼 일이 많을 텐데도 동그스름한 얼굴이 볕에 탄 기색 없이 뽀얗고 깨끗했다. 온몸이 동글동글해서 애교스럽고 친근감 있게 느껴졌다.

“잠이 안 와서 여기 있나 보구나.”

사내가 선노미와 장복을 번갈아 보며 말했다. 얼굴처럼 음성도 날이 서지 않고 둥글둥글 부드러웠다.

“기왕 이렇게 나왔으니 내 숙소에서 같이 얘기라도 하는 건 어떠냐? 이런 밤은 말동무하며 지새는 것도 나쁘지 않지. 그렇지 않아도 매운탕을 데워 먹다 잠깐 뒷간 가려 나온 참인데 괜찮으면 다들 같이

가 먹자꾸나."

사내가 앞장섰다. 선노미는 어쩔까 망설이는데, 장복이 얼씨구나 하며 뒤따랐다. 선노미가 그런 장복의 옷깃을 붙잡았다.

장복이 '공짜로 먹을 게 생겼는데 왜 말리냐'는 눈빛으로 돌아봤다. 선노미도 눈빛으로 '그런다고 막 따라가면 어떡해요'라고 대꾸했다.

한창 먹을 게 당기는 나이인지라 야심한 시각이 되니 배가 허전했지만 처음 본 사람을 따라가는 건 어쩐지 불안했다.

"그 매운탕, 나도 좀 얻어먹을 수 있소?"

등 뒤에서 우렁우렁 울리는 목소리가 들리는가 싶더니, 연암이 저벅저벅 걸어왔다.

사내는 입이 하나 더 생겨서 당황한 듯했지만 이내 '그러시지요'라며 흔쾌히 고개를 끄덕였다. 셋은 남자를 따라 만상들이 묵는 숙소로 나란히 걸어갔다.

"나리도 나팔소리 때문에 나오신 거예요?"

선노미가 살짝 다가가 물었다.

"나팔소리도 나팔소리다만, 천막 안에 코 고는 소리가 하도 심해서……. 그래도 깬 덕분에 먹을 게 생겨서 좋구나. 속이 영 불편해서 안 그래도 국물이 당겼는데."

선노미는 속으로 '나리께선 가끔 이렇게 어린애 같을 때가 있으시다니까' 하고 생각했다.

"꼭 매운탕 때문만은 아니고……. 내가 너희들 보호자 아니냐. 부리는 하인이 낯선 사람을 무작정 따라가려는데 가만 보고 있을 순 없지."

선노미 속을 읽은 것처럼 연암이 근엄하게 덧붙였다.

사내가 묵는 숙소 앞에 화톳불이 이글이글 타오르고 있었다. 상인들이 삼삼오오 둘러앉아 술을 마시며 이야기를 나누거나, 담배를 피웠다. 낯익은 얼굴 하나가 연암 일행을 보고 삐죽이 고개를 내밀었다. 창대였다. 어쩐 일인지 창대가 상인들 무리에 섞여 매운탕 국물을 뜨고 있었다.

"어, 형이 왜 여기에……?"

장복이 저도 모르게 형이라 내뱉었다가 얼른 입을 다물었다.

창대도 여기에서 아는 얼굴을 마주칠 줄은 몰랐는지 허겁지겁 숟가락을 내려놓았다.

"간 떨어지겠네. 그렇게 놀랄 게 뭐가 있누."

사내가 창대와 연암을 한 번씩 보더니 물었다.

"일행이신가 보지요? 이 친구도 제가 불렀습니다. 혼자 천막 밖에 우두커니 서 있는 게 딱해 보여서요."

아직 다 먹지도 않은 그릇을 내려놓고 일어나려는 창대를 사내가 억지로 끌어 앉혔다.

"그릇이 다 비지도 않았는데 어딜 가나. 다들 아는 사이인 것 같은데, 천천히 다 먹고 가게."

연암도 거들었다.

"그 말대로 해. 길 떠난 지 한참 됐지만, 그동안 이렇게 한자리에

모였던 적도 없잖나."

창대는 마지못해 자리에 엉덩이를 내려놓았다.

모락모락 올라온 김에서 나는 진한 매운탕 국물 냄새가 코끝을 간질였다. 한 모금 넘기니 뜨끈한 국물이 목구멍을 타고 흐르며 개운한 국물맛이 입 안에 퍼졌다.

"정말 일품일세."

연암이 연달아 감탄사를 내뱉는 사이, 선노미와 장복도 바삐 수저를 놀렸다.

"자네, 의주 사람인가?"

그릇이 어느 정도 비어갈 무렵, 연암이 남자에게 말을 걸었다.

"만상이라 그리 짐작하셨겠지요. 의주에서 살긴 합니다만, 태어난 곳은 한양입니다."

뜻밖의 태생에 모두 고개를 들고 남자를 바라봤다.

"그러고 보니 사투리가 없구만."

"동료들이랑 있을 땐 씁니다. 하지만 한양서 오신 분들은 알아듣기 힘드실 것 같아서요."

"그런데 어쩌다 한양서 이 먼 곳까지 오게 됐소?"

궁금해하는 모두를 대신해 연암이 물었다.

"사연이 좀 깁니다."

남자가 가늘게 한숨을 내쉬었다. 기분 탓인지 몰라도 온화한 표정도 조금 흐려진 것 같았다.

“딱히 숨길 것도 없으니 말씀드리지요. 안 그래도 아까 귀신 이야기를 해준다고 했는데.”

사내가 선노미와 장복을 흘깃 쳐다봤다.

“두 이야기가 연결되기도 하니까요.”

그 말에 이번엔 선노미가 반짝 눈을 빛냈다. 남달리 특이한 과거를 가진 남자의 입에서 어쩐지 생각지도 못했던 기이한 이야기가 흘러나올 것 같았다. 장복도 후루룩 국물 들이켜던 걸 멈추고 바라보았다. 심지어 이런 데 별로 관심 없을 것 같은 창대까지 표정이 진지해졌다.

“이십 년 전, 제가 아직 한양에서 살 때 일입니다.”

사내는 이름이 구복이라 했다. 구복의 아버지 세득은 청나라 말을 아는 역관이었다. 세득은 여러 번 청으로 가는 조선 사절단의 연경 사행 길에 올랐다. 덕분에 구복은 어린 시절부터 청나라 문물을 접했다. 만상 일을 하게 된 데는 그 영향도 있었을 거라고 구복은 덧붙였다.

사신들을 따라 청나라까지 다녀오는 역관에겐 따로 사례비가 지급되지 않는다. 대신 조정에선 청과 인삼 거래를 할 수 있는 권한을 부여했다. 조선 인삼은 청에서도 최고로 치는 특산품이라 잘만 거래하면 꽤 큰 이윤을 남길 수 있었다.

다행히 세득은 장사 수완도 좋은 편이었다. 어떤 중개인을 만나고, 어떻게 가격을 흥정해야 하는지, 타고난 감각을 발휘했다. 몇 번 사행을 다녀온 뒤 큰돈을 벌어 한양 도성 안에 조촐하지만 작은 집을 살 수 있었다.

내 집 마련에 누구보다 기뻐한 건 구복의 어머니 순심이었다. 한번 사절단을 따라 떠났다 하면 몇 달씩 집을 비우는 남편 걱정에 속 끓이던 것도 눈 녹듯 사라지는 것 같았다. 마음이 안정되니 부부 금슬도 좋아졌다. 구복과 제법 나이가 터울 지는 둘째가 생긴 것도 이 무렵이었다.

하지만 기쁨은 오래가지 않았다. 어렵게 마련한 집이 남의 손에 홀라당 넘어가 버렸기 때문이다.

"여가탈입(閭家奪入) 때문이죠."

구복이 씁쓸하게 말했다.

"여가탈입이라고요?"

선노미는 처음 들어보는 말이었다.

"음…… 그게 말이다. 양반 나리들께서……."

말하기 껄끄러운지 구복이 힐끔힐끔 연암을 곁눈질했다.

"권세 있는 양반이 백성이 사는 집을 부당하게 빼앗아버리는 거지."

연암이 대신 대답했다.

"네에?"

선노미와 장복이 눈을 동그랗게 떴다.

여가탈입은 선노미가 태어나기도 전인 약 이십여 년 전부터 백성들을 괴롭혔던 문제다. 지금도 완전히 사라진 건 아니지만, 강력한 처벌 조치 때문에 예전보다는 피해가 많이 줄었다. 양반들이 막무가내로 백성들 집을 뺏는 파렴치한 짓을 저지른 이유는 한양의 인구, 주택 문제와 맥이 닿아 있다.

한양에 사는 백성 수는 선대 임금들을 거치는 동안 폭발적으로 늘었다. 하지만 그들을 수용할 만큼 주택 수는 넉넉하지 못했다. 찾는 사람은 많은데 물건은 부족하니 당연히 가격이 뛸 수밖에 없다. 임금이 바뀔 때마다 한양 집값이 몇 배씩 뛴다는 말이 그래서 나왔다. 일반 백성들은 물론이고 양반들까지 부족한 집과 더불어 치솟는 집값 때문에 골머리를 앓았다.

벼슬살이하는 조정 관리들도 예외일 순 없었다. 그들은 특히나 사대문 안에 사는 데 혈안이 돼 있었다. 가마를 이용해도 집이 경복궁과 너무 떨어져 있으면 출퇴근과 임금이 부를 때 가는 시간이 오래 걸리기 때문이다. 그러다 보니 지체 높은 양반들이 사대문 안에 사는 백성들 집을 막무가내로 점거해 주인을 몰아내고 뻔뻔스럽게 그 집에 눌러사는 여가탈입 문제가 발생했다.

여가탈입 수법도 가지가지다. 장정들을 동원해 집주인을 윽박질러 내쫓기도 하고, 전염병을 피해 왔으니 잠시만 빌려달라고 애원해 들어와놓고서 나중에 적반하장으로 집주인을 몰아내기도 했다. 집주인이 항의해도 '상것들이 굳이 한양에 살아야 할 필요가 뭐냐. 다른 데서 살면 되지 않냐'고 강짜를 놓기 일쑤였다.

힘없는 백성들은 억울해도 발만 동동 구르는 수밖에 없었다. 여가탈입은 엄연히 불법이지만, 가재는 게 편이라고 관아에서도 이런 양반들을 은근슬쩍 눈감아주기 일쑤였기 때문이다. 백성들은 후환이 두려워 가슴앓이 하면서도 쉬쉬하는 게 다반사였다.

"아니, 어떻게……."

장복은 기가 막히다 못해 화가 나는 모양이었다.

"그런 짓을 하는 사람들은 양반이라도 벌을 받아야죠!"

"물론이지."

연암이 고개를 끄덕였다.

"하지만 벌준다고 해결될 일은 아니야. 근본 원인은 따로 있으니까. 선대 임금께선 여가탈입을 막으려고 아예 이사 자체를 금지했다가 엄청난 혼란을 불러일으켰지. 주거난이 해결되지 않는 한, 앞으로도 또 다른 문제가 계속될 거야."

구복이 '맞습니다' 하고 맞장구쳤다.

"저희가 살던 곳을 빼앗은 관리도 사실 제 코가 석 자였으니까요. 뭐, 그렇다고 그 사람이 딱하다는 건 결코 아니지만요."

잠시 곁길로 빠졌던 이야기를 구복이 서둘러 제자리로 돌려놓고 다시 말을 이었다.

졸지에 살던 집에서 쫓겨난 구복네 식구는 밤늦도록 살 집을 찾으러 한양 시내를 발바닥이 닳도록 돌아다녔다. 정신을 차리고 보니 여전히 길바닥인데, 주위는 어느새 어두워져서 컴컴했다.

답답해진 세득은 땅이 꺼져라 한숨을 내쉬고, 곁에 순심은 흐느껴 울며 그대로 주저앉았다. 여덟 살 구복이 '어머니, 울지 마요. 어머니, 울지 마요!' 하며 엄마를 달래다 저도 같이 와앙, 울음을 터뜨렸다.

"무슨 일 있으시오?"

지나가던 사람이 다가와 말을 걸었다.

"한밤중에 여자와 아이 우는 소리가 들리기에 무슨 일 있는 게 아닌가 해서요."

체격이 탄탄하고, 인상이 말끔한 남자가 서 있었다. 이목구비가 반듯해 호남이라는 말을 제법 들을 법한 외모였다. 나이는 세득보다 몇 살 어린 서른 언저리쯤. 옷차림을 보니 그도 구복네처럼 중인 신분인 것 같았다.

"아무 일도…… 아닙니다."

세득이 서둘러 손을 내저었다. 처음 보는 사람에게 사정을 주저리주저리 늘어놓을 순 없었다.

"아무 일도 아니긴요! 살던 집을 빼앗겨놓고선!"

울던 순심이 고개를 치켜들고 악을 썼다. 눈 멀쩡히 뜨고 코 베인 억울함에 울컥한 것이다.

"아, 아니 그게……."

흥분한 순심과 가지 않고 선 남자 사이에서 쩔쩔매던 세득은 어쩔 수 없이 사정을 털어놓았다.

몇 달 전 지방에서 갓 상경한 관리 하나가 느닷없이 구복네 집에 들이닥쳤다. 관리는 살 곳을 구할 때까지만 잠시 머무를 테니 그사이 다른 곳에 가 있으라 부탁 조로 명령했다. 마침 순심의 산달도 가까워져 구복네 식구들은 둘째를 낳을 때까지 두 달만 그녀의 친정에 머무르기로 했다.

그런데 아이를 낳고 살던 집으로 돌아왔더니 관리는 그동안 지방에서 제 식구들을 데려와 아예 집주인 행세를 하고 있었다. 세득이 '이런 법이 어디 있냐'고 따지자, 관리는 부랑자 같은 것들이 몰려와 집주인에게 행패를 부린다며 큰소리를 쳤다.

"부모 형제가 없어 몸을 의탁할 곳도 없고, 그렇다고 처가로 돌아갈 수도 없고……."

세득이 말을 흐렸다. 억울한 사연을 늘어놓다 보니 다시금 분통이 터지고 가슴이 먹먹해졌다.

"허허, 그것 참 큰일이군요."

남자가 딱하다는 듯 혀를 찼다. 어쩌다 생판 남에게 이런 사정을 다 털어놓게 된 세득은 민망해 머리를 긁적거렸다. 그때 남자가 뜻밖의 말을 했다.

"괜찮으시면 제 집에 들어오시렵니까?"

"네?"

놀란 세득과 순심이 동시에 남자를 쳐다봤다.

"부담 가지실 필요 없습니다. 어차피 한동안 비어 있을 곳이니."

자신을 정한이라고 소개한 남자는 지금 압구정에 있는 처가로 가던 길이었다. 둘째를 가진 정한의 아내는 입덧이 심해 첫째를 데리고 친정에 머무는 중인데, 몇 달 더 있다가 아예 거기서 몸을 풀 예정이라고 했다.

정한은 혼자 지내는 동안 제때 끼니를 챙겨 먹지 못해 몸이 축났는데, 이를 안쓰럽게 여긴 장모가 그를 불러들였다. 가족들과 떨어져 있느니 그편이 나을 것 같아 정한도 그러기로 했다.

여기까지 단숨에 얘기하곤 정한은 세득 내외를 바라보았다. 의사를 묻는 것이었다.

"반가운 얘기긴 한데…… 이거 초면에 그런 신세를 져도 될지……."

세득이 우물쭈물 입을 열었다. 마음 같아선 당장 그의 손을 덥석 잡고 싶었지만, 과연 그래도 될지 몰라 망설여졌다. 순심도 마찬가지인 모양이었다.

"무작정 집을 비워놔 먼지만 쌓이게 하느니 누군가 사용해 주시는 편이 저로서도 좋지요."

정한이 느긋하게 말했다. 세득을 배려한 말일 수도 있겠지만, 곰곰 생각해보니 정한 편에서도 세득네를 집에 들이는 게 해 될 건 없어 보였다.

"머무는 동안 집세는 넉넉히 내겠습니다."

세득이 어렵사리 말을 꺼냈다. 정한은 당치 않다는 듯 손을 휘휘 내저었다.

"그런 건 신경 안 쓰셔도 됩니다. 저도 또래 아들이 있고, 곧 둘째가 태어납니다. 그래서 그런지 남의 일 같지 않아서요."

정한이 구복을 내려다보며 말했다.

"그렇다면 염치없지만……."

세득도 더는 사양하지 않았다.

"잘 생각하셨소. 집까지 안내할 테니 따라오시지요."

정한이 앞장섰다. 등에 짐을 들쳐멘 세득, 갓난아기를 안은 순심, 조그만 보따리를 품에 안은 구복도 정한을 뒤따랐다. 안도하는 기색이 역력한 부모와 달리, 구복은 어쩐지 그를 따라가선 안 될 것 같은 느낌이 들었다.

집은 남산 밑에 자리 잡고 있었다. 그리 넓지는 않지만 네 식구 묵기엔 부족함 없을 아담한 집이었다. 순심이 이리저리 둘러보는데, 정한이 친절하게 물었다.

"마음에 드십니까?"

"들다마다요. 이렇게 좋은 곳을 빌려주셔서 얼마나 감사한지……."

순심이 미처 말을 맺지 못하고 눈물을 글썽거렸다.

와아아앙.

엄마의 마음을 눈치챘는지 품에 안긴 아기가 갑자기 울음을 터뜨렸다. 순심이 허둥지둥 눈물을 닦고 아기를 어르기 시작했다. 하지만 그럴수록 더욱 자지러지게 울었다.

"괜찮아, 괜찮아. 우리 준복이가 왜 이럴까. 배가 고픈가?"

순심은 당황한 기색이 역력했다. 이제까지 이런 적이 없었는데.

잠투정이 심했던 구복과 달리 둘째 준복은 순둥이였다. 아까 집 보러 다닐 때도 쌔근쌔근 잘 자던 아기가 왜 갑자기 발작적으로 울어대는 걸까.

"다들 피곤하실 텐데 쉬시지요. 전 이만 가보겠습니다."

정한이 주섬주섬 떠날 채비를 했다.

"밤도 늦었는데 하루 자고 내일 아침에 떠나시지요."

세득이 정한을 붙잡았다.

"아닙니다. 제가 있으면 다들 마음 편히 못 계실 테니까요."

정한은 더는 세득네와 함께 있을 생각이 없어 보였다. 순심도 울어대는 아기 때문이라 짐작하고 붙잡지 않았다.

"변변찮은 곳이지만, 편히 머물면서 천천히 살 곳을 찾아보세요. 혹시 문제가 생기면 압구정에 있는 제 처가로 찾아오시고요."

정한이 세득에게 주소를 일러주고 싸리문으로 향하려다, 문득 구복을 돌아보았다.

구복도 묘한 시선으로 빤히 내려다보는 남자를 마주 봤다. 남자의 검은 눈동자 안에서 무언가 하얀 것이 반짝 빛난 것 같았다. 섬뜩한 기분이 들어 구복은 아버지 옷깃을 와락 움켜쥐었다.

"삼백안을 처음 봐 놀랐나 보구나."

싸리문이 닫히자 세득이 구복에게 말했다.

"삼백안요?"

"흰자가 셋 있는 눈이란다. 대개는 검은자 양옆으로 흰자가 하나씩 있는데, 삼백안은 검은자 안에도 흰자가 있는 거지."

세득이 제 눈을 가리키며 설명했다. 구복은 속으로 '아, 그래서였구나' 생각했다. 남자의 검은 눈 안에서 반짝거리는 하얀 빛을 봤던 이유가.

"삼백안은 관상에 안 좋다던데……."

세득이 혼잣말처럼 중얼거리다가 얼버무렸다.

정한이 떠나고 나자, 집은 일순 조용해졌다. 준복은 울다 지쳤는지 순심의 가슴팍에 얼굴을 묻은 채 젖을 빨았다.

"정말 긴 하루구나. 우리도 어서 들어가 쉬자."

세득이 아들을 데리고 툇마루에 올랐다.

방은 하나뿐이지만, 넷이 쓰기에 불편하지 않을 만큼 넉넉했다. 방 안은 정갈하게 정리돼 있었다. 구석엔 높이가 낮은 장롱 하나가 있고, 등잔불이 놓인 바닥엔 이불 몇 채가 곱게 개켜져 있었다. 그 외엔 별다른 살림살이가 없었다.

"값나가는 물건이 없어 오히려 안심이네."

순심이 방 안을 휘 둘러보다 벽에 등을 기대고 앉았다. 드디어 한시름 놓으니 갑자기 온몸에 힘이 풀렸다.

구복도 바닥에 엉덩이를 깔고 앉으려다 문득 어머니가 등을 기대고 앉은 벽이 이상하다는 걸 발견했다.

새하얀 벽면 전체에 점점이 붉은 것이 얼룩처럼 번져 있었다. 선명한 붉은색이 마치 핏방울 같았다. 하얀 벽지와 대조되는 붉은 얼룩은 순심의 등 뒤로 유난히 더 짙게 번져 있었다.

"악!"

구복이 저도 모르게 소리 질렀다.

"왜 그러니?"

놀란 순심이 구복을 쳐다봤다.

"벼, 벽에 피가……."

순심이 얼른 고개를 돌려 구복이 가리키는 곳을 쳐다봤다. 아무것도 없었다.

구복의 눈에도 핏방울은 언제 그랬냐 싶게 감쪽같이 사라졌다. 눈앞에 있는 건 때가 타지 않은 하얀 벽지뿐이었다.

"무슨 소리야? 피라니?"

"애들이란 인래 엉뚱한 소리를 잘하잖소."

세득이 들어서다 대수롭지 않다는 듯 대답했다. 순심도 피곤한지 더는 아무 말하지 않았다.

정말 있었는데.

구복은 억울했다. 눈을 비비고 뚫어지게 벽을 노려봤다. 하지만 새하얀 벽지는 마치 놀리기라도 하듯 티끌 하나 안 보이게 말끔했다.

평온한 날이 이어졌다. 구복이 봤던 핏자국은 그 후 다시 나타나지 않았다. 때로는 정말 헛것을 본 게 아닌가 싶었다. 하지만 새하얀 벽지와 선명하게 대비되는 섬뜩한 핏빛 얼룩은 헛것이라고 하기엔 너무나 생생했다.

그것 말고는 별다른 게 없었다. 다만 준복이 낮이고 밤이고 걸핏하면 울음을 터뜨린다는 게 문제라면 문제였다.

여기 온 뒤부터 왜 이런담. 없던 버릇이 생겼네.

칭얼거리는 준복을 어르느라 밤마다 잠자리에서 깨면 순심은 한숨 섞인 목소리로 투덜거렸다.

준복이 성가시긴 구복도 마찬가지였다. 밤낮으로 시끄러운 아기 울음소리에 시달리느라 귀가 먹먹할 지경이었다.

준복이 태어난 뒤부터 안 그래도 어머니는 부쩍 신경질이 늘어난 것 같았다. 처음엔 온종일 어린 동생을 돌보느라 피곤해서 그런가 보다 했다. 하지만 잔뜩 날 선 어머니의 짜증은 종종 애꿎은 구복에게 날아들었다.

불공평해. 동생이 나기 전엔 나한테 다정했는데. 항상 웃어주고, 잘못을 저질러도 타일러줬는데.

왠지 준복이 제게서 어머니를 뺏어간 것 같았다.

기분이 우울해질 때마다 구복은 밖으로 나가 또래 꼬마들을 찾았다. 아쉽게도 동네엔 저만 한 아이들이 없는 것 같았다. 한 며칠 열심히 동무를 찾아도 소용없자 구복은 혼자 노는 수밖에 없겠다고 생각했다.

그날도 구복은 안마당에서 혼자 제기차기를 하며 시간을 보내고 있었다. 그러다 어디선가 시선이 느껴져 싸리문 쪽을 보니 저랑 키가 비슷해 보이는 소년이 고개를 빼꼼 내밀고 쳐다보고 있었다.

"너, 언제부터 거기 있었어?"

구복이 물었다.

"조금 전부터."

소년이 대답했다.

"제기차기할 수 있어?"

소년이 가만히 고개를 끄덕였다.

"잘됐다. 나랑 같이 놀자."

소년이 반색하고 쪼르르 달려왔다. 구복이 제기를 건네주자 소년이 기다렸다는 듯 제기를 공중으로 던졌다. 하나, 둘, 셋, 넷……. 사뿐사뿐한 몸놀림이 한두 번 해본 솜씨가 아니었다.

"니 이 근처 살아?"

소년은 제기차기에 정신이 팔렸는지 대답이 없었다.

"우리 집은 어쩐 일로 왔어?"

그 말과 동시에 소년이 차던 제기가 땅바닥에 툭 떨어졌다. 소년은 아쉬운 얼굴로 제기를 땅에서 집어 들며 구복에게 '네 차례야'라고 했다. 그러더니 머뭇거리며 덧붙였다.

"예전에 여기 살았어."

"여기 살았다고?"

그렇다면 혹시 정한 아저씨 아들인가. 내 또래 아들이 있다고 했는데. 외갓집에 가 있던 정한의 아들이 살던 집이 궁금해 들른 건 아닐까. 그러고 보니 이목구비가 반듯하고 예쁘장한 얼굴이 정한과 조금 닮은 것도 같았다.

"혹시 너네 아버지가……."

구복이 물어보려는데, 갑자기 방 안에서 와앙, 아기 울음소리가 들렸다. 준복이었다. 어쩐지 한동안 조용하다 싶었는데, 다시 투정이 시작되었다. 아기는 발작이라도 일으킨 것처럼 악까지 써댔다.

소년이 예쁘장한 이마를 찡그렸다.

"동생이야?"

구복이 고개를 끄덕였다. 소년의 눈매가 돌연 매서워졌다.

"동생은 정말 성가셔."

소년이 침을 내뱉듯이 말했다. 그 말투가 너무 험악하게 들려 구복은 저도 모르게 흠칫 놀랐다.

"구복아, 구복아!"

부엌에서 일하는 순심의 짜증 섞인 목소리가 들렸다.

"아기가 저렇게 우는데 뭘 하는 거야? 가서 동생 기저귀 좀 살펴봐!"

구복은 어쩔 수 없이 '잠깐 기다려' 말한 뒤 방으로 뛰어 들어갔다.

기저귀를 보니 대소변 때문에 운 건 아니었다. 아기를 안고 달래듯 몇 번 흔들자 준복이 울음을 그치고 그렁그렁한 눈으로 빤히 쳐다보며 웃었다. 형을 보니 반갑다는 듯이. 하지만 구복은 마주 웃어주지 않았다.

동생은 정말 성가셔.

자기도 모르게 구복은 아까 소년이 했던 말을 속으로 중얼거렸다.

어느 정도 진정되자, 구복은 아기를 내려놓고 안마당으로 다시 나왔다. 너무 오래 기다리게 한 것 같아 미안했다.

그러나 안마당엔 아무도 없었다. 기다리다 제풀에 지쳐 돌아가 버린 모양이었다.

겨우 동무가 생겼나 했는데.

아쉬운 마음에 구복이 고개를 푹 떨궜다.

구복이 소년을 다시 만난 건 사나흘쯤 뒤였다.

그날 밤에도 어김없이 준복은 밤새 자지러지듯 울었다. 구복은 손가락으로 귀를 틀어막았다. 이러고 있으면 조금 있다가 어머니가 깨서 동생을 달래겠지.

하지만 살림에 기진맥진한 순심은 곯아떨어졌는지 일어날 기미가 없었다. 본래부터 잠귀가 어두운 세득은 이 정도 소음쯤은 아무것도 아니란 듯이 가늘게 코까지 골았다.

이불 속에서 몸을 뒤척이던 구복은 결국 더는 못 참고 자리에서 벌떡 일어났다.

아기가 누워 있는 아랫목으로 가보니 거기엔 이미 누군가 쪼그리고 앉아 있었다. 저게 누구지? 구복은 눈꺼풀에 달라붙었던 잠이 한

순간에 확 달아나는 것 같았다.

그게 구복 쪽으로 스르르 고개를 돌렸다. 어디선가 본 듯한 얼굴이었다. 반듯한 이목구비에 인형처럼 예쁘장한 얼굴. 며칠 전 구복과 함께 제기차기하며 놀던 소년이었다.

"너, 너 어떻게 여길……?"

소년은 여기 이렇게 있는 게 아무렇지도 않아 보였다. 무표정한 얼굴로 앙앙 울어대는 아기를 빤히 내려다보고만 있었다. 마치 신기한 생물을 들여다보는 것처럼.

"내가 그치게 해줄까?"

소년이 구복을 돌아보며 물었다.

"뭐?"

"원한다면 말해. 그치게 해줄게."

소년의 표정이 정말 그럴 수 있다는 듯 진지했다.

구복은 머리가 혼란스러웠다. 저 아이는 대체 누굴까. 이 밤중에 대체 어디서, 어떻게 이 방 안까지 왔을까.

가만 보니 손에는 베개가 들려 있었다. 할 말을 잃은 구복이 멀거니 쳐다보는 사이, 소년은 구복이 승낙했다고 여겼는지 베개 든 손을 준복의 얼굴 쪽으로 가져갔다.

베개가 준복의 얼굴에 점점 가까워졌다. 위에서 내리누르려는 듯이. 베개가 코끝까지 다가오자, 준복은 제게 벌어질 일을 눈치챈 것처럼 몸을 뒤로 젖히고 자지러졌다.

"아가, 울지 마. 얘가 대체 왜 이러는지 모르겠네."

그제야 잠이 깼는지 순심이 부리나케 다가왔다. 이젠 이런 일에 이골이 났는지 순심의 몸은 자동으로 반응했다. 담요에서 아기를 낚아채듯 안아 들고 어르기 시작했다.

"구복아, 넌 깼으면 동생 좀 달랠 일이지 뭘 그렇게 넋 놓고 있어."

순심이 준복을 품에 안은 채 나무랐다. 곁에 앉은 소년이 누구냐고 물으면 뭐라고 대답해야 하나 싶어 마음 졸이던 구복은 순심을 보고 화들짝 놀랐다.

혹시…… 어머니는 이 아이가 안 보이는 건가? 핏자국이 안 보였던 것처럼?

곁에 앉은 소년은 구복과 눈이 마주치자 씨익 웃었다. 함께 재미난 장난을 치고 있다는 듯이. 소년이 무릎걸음으로 구복에게 다가와 귓가에 속삭였다.

"날 본 건 비밀이야."

"비밀?"

어째서냐고 물으려는데, 소년은 이미 사라지고 없었다. 이곳에 왔을 때처럼 조용히. 흔적도 없이. 구복은 귀신에 홀린 것 같은 기분이었다.

얼마 후엔 순심도 이 집에 뭔가 이상한 일이 일어나고 있다는 걸 눈치챘다.

눈을 떴을 때는 캄캄한 한밤중이었다. 곁에 누운 가족들은 곤히 자는 중이었다. 준복도 숨을 쌕쌕 고르며 얌전히 잠든 채였다. 언제 다시 울음을 터뜨려 힘들게 할지 몰랐지만.

온돌에서 올라오는 텁텁한 열기에 갈증이 난 순심은 물을 마시러 부엌으로 향했다. 둥그런 보름달의 하얀 달빛이 새카만 어둠에 덮인 안마당을 어슴푸레하게 밝히고 있었다.

물을 마시고 방으로 들어가려다 잠시 보름달을 올려다 보았다. 이렇게 달구경을 하는 것도 얼마 만인가. 살림에 아이들 뒤치다꺼리하느라 이 정도 여유도 누리지 못하고 살았으니.

그래도 남편과 자식들을 위해서라면 그런 희생쯤은 아무것도 아니었다. 지금처럼 가족 모두 건강하고, 비바람 막아주는 따뜻한 보금자리에서 살 수만 있다면.

문득 여기가 제집이면 좋겠다는 생각이 들었다. 벌 받을 소리라는 건 알지만, 때로는 정한네에 사정이 생겨 이대로 자기 가족이 계속 눌러살 수 있으면 좋을 것 같았다.

어림없는 소리!

등 뒤에서 서늘한 목소리가 들렸다. 누군가 순심의 속내를 읽은 것처럼.

화들짝 놀라 돌아보니 하얀 옷을 입은 여자가 험악한 표정을 하고 서 있었다. 제 어머니뻘 정도 될 것 같은 여자였다. 저를 쏘아보는 매서운 눈매만 아니라면, 반듯하고 정갈한 인상이었다.

"누, 누구세요?"

순심이 말을 더듬었다.

스르륵.

치맛자락이 바닥을 스치는 소리가 나더니 여자가 스윽 움직였다. 슬금슬금 다가오는 게 아니라 얼음판 위에서 몸이 미끄러지듯.

기분 나쁘게 서늘한 한기가 얼굴을 훑고 지나갔다. 겨울철 밤바람과는 달랐다. 음습하고 불길한 냉기가 피부 위에 끈적하게 눌러붙은 것만 같았다.

이 집에서 나가.

여자가 순심을 똑바로 노려보며 말했다. 베일 것처럼 날카로운 눈매였다.

당장 여기서 나가라고. 이 집은 내 집이야.

순심은 입 안이 타들어가는 듯했다. 당장에라도 여자를 밀치고 달려나가고 싶었지만, 다리가 얼어붙었는지 발이 떨어지지 않았다.

여자의 투명한 몸 사이로 하늘에 뜬 둥근 달이 그대로 비쳐 보였다. 정체가 뭔지는 몰라도 이 세상 사람이 아닌 것만은 분명했다. 와락 겁이 난 순심은 안간힘을 써서 다리를 떼어냈다. 어떻게든 저 여자한테서 벗어나야겠다는 생각뿐이었다. 부엌을 뛰쳐나와 안마당으로 내달리던 순심은 그만 돌부리에 걸려 풀썩 넘어지고 말았다.

스르륵.

여자가 어느새 미끄러지듯 다가왔다. 이번엔 놓치지 않겠다는 듯 바짝 얼굴을 들이대더니 귓가에 속삭였다.

여기 계속 있으면 끔찍한 일이 생길 거야.

순심은 온몸에서 식은땀이 흘렀다. 두 손을 짚은 채 바닥에서 엉금엉금 뒷걸음을 치기 시작했다. 여자는 치맛자락을 끌며 다시 코앞까지 얼굴을 들이댔다.

아들이 돌아올 거야. 그 아이를 기다려야 해.

별안간 여자가 무언가를 예고하듯 중얼거렸다. 흐릿한 여자의 시선이 싸리문 쪽에 가닿았다. 마치 곧 찾아올 누군가를 기다리는 것처럼.

여자가 미끄러지듯 스르르 싸리문 쪽으로 움직였다. '돌아올 거야, 돌아올 거야'라고 중얼거리면서. 여자의 모습이 문밖으로 연기처럼 홀연히 사라진 순간, 순심은 차가운 땅바닥에 드러누운 채 그대로 넋을 놓고 말았다.

"깜빡 잠들었던 거 아냐?"

세득은 순심의 말을 듣고도 영 못 믿겠다는 표정이었다.

"한겨울에 바깥에서 무슨 잠이 들어요."

순심은 기가 막혔다.

"잠이 부족했으면 그럴 수도 있지. 최근에 준복이 때문에 계속 잠을 설쳤잖아."

세득은 순심이 뭔가 착각하는 거라고 생각하는 눈치였다. 허황한 이야기 따위는 믿지 않는 남편 성정을 잘 아는지라 순심도 더는 우기지 않았다.

“정말 헛것을 본 건가…….”

“그렇다니까. 이상한 소리 그만하고, 어서 다시 자리에 들자고.”

세득이 순심을 일으켜 방으로 데리고 들어갔다.

남편을 따라 들어가다 말고 문득 싸리문 쪽을 쳐다봤다. 기분 탓인지 몰라도 순심의 눈에 여자의 하얀 치맛자락이 바닥을 스치고 지나가는 모습이 언뜻 비쳤다 사라진 것 같았다.

다시 며칠이 평온하게 지나갔다. 순심의 충격도 어느 정도 가라앉았다. 그게 다 꿈이었을까! 차라리 꿈이었으면 좋겠다는 생각마저 들었다. 그래서 이대로 아무 일도 일어나지 않는다면, 다시 예전 같은 일상으로 돌아갈 수 있을지도 모른다고. 하지만 상황은 뜻대로 흘러가지 않았다.

“섬뜩한 얘기로군.”

구복이 숨을 돌리려고 물을 마시는 사이, 연암이 중얼거렸다.

장복은 귀신이라도 본 것처럼 얼굴이 질려 있었다. 그러면서도 한 마디도 놓치지 않겠다는 듯 몸은 잔뜩 내밀었다. 겁이 많은 주제에 무서운 얘기는 어지간히 좋아하는 모양이라고 선노미는 생각했다.

“그런 일까지 있었으니 당장 그 집을 나왔겠구먼.”

연암의 말에 구복이 겸연쩍은 얼굴로 고개를 흔들었다.

“나중엔 결국 나갔지만, 그때는 아니었습니다.”

"귀신이 나오는 집에 계속 살았다고요?"

장복이 어이가 없다는 듯 입을 헤벌렸다.

"아니 어떻게 그럴 수 있죠?"

"달리 갈 곳이 없었으니까."

구복이 아무렇지 않게 대답했다.

"어머니는 당장이라도 나가자고 아버지를 졸랐습니다. 아버지도 망설이는 눈치였지만, 어머니를 설득했죠. 집을 구할 때까지 조금만 더 참아보자고. 어머니도 달리 뾰족한 수가 없으니 어쩔 수 없이 따르기로 했고요."

"부모님이 정한이라는 사람을 찾아가 어떻게 된 일인지 물어보진 않았나?"

연암이 물었다.

"그 생각도 해봤지만, 찾아가진 못했습니다. 혹시라도 마음에 안 들면 집에서 나가라 할까 봐 겁이 났으니까요."

구복이 어색하게 웃으며 덧붙였다.

"세입자가 되니 집주인 눈치를 많이 보게 되더군요."

"당연한 일이지. 절박한 상황이면, 때로는 너무나 명백한 경고를 무시하기도 한다네."

구복은 휴우, 한숨을 뱉어냈다.

"말씀하신 대로입니다. 그 집이 이상하다는 건 알았지만, 모두 무시했죠. 위험 신호가 보이는데도 보이지 않는 척, 들리는데도 들리지 않는 척. 사냥꾼한테 도망치는 꿩이 바닥에 제 얼굴을 처박는 것처럼 말입니다."

하지만 그 상황도 오래가진 못했다. 결국엔 하얀 옷을 입은 여자가 경고했던 대로 '끔찍한 일'이 벌어졌기 때문이다.

달도, 별도 뜨지 않은 어두운 밤이었다. 암흑이 사물을 온통 삼켜버린 것만 같았다. 저 멀리서 '휘이이잉' 불어오는 바람 소리가 호젓한 분위기를 더욱 을씨년스럽게 만들었다.

그날 세득과 순심은 밤이 늦도록 잠을 이루지 못했다. 겁에 질린 구복도 부모님 곁에 딱 달라붙어 있었다. 순심은 내내 구복의 머리를 가만히 어루만졌다. 따뜻한 어머니 체온을 느끼니 구복의 두려움도 조금 누그러진 것 같았다.

훅.

갑자기 방 안을 밝히던 촛불이 꺼졌다. 입김을 불어 꺼버린 것처럼. 방안이 순식간에 바깥과 마찬가지로 아무것도 보이지 않았다.

어머니, 아버지.

밖에서 사람 목소리가 들렸다. 싸리문 쪽에서 들리는 것 같았다. 젊은 남자의 목소리. 순심이 흠칫 몸을 떨었다.

"누가 온 것 같은데?"

세득이 고개를 들고 작게 말했다.

"오긴 누가 와요. 이 시간에."

저도 소리를 들었을 게 분명한데도 순심은 그렇게 말했다. 아무렇지 않은 척했지만, 어머니의 목소리가 잔뜩 긴장했다는 걸 구복도 느꼈다.

아버지, 어머니. 저 왔어요. 문 좀 열어주세요.

싸리문 밖에서 다시 목소리가 들렸다. 간청이라도 하는 것처럼 목소리는 애잔하게 들렸다.

"나가봐야 하는 거 아닐까?"

세득이 엉거주춤 몸을 일으키려는데, 순심이 남편 팔을 확 잡아끌었다. 전에 없이 거친 몸놀림이었다. 눈초리도 사납게 변해 있었다. 그런 아내 모습을 처음 봤는지 세득이 슬며시 방바닥에 엉덩이를 내려놓았다.

끼이익.

열 정도 셀 시간이 지났을까. 기어이 싸리문 열리는 소리가 났다. 안쪽에서 새끼줄로 고리를 묶어 단단하게 잠가놓아 저렇게 쉽게 열릴 리 없을 텐데.

"지, 집으로 들어온 건가?"

세득이 떨리는 목소리로 물었다. 어둠 속에서도 세득의 얼굴에 송골송골 땀방울이 맺힌 것을 구복은 똑똑히 볼 수 있었다.

구복이 어머니 품으로 파고들었다. 순심도 구복을 꽉 끌어안았다.

터벅터벅.

이번엔 발소리가 들렸다. 방 쪽으로 걸어오는 소리가 점점 가까워졌다. 한 밤이라 정적을 깨는 발소리가 유난히 또렷하게 들렸다.

세득이 벌떡 자리에서 일어났다.

"어딜 가려고 그래요?"

순심이 하얗게 질린 얼굴로 물었다.

"이쪽으로 오는 모양인데 손 놓고 있을 순 없잖아."

세득은 방문으로 다가가 문고리를 건 뒤, 밥상을 손에 들고 벽에 바짝 몸을 붙였다. 안으로 들어오기라도 하면 남자 머리를 내리치려는 속셈이었다.

터벅터벅.

발소리가 문 앞까지 다가선 뒤 딱 멈췄다.

아버지, 저 왔어요. 어머니, 문 좀 열어주세요.

구복은 온몸이 와들와들 떨렸다. 아들들을 안고 있는 순심의 팔에 점점 힘이 들어갔다.

안 들여보내주면 못 들어갈 줄 알고.

애걸하던 남자의 목소리가 갑자기 싸늘해졌다. 등골이 서늘해질 정도로 섬뜩한 목소리였다. 따뜻했던 온돌 바닥도 기분 나쁜 냉기가 스멀스멀 올라오는 것 같았다.

"구복아, 어서 초를 켜."

순심이 나지막하게 속삭였다.

"저자는 귀신이 틀림없어. 불을 밝혀놓으면 도망갈 거야."

그러는 동안에도 순심은 준복을 꽉 끌어안고 있었다.

딸깍.

구복이 초를 켤 틈도 없이 안에서 단단하게 닫아건 문고리가 맥없이 풀렸다. 문이 스르륵 열리며 검은 형체가 방 안으로 스윽 발을 내디뎠다.

"이놈!"

벽에 기대 있던 세득이 갑자기 몸을 날려 남자에게 덤벼들었다. 하지만 남자의 몸은 연기 같았다. 세득은 허깨비 같은 남자의 몸을 그대로 통과해 방바닥에 나뒹굴었다. 세득의 손에서 떨어져 나온 밥상이 바닥을 데굴데굴 굴렀다.

흐흐흐.

남자의 입에서 섬뜩한 소리가 흘러나왔다. 쓰러진 세득을 향해 한 발 한 발 다가갔다. 식은땀에 젖은 세득은 바닥에 뿌리를 내린 것처럼 꼼짝도 못 하고 다가오는 남자를 보고만 있었다.

그사이 구복은 손을 더듬으며 초가 있는 곳을 찾았다. 초는 서너 걸음 떨어진 곳에 있었다. 구복은 살금살금 초가 있는 곳으로 기어갔다.

순심의 비명이 동시에 방안에 울려퍼졌다.

남자와 세득, 두 사람의 호흡이 엉길 정도로 가까워졌다. 남자에게선 축축한 흙냄새가 났다. 마치 무덤에서 막 나온 것처럼. 남자가 뿜어내는 싸늘한 냉기가 순심에게까지 전해졌다.

으아아앙.

갑자기 준복이 울음을 터뜨렸다. 울음소리에 남자는 세득을 놔두고 준복과 순심을 향해 한 걸음씩 다가왔다.

바짝 다가온 남자가 준복의 목덜미로 손을 뻗으려는 순간이었다.

화르르.

구복이 마침내 초를 켰다. 일렁이는 불빛에 순식간에 주변이 환해졌다. 남자의 얼굴도 드러났다.

얼굴 절반이 일그러져 있었다. 머리 한쪽이 깨져서 안으로 움푹 들어가고, 그 주위로 피딱지가 잔뜩 엉겨 붙은 바람에 제대로 형체를 알아볼 수 없었다. 똑똑하게 보이는 건 성한 한쪽 눈과 오뚝한 콧날뿐이었다.

하지만 그런 끔찍한 형상인데도 남자는 어딘지 낯이 익었다. 남자가 구복을 쏘아보았다. 그 눈빛에 깃든 감정은 살의가 아니라 원망에 더 가까워 보였다. 문득 남자의 검은 눈자위 위에 하얀 그림자 같은 것이 어른거렸다. 거기 보이는 흰자. 언젠가 세득이 삼백안이라고 가르쳐준 그 눈. 바로 정헌의 눈이었다.

왜지?

남자가 구복에게 말했다. 무슨 뜻인지 정확히 알 수 없지만, 남자가 한 말은 구복의 가슴에 묵직하게 내려앉았다.

"이야아아!"

정신을 차렸는지 쓰러져 있던 세득이 소리를 지르며 밥상으로 남자의 뒷머리를 내리쳤다. 타격은 마치 허공을 가른 것처럼 아무런 느낌이 없었다. 휙, 하고 바람을 가르는 소리만 들릴 뿐이었다. 동시에 남자 역시 바람처럼 홀연히 사라져버렸다.

남자가 사라지자 준복이 기다렸다는 듯 울음을 딱 멈췄다. 공포로 온몸이 얼어 있던 구복도 그제야 순심에게 뛰어들어 안겼다.

촛불이 노랗게 일렁거리는 방 안에선 한동안 세득이 헉헉 내쉬는 가쁜 숨소리와 구복의 훌쩍거리는 울음소리만 퍼졌다.

다음 날 아침 동이 트기 무섭게 세득은 정한이 가르쳐준 압구정 처가를 찾아갔다. 대체 어째서 이 집에 이상한 일이 끊이지 않는지, 어째서 간밤에 정한을 닮은 남자 귀신이 나타났는지 알아보지 않을 수 없었다.

찾아간 집에선 정한 대신 다른 남자가 나왔다. 세득보다 열 살 정도 많은, 사십 대 중반쯤 된남자였다. 얼굴이 하얗고 유순해 보이는 게 몸 쓰는 일을 하는 사람 같지는 않았다. 글 읽는 선비라면 고개를 끄덕일 것 같은 외모였다.

"아침 일찍 무슨 일이시오?"

"박정한 씨 계십니까?"

세득은 다짜고짜 따지듯 물었다. 이름을 듣자마자 남자는 순식간에 얼굴이 새파랗게 질렸다.

세득은 이자가 정한의 지인이 틀림없다고 생각했다.

"박정한은…… 내 형님인데. 당신은 누구시오?"

"형님……이라고요?"

세득은 의아한 눈길로 마주 선 남자를 바라보았다. '늙었다'고 할 순 없지만, '젊다'는 표현도 어울리지 않는, 마흔은 족히 넘어 보이는 남자가 자신보다 몇 살 어려 보였던 정한의 동생이라니. 아무래도 이해가 되지 않았다. 하지만 지금 그런 걸 따지는 건 중요하지 않았다. 세득은 다짜고짜 용건부터 꺼냈다.

"형님 집에 사는 세입자입니다. 급한 일이니 형님을 좀 봬야겠습니다."

남자가 고개를 흔들었다.

"그건 안 되겠소."

"왜 안 됩니까?"

남자가 말하기 곤란하다는 듯 머뭇거리다 대답했다.

"어디 있는지 모르니까. 형님은 이십 년 전에 집을 나갔다오."

정한의 아우란 자는 이름이 수호였다.

장안에 유행하는 소설을 필사하고 빌려주는 세책(貰冊) 장수 일을 하면서 그럭저럭 먹고 산다고 했다.

정한과 수호는 원래라면 양반가 자제로 곱게 자랐어야 했다. 하지만 기울대로 기운 집안은 그들 아버지 대에서 완전히 몰락해버렸다. 조상 대대로 물려받은 땅은 대를 거치면서 야금야금 줄었고, 급기야 먹고 살 일을 걱정해야 하는 처지가 됐다. 고민하던 아비는 어쩔 수 없이 돈 많은 중인에게 양반 문서를 팔고, 중인 신분으로 전락했다.

한동안은 그 돈으로 가족이 어려움 없이 생활할 수 있었다. 하지만 형제는 이미 늘그막에 접어든 부모와 달랐다. 아직 살날이 창창한데 언제까지고 부모에 기댈 수는 없었다. 먼저 생활 전선에 뛰어든 건 현실적이고 야무지다는 말을 듣던 수호였다. 이제 허울 좋은 양반 딱지는 떼버렸으니 마음 편하게 장사나 해서 빨리 돈을 벌어야겠다고 다짐했다.

그러나 막상 장사를 하려니 그놈의 양반 근성이 뼛속 깊이 박혀 있다는 걸 깨달았다. 아무리 마음먹어도 차마 시장통에서 젓갈 따위를 들고 다닐 수가 없었다. 다행히 지인 중 하나가 수호에게 세책 장수 일을 권했다. 소설 읽는 걸 좋아하는 데다, 서체가 유려한 수호한테 딱 맞는 일이라면서.

수호로서도 그 제안이 나쁘지 않았다. 적어도 책을 가까이할 수 있으니 그것만이라도 어디냐 싶었다.

생각보다 세책 장수는 벌이가 괜찮았다. 쏠쏠하게 돈을 모은 덕분에 수호는 압구정에 집 한 칸을 마련할 수 있었다. 정한이 처가라며 주소를 알려준 곳은 알고 보니 오래전 수호가 사들인 주택이었다.

자립에 성공한 수호와 달리, 형 정한은 스스로 뭘 해야겠다는 의지가 없었다. 중인으로 신분이 추락한 것을 한탄하고, 능력 없는 아버지를 원망만 하다 결국엔 도박에 빠졌다. 한번 발을 잘못 들인 도박판은 헤어날 수 없는 구렁텅이 같았다.

정한은 부모에게 얹혀살다시피 하면서 날마다 투전판만 돌아다녔다. 어머니는 탄식하면서도 '장가들면 좀 나아지겠지' 했는데, 수호가 보기엔 다 부질없는 희망이었다. 미치지 않고서야 형 같은 사람에게 시집오려는 규수는 없을 테니까.

정한을 한심하게 여기면서도 내치지 못하는 부모님과 달리, 수호는 정한이 답답했다. 나는 권위고 체면이고 다 버리고 돈을 버는데, 형은 기생충처럼 나이 드신 부모님께 들러붙어 저게 뭔가. 제 인생 제가 말아 먹는 거야 그렇다 치더라도 저런 식으로 노름판에 돈을 갖다 붓고 다니면 얼마 안 가 파산할 게 뻔한데. 그나마 양반 문서 판 돈으로 간신히 집 한 칸 마련하고 사는 부모님은 어쩌란 말인가.

부모님까지 거리에 나앉을지 모른다고 생각하면 수호는 잠자리에 들려다가도 열이 받아 자리에서 벌떡 일어났다. 만약 그런 일이 벌어지면 비교적 형편이 넉넉한 처가에 데릴사위로 들어간 자신도 딱히 도울 방법이 없다. 정한이 못 견디게 경멸스러웠다. 눈칫밥 먹는 처가살이를 하면서도 훗날 독립하려고 꼬박꼬박 돈을 모으는 수호의 눈엔 제 앞가림 하나 못하는 정한이 한심하기 짝이 없었다.

그러다 어느 날 사달이 나버렸다. 정한과 부모 사이에 대판 싸움이 벌어진 것이다. 장남 때문에 속이 썩을 대로 썩었던 어머니는 훗날 두고두고 후회할 말을 뱉어버렸다. 너 같은 놈은 자식도 아니라고. 이렇게 돼먹지 않은 짓만 하느니 차라리 집에서 나가버리라고. 죽든 살든 알 바 아니니 두번 다시 돌아오지 말라고.

정한은 그날 밤 짐을 싸서 정말 집을 나갔다. 처음엔 제가 가면 어딜 가겠나, 곧 돌아오겠지, 하던 부모도 아들이 며칠이 지나도 돌아오지 않자 불안해지기 시작했다. 어머니는 자기 탓이라고 자책하다 앓아누웠다. 자리에서 일어난 뒤에도 날마다 목 빠지게 아들을 기다렸다.

세월이 갈수록 어머니는 정신이 조금씩 피폐해졌다. '아들이 돌아올 거야. 아들을 기다려야 해'라고 중얼거리다가 흑흑, 흐느껴 울곤 했다. 결국엔 울증이 심해져 작년에 뒷산에서 목을 매 세상을 떠났다. 그 충격 때문인지 지병을 앓던 아버지마저 몇 달 후 어머니를 뒤따랐다.

수호는 부모님이 살던 집을 유산으로 물려받았다. 그 무렵 장인어른 내외도 돌아가시고, 이미 압구정에 집을 마련한 수호로선 굳이 거기 들어가 살 이유가 없었다. 그렇다고 팔아버리자니 찜찜했다. 돌아가신 어머니처럼 수호 역시 정한에게 마음의 빚을 지고 있었다. 한때는 그렇게 경멸했지만, 살았을지 죽었을지 모를 정한을 생각하면 그가 한때 살던 집을 팔아버릴 수 없었던 것이다. 언제가 될지 몰라도 형의 귀향을 대비해 그대로 남겨두고 세입자를 받기로 했다.

하지만 그 역시 뜻대로 되지는 않았다. 세입자들은 몇 달을 못 버티고 나가버렸다.

그들은 하나같이 밤에 흐느끼는 소리가 들리고, 흰옷 입은 여자가 싸리문 밖을 배회하는 게 보인다면서 '이런 집엔 하루라도 더 있고 싶지 않다'고 했다.

귀신 나오는 집이라는 소문이 나자 세입자는커녕 집 앞으로 사람 하나 얼씬거리지 않게 됐다. 전후 사정을 들은 수호는 '아, 돌아가신 어머니구나' 생각했다. 어머니가 아직도 그 집을 떠나지 않았다고. 여전히 돌아오지 않는, 집 나간 아들을 기다리고 있다고.

정한의 귀신을 본 사람은 세득이 처음이라고 했다.

"아마도 형님이 최근에 세상을 떠난 모양이야. 죽어서 넋이 집으로 돌아온 게지."

수호는 씁쓸한 어조로 말했다.

"머리가 깨져 나타난 걸 보니 틀림없이 어딘가 노름판에서 싸움에 휘말려 목숨을 잃은 것일 테지."

수호가 길게 한숨을 뱉어냈다. 그 한숨 끝에 낮은 목소리로 '한심하게도'라고 탄식하는 걸 구복은 놓치지 않았다.

"그런데 형님 되시는 분은 왜 바로 동생을 찾지 않고 우리한테 나타났을까요?"

사연을 다 듣고 나서 세득이 물었다.

여전히 무서움은 가시지 않았지만, 자신도 아들 둘을 키우는 처지라 어쩐지 남 일 같지 않았다. 집으로 돌아가지 않고 객지를 떠돌다 죽어서야 옛집을 찾아온 정한을 생각하니 세득은 가슴 한구석이 저릿했다.

"아직도 나를 원망하나 보지."

세월이 많이 흘렀지만, 여전히 말을 꺼내기 어려운지 수호가 어렵게 입을 뗐다.

"부모님은 어릴 때부터 날 많이 편애했소. 착실하고 야무지다는 얘기를 많이 들었거든. 형님이 비뚤어진 데는 그 원인도 있었을 거요. 아마 어머니도……."

가슴이 먹먹해졌는지 수호가 잠시 말을 멈췄다.

"돌아가신 어머니도 그 때문에 더 자책하셨을 거요."

"……."

"방탕한 아들이 결국 집에 돌아왔는데, 너무 늦어버렸네."

내뱉은 음성은 원망하는 것 같기도 한탄하는 것 같기도 했다. 말이 끝나자 한동안 침묵이 가로놓였다. 수호는 제 생각에 빠져서, 세득은 새롭게 알게 된 엄청난 사실에 놀라서 아무 말도 할 수가 없었다. 한참 시간이 흘렀다. 먼저 입을 연 건 수호였다.

"어쨌든 이젠 더 이상 세입자도 받기 힘들 것 같으니 그 집을 허무는 수밖에 없겠구만."

세득은 어떻게 대꾸해야 할지 몰라 잠자코 고개를 끄덕였다.

"꽤 오랜 시간이 흐른 뒤에야 깨달았죠. 저랑 제기차기했던 소년이 누군지, 정한과 닮은 남자가 왜 원망이 가득한 눈길로 나를 쳐다봤는지."

구복이 저에게 쏠린 시선을 하나하나 마주하며 말을 이었다.

"소년은 어린 시절 정한이었어요. 아마 그도 눈치채고 있었겠죠.

저도 어린 동생을 미워하고 있었다는 걸요. 그런 마음 때문에 구천을 떠돌던 정한이 우리 식구 앞에 나타난 건지도 몰라요."

그래서 자기 딴에는 구복을 도와주려고 했던 것인지도 모른다. 하지만 구복은 그런 정한을 내쳤다. 구복에게 '왜지?'라고 물었던 건 '왜 나를 거부하지?'라는 뜻이었을지도. 왜 내 도움을 거절하냐고. 우리한테는 공통점이 있지 않냐고.

선노미는 구복의 이야기를 듣는 내내 저도 모르게 두 여동생 복이와 옥이를 떠올렸다. 나도 동생을 그렇게 미워한 적이 있던가, 하고. 그러나 아무리 기억을 쥐어짜도 떠오르지 않았다. 둘 때문에 난감했던 적이라면 셀 수 없이 많다. 걸핏하면 아웅다웅 다투는 여동생들은 때로는 언제 그랬냐 싶게 자매들끼리 똘똘 뭉쳐 오라비인 자신에게 대들곤 했다. 그럴 때마다 속수무책으로 당하고 마는 건 선노미였다.

여동생한테는 못 이겨.

복이의 동갑내기 여동생을 둔 소꿉친구 민득이도 고개를 절레절레 흔들었다. 하지만 그래도 동생들이 미웠던 적은 없다. 만약 여동생이 아니라 남동생이 있으면 달랐을까.

선노미는 그 답을 알 수 없었다.

"전 정한, 그분이 이해가 돼요."

말없이 듣고만 있던 창대가 입을 열었다. 다들 일제히 창대를 바라봤다. 하도 조용해서 거기 있는 줄도 몰랐다는 눈들이었다.

창대는 살짝 얼굴을 붉혔지만, 기왕 입을 연 김에 할 말은 다 해야겠다 싶은 모양이었다.

"제 밑으로 동생이 여덟이나 돼요. 아버지가 앓아눕고 나서 어머니는 저를 양반집 하인으로 보냈어요. 동생들 돌보게 돈을 벌어야 한다면서. 그게 맏이 책임이라면서요."

창대가 머뭇머뭇 말을 이었다.

"그때는 저도 아직 어렸는데……. 어머니 곁에 더 있고 싶었는데……."

아, 그랬구나! 선노미는 그제야 창대가 왜 '형'이라는 말을 그렇게 싫어했는지 알 수 있었다. 아마도 창대는 형이 되는 게 지긋지긋했을 것이다. 동생들을 위해 자신을 희생하고, 일찍부터 부모님의 사랑을 포기해야 했던 형이라는 존재가. 그러니 부모님의 편애를 받는 동생을 미워한 정한의 심정에 공감할 수 있었을 것이다.

"지금도 동생들이 원망스럽니?"

구복이 넌지시 물었다. 창대는 아무 말 없이 눈을 내리깔았다. 그렇다는 의미인지, 아니라는 의미인지 알 수 없었다.

물끄러미 창대를 바라보던 구복이 입을 열었다.

"내 동생 준복이 말이다. 그 아이, 어릴 때 죽었단다."

뜻밖의 말에 창대가 화들짝 놀라 구복을 바라보았다.

끔찍한 사건을 겪은 후, 구복네는 각오했던 대로 순심의 친정에서 다시 더부살이를 시작했다. 하지만 이번에 신세 진 기간은 그리 길지 않았다. 세득과 친한 역관 동료가 의주로 살림살이를 옮기는 게 어떠냐고 제안했기 때문이다. 청나라를 오가며 장사하는 만상들이 모인 곳이라 역관 수요가 많다면서. 여가탈입과 귀신 소동으로 한양살이에 지긋지긋해진 참이라 그들은 미련 없이 멀리 떨어진 의주로 터전을 옮겼다.

그런 연유로 어린 시절 한양 생활을 해본 구복과 달리, 준복은 아주 어려서부터 의주에서 자랐다. 소년이 된 준복은 형이 가는 곳이면 어디든 졸졸 따라다녔다. 어머니 순심보다 오히려 형을 더 따랐다. 그 무렵엔 구복도 동생이 더는 밉지 않았다. 그저 소중하고 사랑스러웠다.

하지만 구복은 동생을 끝까지 지켜주지 못했다. 어느 여름날, 구복은 어린 준복을 데리고 강에 놀러 갔다. 형제가 한참 자맥질하고 놀다 보니 곁엔 구복의 또래 친구들이 놀러 와 있었다. 어린 동생을 돌보느라 또래들과 어울릴 시간이 적었던 구복은 준복에게 '잠시만 여기서 혼자 놀아' 하고선 친구들과 깊은 물가로 헤엄쳐 갔다.

서로 누가 빨리 헤엄치나 내기하며 노닥거리다 보니 시간은 눈 깜빡할 사이에 꽤 지나버렸다. 그제야 구복은 정신이 번쩍 들었다. 이를 어쩌나. 준복이 혼자서 심심할 텐데. 형을 기다리다 화가 나 먼저 집에 가버린 건 아닐 테지?

하지만 함께 놀던 곳에 준복은 보이지 않았다. 놀란 구복은 허겁지겁 근처를 뒤졌다. 진짜 혼자 집에 가버렸나 싶어 집에도 돌아가 봤다. 순심이 '왜 너만 왔니?' 묻는 표정으로 구복을 쳐다봤다. 구복은 하늘이 무너지는 것 같았다. 얘는 대체 어디로 간 걸까.

다시 강가로 가 준복을 찾는데, 누가 깊은 물가 쪽으로 헤엄치는 꼬마를 봤다고 했다. 위험하니 그냥 돌아오라고 소리쳤지만, 들리지 않는지 계속 헤엄쳐갔다. 불안한 마음에 강물에 들어가 데려오려는데, 꼬마는 급류에 휘말려 순식간에 하류로 떠내려가더라고 했다. 구복네 식구는 눈앞이 캄캄해졌다. 남자가 말한 꼬마는 준복이 틀림없었다.

준복의 시신은 다음날 하류에서 발견됐다. 구복은 핏기가 하얗게 가신 동생 얼굴을 보고 주저앉아 오열했다. 나 때문이야. 내가 잘 지켜봤더라면 아무 일 없었을 텐데.

기어코 자신이 있는 곳으로 헤엄쳐 오려 했던 준복도 원망스러웠다. 가만히 있으라고 했는데 왜 거기서 날 더 기다려주지 못했어, 왜!

문득 걸음마를 시작할 때부터 혀 짧은 소리로 '형, 형' 부르며 쫓아다니던 준복의 어린 시절이 떠올랐다. 귀찮아진 구복이 '저리 가' 손사래 쳐도 준복은 지치지도 않고 형을 따라다녔다. 가파른 물살을 거슬러 헤엄쳤을 때도 준복은 어쩌면 자신에게 아장아장 걸어왔던 어린 시절과 똑같은 마음이 아니었을까. 형이 있는 곳으로 가고 싶다는.

"어쩌면 동생에게 형은 그런 존재인지도 모르지."

구복이 씁쓸하게 말했다.

"그 사실을 좀 더 빨리 알았더라면 좋았을 텐데."

창대가 아련한 눈길로 구복을 빤히 쳐다보았다.

"혹시 그 일 때문에 만상이 되겠다고 결심한 건가."

연암이 넌지시 묻자 구복이 가만히 고개를 끄덕였다.

"집에 있는 게 불편해졌죠. 부모님은 별말 안 했지만, 저를 탓하는 게 느껴졌어요. 저도 집에 있으면 자꾸 준복이 생각나 죄책감이 들었고요."

되도록 집에서 멀리 벗어날 수 있는 일을 찾다 보니 만상이 제격이었다. 나이 많은 상인들을 따라 떠도는 동안, 세월이 흘러 부모님도 세상을 떠났다. 장가를 가지 않은 구복은 세상에 혈육 한 점 없는 외톨이가 됐다.

이따금 외로움을 느낄 때마다 구복은 준복이 곁에 있으면 어땠을까, 생각했다. 그러면 지금보다 훨씬 덜 외롭지 않았을까.

"형제란, 힘이 되는 존재니까요."

구복의 말이 창대에게 하는 것처럼 들려 선노미는 저도 모르게 창대를 힐끗 쳐다봤다.

"매운탕에다 덤으로 참으로 기이한 이야기까지 들려줘서 고맙네."

꽤 시간이 흘렀다고 생각했는지 연암이 자리를 털고 일어났다.

어느새 밤은 훨씬 더 깊어져 있었다. 동이 트기 전이 가장 어둡다던데, 새카만 하늘을 보니 조만간 동녘에서 해가 비칠 때쯤 된 것 같았다.

부우우우웅.

와아아아아아.

한동안 잊고 있던 군관들의 뿔 나팔 소리와 함성이 새카만 하늘을 뒤흔들었다.

조반을 먹고 나서 일행은 길 떠날 채비를 했다. 오전부터 날이 후덥지근한 것이 온종일 걸어가려면 땀깨나 흘릴 것 같았다. 선노미와 장복이 천막에서 여장을 꾸리고 있는데, 창대가 들어왔다.

아침부터 선노미에게 종알종알 수다를 떨던 장복이 창대를 보고 어색한 표정으로 입을 다물었다.

"아침 먹었니?"

못 본 척할 줄 알았는데, 놀랍게도 창대가 먼저 말을 걸었다.

"네, 형은요?"

얼떨결에 대답한 다음, 뒤늦게 제 실수를 알아챘는지 장복은 아차, 하는 표정을 지었다.

"죄송해요. 달리 부를 말이 없어서……."

창대는 말이 없었다. 장복이 창대 눈치를 살피더니 평상시와 달리 쭈뼛쭈뼛하며 말을 이었다.

"형이라는 말 싫어하시는 거, 저도 이해해요. 아마 같은 상황이었으면 저도 그랬을지 몰라요. 하지만요."

장복이 말을 멈췄다. 창대가 장복이 말을 잇길 기다리는 것처럼 빤히 쳐다봤다.

"전 죽은 제 형을 정말 좋아했어요. 그러니 형이라 부른 거, 화나게 하려고 그런 거 아니에요. 저한테 형은 최고로 듣기 좋은 말이거든요."

장복이 묵묵히 제 짐꾸러미를 등에 메고 천막 쪽으로 발걸음을 옮겼다. 창대가 불쑥 입을 열었다.

"형이라 불러도 좋아."

장복이 놀란 표정으로 창대를 돌아보았다.

"어차피 많은 동생, 한 명쯤 더 생긴다고 큰일 나겠어."

평상시처럼 무표정한 얼굴로, 하지만 쌀쌀맞지는 않은 어조로 창대가 말했다. 어리둥절해하며 서 있던 장복의 얼굴에 서서히 미소가 번졌다.

"그럼 앞으로 형이라 부를게요, 형!"

"저도 형이라 불러도 돼요?"

선노미도 우물쭈물 끼어들었다. 창대가 예의 무표정한 얼굴로 고개를 끄덕였다.

선노미는 저도 몰래 헤벌쭉 웃음이 나왔다. 이제껏 주변에 형이라 부를 사람이 없었는데 한꺼번에 두 명이나 없던 형이 생겼다. 그동안엔 두 사람이랑 서먹서먹해서 힘들었는데, 이렇게 거리가 좁혀지니 앞으로 남은 여정은 훨씬 즐거울 것 같았다.

부우우웅.

군관들이 철수하며 부는 뿔 나팔 소리가 길 떠날 이들을 재촉하듯 저 멀리서 들려왔다.

오랜만에 찾아온 집은 예전과 달라진 게 없었다.

살던 사람들이 모두 떠났을 뿐. 처음엔 자신, 다음엔 형 그리고 마지막으로 부모님이. 하지만 떠난 줄 알았던 가족은 알고 보니 집을 온전히 떠난 게 아니었다. 넋이 되어서도 여기서 방황하고 있었다. 그 생각을 하니 수호는 절로 한숨이 새어 나왔다.

수호가 옛집을 찾은 건 세득네 식구가 떠난 직후였다. 죽은 정한과의 기이한 인연으로 잠시 머물렀던 세득네 가족은 귀신을 보고 혼비백산해서 도망쳤다. 앞으로도 이런 일이 없지 않을 테니, 더는 집을 이대로 놔두기 어려웠다. 하지만 막상 허물기로 결정하자, 그 전에 꼭 한번 다시 와보고 싶었다. 예전엔 그토록 발길 닿는 게 꺼려지던 곳인데.

집을 허물면 여기서 떠도는 넋은 어디로 갈까. 여전히 미련을 못 버리고 집터에 계속 남아 있을까, 아니면 포기하고 이승을 떠날까. 후자이길 수호는 간절히 바랐다.

세득에게 문을 열어달라고 졸랐던 건 아마 정한의 넋일 것이다. 단정한 이목구비에 삼백안 눈동자. 정한이 분명했다. 게다가 무엇보다 한쪽이 깨져 움푹하게 일그러진 머리라니. 수호는 세득의 묘사에 온몸에 소름이 돋았었다. 남자가 정한이라는 사실을 그것만큼 여실히 드러내는 것도 없었다. 이십 년 전 일이지만, 수호는 그 상처를 똑똑하게 기억하고 있다. 정한의 얼굴에 상처를 낸 사람은 다름 아닌 자신이니까.

정한은 집을 나간 게 아니었다. 죽임을 당하고 암매장당한 것이다.

자신의 집에서. 제 가족들 손에.

그날, 수호는 오랜만에 부모님을 뵈러 왔다. 아버지가 편찮으시다 해서 문안차 온 것이다. 와보니 어머니만 혼자 방에 앉아 옷고름으로 눈물을 찍어내고 있었다. 어머니는 흐느끼면서 형이 또 사고를 쳤다고 했다. 노름으로 돈을 날려 먹은 것도 모자라, 이젠 차용증을 쓰고 빚까지 졌다고 했다. 수중에 남은 돈을 탈탈 털면 빚은 갚을 수 있지만 앞으로가 걱정이라고, 그런데도 네 형은 정신을 못 차린다고 푸념하더니 결국엔 목 놓아 울고 말았다.

"아버지는 어디 가셨어요?"

"몸도 성치 않은데 속상해서 약주 하러 가셨고, 네 형은……."

어머니가 말꼬리를 흐리는 걸 보니 이런 상황에서도 투전판에 간 모양이었다.

수호는 분통이 터졌다. 이런 한심한 인간이 형이라니. 혈연으로 엮이지만 않았으면 평생 상종할 일도 없었을 텐데. 끊고 싶다고 끊어낼 수도 없으니 핏줄이란 참으로 징글징글했다.

"아무래도 개를 잘못 키웠나 보다."

어머니는 다시 울음을 쏟았다. 마음고생이 심해서인지 어머니는 살이 많이 내려 있었다. 근래 흰머리도 부쩍 늘었다. 이 모든 게 형 때문이라 생각하니 수호는 머리끝까지 부아가 치밀었다.

호랑이도 제 말 하면 온다더니 그때 정한이 건들건들 방문을 열고 들어섰다.

대낮인데도 약주를 했는지 얼굴이 불콰했다. '너 왔냐?' 수호를 힐끔 쳐다보더니 눈물범벅이 된 어머니에게 '아이고, 우리 어머니, 왜 또 울고 짜고 하십니까' 술기운에 꼬인 혀로 웅얼거렸다.

"어머니가 왜 우시는지 정말 몰라요? 다 형님 때문 아닙니까!"

수호가 일어나 소리쳤다. 참는 데도 한계가 있었다.

건들거리던 정한의 표정도 험악하게 변했다. 술이 확 깬 것처럼 흐릿하게 풀려 있던 눈매도 매서워졌다.

"너, 방금 뭐라고 했어?"

"형 때문이라고 했소! 대체 언제쯤 정신 차리고 사람 구실 할 거요?"

수호도 지지 않았다. 참고 참다 일시에 불거진 감정은 터진 둑처럼 걷잡을 수 없었다.

"이 자식, 형한테 못 하는 말이 없네?"

이제는 정한도 씩씩거렸다. 주먹을 꽉 움켜쥐고 흔드는 게 금방이라도 한 대 칠 기세였다.

"형도 형 나름이지, 너 따위가 무슨 형이야! 없는 편이 더 나아!"

흥분한 수호의 입에서도 막말이 튀어나왔다.

정한의 눈이 희번덕거리는가 싶더니, 갑자기 몸을 날려 덤벼들었다. 수호는 눈 깜짝할 사이에 정한의 몸 아래 깔려버렸다. 밀쳐내려 했지만, 호리호리하고 힘이 약한 수호가 다부진 체구의 정한을 상대하기란 역부족이었다.

넋을 놓고 있던 어머니가 다가들어 떼어놓으려 했지만, 정한은 세차게 밀쳐냈다. 어머니는 바닥에 힘없이 털썩 주저앉았다.

정한이 수호의 두 뺨을 찰싹찰싹 때렸다. 입 안이 터졌는지 비릿한 맛이 느껴졌다.

"네가 뭘 알아! 어릴 때부터 어머니, 아버지 사랑을 독차지한 네가 뭘 안다고 그렇게 잘난 척하면서 지껄이냐고!"

정한이 악을 썼다. 정한은 줄곧 수호 때문에 제 인생이 바뀌었다고 생각했다. 부모님은 늦둥이 수호를 애지중지했다. 수호가 태어난 뒤론 부모님의 관심을 모조리 뺏긴 것 같았다.

아기 때는 아직 어리니 어쩔 수 없다 여겼지만, 동생이 커서도 빼앗긴 애정은 돌아오지 않았다. 수호는 부모님이 원한 착한 아들이었으니까.

둘째는 글씨를 잘 써. 글공부도 열심히 하지. 야무지고 앞가림도 잘하니 어디 내놔도 걱정이 없을 거야.

정한은 부모님이 수호를 칭찬하는 말을 귀에 딱지가 앉도록 들었다. 그때마다 정한은 자신이 동생과 비교당하는 기분이 들었다. 너는 왜 네 동생 같지 않니, 장남이 돼서 그게 뭐니, 은근슬쩍 비난하는 것 같았다.

언젠가 아버지가 어머니에게 '수호가 장남이었더라면 좋았을 텐데. 정한이 저 녀석은 영 믿음이 안 가'라고 말하는 걸 들었다. 그때 정한은 깨달았다. 자신이 어떻게 하더라도 부모님 기대를 충족시킬 수 없다는 걸.

"형이 못나서 내가 얼마나 힘들었는지 알아? 장남도 아닌데 장남 노릇까지 하며 얼마나 고생한 줄 아냐고!"

두들겨 맞으면서도 수호는 악을 썼다. 오히려 정한이 손찌검을 한 것 때문에 독이 오른 것 같았다.

수호는 늘 형 때문에 자신이 피해를 입었다고 생각했다. 형이 무능력한 바람에 나이 어린 자신이 일찌감치 생활 전선에 뛰어들어 가장 노릇을 해야 했다. 남의 집 데릴사위로 들어가서도 연로한 부모님을 챙기는 건 제 몫이었다. 형 때문에, 형이 미덥지 못하기 때문에. 그런데도 형은 정신을 못 차리고 자기 좋은 대로 살고 있다.

"쓸모없는 인간!"

수호가 내뱉은 말 한마디가 정한에게 남아 있던 마지막 이성의 끈을 끊어버린 것 같았다. 정한이 두 손으로 수호의 목을 조르기 시작했다. 그동안 맺힌 게 많았는지, 아니면 혈기에 눈이 뒤집혔는지 정한은 진심으로 수호를 죽일 기세였다.

수호는 안간힘을 쓰며 정한을 밀어내려 했다. 하지만 숨이 막혀 몸이 제대로 말을 듣지 않았다. 미친 듯이 발버둥 치던 수호의 몸에서 서서히 힘이 빠져나갔다. 몸이 바닥에 축 늘어졌다. 정신이 아득해지면서 눈앞이 캄캄해지기 시작했다. 이대로 죽는 건가…….

퍽.

둔탁한 소리가 들리는가 싶더니 호흡이 돌아왔다. 갑자기 공기를 들이마신 탓인지 기침이 터져 나왔다.

한참 동안 콜록거리다 고개를 들어보니 조금 떨어진 곳에 정한이 쓰러져 있었다. 두 눈을 부릅뜨고서. 머리 한쪽이 깨져 움푹하게 들어가 있고, 함몰된 상처에선 끊임없이 피가 흘러 바닥을 적시고 있었다. 한눈에도 정한이 이미 숨을 거둔 게 분명해 보였다.

"이, 이, 이건……."

수호가 차마 말을 잇지 못하고 어머니를 보았다. 어머니는 사시나무 떨듯 온몸을 와들와들 떨고 있었다. 한 손엔 커다란 화병을 쥐고서.

"……그냥 말릴 생각이었는데. 이렇게 될 줄 몰랐는데……."

어머니는 넋 나간 표정으로 띄엄띄엄 내뱉었다.

수호도 반쯤 넋이 나간 채로 하얗게 질린 어머니와 손에 들린 화병을 번갈아 보았다. 화병에선 새빨간 피가 배어 바닥에 뚝뚝 떨어지고 있었다. 굳이 설명하지 않아도 수호는 모든 걸 알 수 있었다.

어머니는 둘을 떼놓으려 안간힘을 쓰다가 곁에 있던 화병으로 큰아들 머리를 내리쳤다. 혈기왕성한 아들들 싸움을 말리려니 그 수밖에 없었을 것이다. 너무 세게 내리쳤는지, 아니면 맞은 곳이 잘못됐는지 정한은 머리가 깨져 죽고 말았다. 뜻하지 않은 잔혹한 상황 앞에 수호는 할 말을 잃어버렸다.

아버지가 돌아올 때까지 어머니는 망연자실한 채 앉아 있었다. 대체 이게 어떻게 된 일이냐고 아버지가 추궁하고 나서야 어머니는 모두 제 탓이라고, 제 뱃속으로 낳은 자식을 죽여버렸노라고 털어놓은 뒤 목놓아 울기 시작했다.

한참 동안 울던 어머니는 관아에 자수하러 가겠다고 했다. 자식 죽인 어미가 무슨 선처를 바라겠느냐고, 어떤 벌이든 달게 받겠노라고.

수호는 어머니를 말렸다. 연로한 어머니는 옥살이를 견디지 못할 것이다. 차라리 자신이 형을 죽였다고 고하는 편이 낫다. 형이 죽은 데는 제 책임도 있으니. 싸우다 우발적으로 생긴 일이라 하면 처벌은 무겁지 않을 것이다.

둘이 옥신각신하는 사이, 침묵을 지키던 아버지가 무겁게 입을 열었다. 정한을 몰래 안마당에 묻고, 집을 나간 걸로 하자고. 정한이 방탕했다는 건 동네가 다 아는 사실이니 아무도 의심하지 않을 거라고 했다.

어머니는 한사코 반대했다. 어떻게 그런 거짓말을 하며 살 수 있어요.

"당신이 끝끝내 관아에 간다면 수호는 자기 짓이라고 주장할 거요. 그럼 우린 아들 둘을 모두 잃소. 이미 아들 하나를 잃은 마당에 둘 다 잃을 순 없는 일 아니오."

그 말에 어머니는 결국 입을 다물었다. 그렇게 세 식구는 한밤중에 남의 눈을 피해 정한의 시신을 몰래 안마당에 묻었다.

하지만 그걸로 끝난 게 아니었다. 아마 그 무렵부터였을 것이다. 어머니가 정신이 이상해진 것은.

어머니는 집 나간 큰아들이 돌아올 거라며 바깥출입도 안 하고 내내 싸리문 앞을 서성거렸다. 애초에 정한이 집을 나간 게 아닌 데도. 제 손으로 죽여버린 정한이 돌아올 리 없다는 사실을 잘 아는데도.

죄책감과 슬픔으로 괴로워하던 어머니가 결국 뒷산에서 목을 매 자살하고, 아버지마저 지병으로 세상을 떠나자 부모님이 살던 집은 수호 몫으로 남겨졌다. 하지만 수호는 도저히 그 집에서 살 자신이 없었다. 형의 시신이 묻힌 그곳에 발도 들이고 싶지도 않았다.

대체 부모님은 어떤 심정으로 이 집에서 살았을까. 먼저 떠나보낸 자식을 곁에 둔다는 심정으로 버텼을까. 하루하루 속죄하는 심정으로 아들이 묻힌 곳을 바라봤을까. 까맣게 타들어갔을 부모님 심정을 생각하니 수호도 가슴이 먹먹했다.

이미 제집을 마련한 뒤라 이 집에 살 이유가 없었다. 그렇다고 팔아버리자니, 집을 산 사람이 행여라도 안마당을 파헤쳐 정한의 시신을 발견하기라도 하면 큰일이었다. 차라리 세입자를 들여 세를 받는 게 최선이라 생각했다. 집 안팎에 일체 손을 안 댄다는 조건으로.

하지만 그곳에서 반년을 넘게 버틴 사람은 아무도 없었다. 모두 여자 귀신을 봤다며 도망쳐버렸다. 아들을 죽인 어머니의 회한이 그렇게까지 컸으리라고는 수호도 짐작하지 못했다. 정작 안마당에 묻힌 정한의 넋은 이제까지 나타나지 않았는데.

아버지, 어머니. 저 왔어요. 문 열어주세요.

유일하게 정한의 넋을 본 세득은 정한이 그렇게 말했다고 했다. 애초에 정한은 집을 나간 적도 없는데. 수호는 어쩌면 그 말이 자신을 받아들여달라는 뜻인지도 모르겠다고 생각했다. 살아생전 부모님이 인정하지 않았던 못난 아들을, 장례도 치러주지 않고 남몰래 묻어버린 불쌍한 아들을 이제는 용서해달라고. 보듬어달라고.

형님은 지금쯤 나를 용서했을까.

수호는 제 목을 조르기 전 정한이 했던 말을 떠올렸다. 부모님 사랑을 독차지하며 컸던 네가 뭘 아느냐는 말. 정한이 그런 생각을 품고 있었을지 수호는 추호도 몰랐다. 좀 더 빨리 알았더라면, 형제 간에 조금만 더 마음을 터놓고 지냈더라면. 어쩌면 그런 일이 일어나지 않을 수도 있었을 텐데.

휘이이잉.

차가운 겨울 바람에 안마당에 심어놓은 나무에서 앙상한 가지들이 일제히 흔들렸다. 잎이 다 떨어진 헐벗은 가지가 어쩐지 애처로워 보였다. 그 아래 홀로 쓸쓸히 묻혀 있는 정한의 시신처럼.

수호는 나무 밑 메마른 흙을 손으로 가만히 쓸어본 뒤, 천천히 집을 나섰다. 다시 인적이 끊긴 집 안에서 나무 한 그루가 수호의 뒷모습을 배웅하듯 쓸쓸히 지켜보고 있었다.

3 • 마마신이 찾은 마을

비가 며칠째 추적추적 내렸다. 압록강에서 발이 묶였을 때처럼 무지막지한 장대비가 아니라, 끊어질 듯 한없이 이어지는 가느다란 빗줄기였다. 지붕 위로, 섬돌 위로 빗방울이 똑똑 떨어지는 소리가 드문드문 들려왔다.

"형, 또 틀렸잖아요. 지읒은 이렇게 써야죠."

선노미는 하인들 숙소에서 장복에게 언문을 가르치는 중이었다. 종이 위에 적힌 기역, 니은, 디귿을 방바닥에 손가락으로 따라 그리던 장복은 헷갈리는지 자꾸만 실수를 했다.

"아이 씨, 뭐가 이렇게 어렵지."

장복이 머리를 벅벅 긁었다.

"이래서야 언제 내 이름 쓰는 걸 배우냐."

한숨까지 푹 쉬었다. 이러다 제풀에 지쳐 포기할 줄 알았는데, 장복은 다시 처음부터 손가락으로 하나씩 글자를 따라 쓰기 시작했다. 의

외로 집념이 있었다.

“너네 이렇게 한가하게 노닥거려도 되는 거야? 연암 나리께 안 가 봐도 돼?”

곁에서 창대가 걱정스러운 듯 물었다.

“어차피 나리는 지금 투전놀이하느라 바쁘실 텐데요.”

글씨 연습에 집중해 있는 장복이 고개도 안 들고 대답했다.

구련성을 출발해 사절단 일행이 청나라 출입국 사무소가 있는 책문을 지나 드디어 청나라에 입성한 건 나흘 전이었다. 하지만 막 이곳 통원보에 도착하자마자, 때마침 내리기 시작한 비로 시냇물이 크게 불어 또다시 발이 묶여버렸다.

“이것 참, 가는 곳마다 비가 말썽이군.”

출발이 계속 지연되는 바람에 갑갑해진 정사 박명원이 상방비장(사신의 일을 돕는 무관) 박래원과 주부(主簿: 문서를 담당하는 종육품 벼슬) 주명신에게 물길이 어느 정도 되는지 알아보고 오라고 명령했다.

건너편까지 거리는 크게 멀지 않은 것 같으니 어른 키 정도 되는 깊이라면 걸어서라도 건널 생각이었다. 하지만 헤엄 잘 치는 사람을 보내 깊이를 재 보니 열 발짝 가기도 전에 벌써 물이 어깨까지 찼다.

문짝과 수레를 가져와 뗏목을 만들자, 아니다, 그건 구하기 어려우니 근처에 집 지으려 쌓아놓은 목재로 만들어야 한다, 의견이 분분했다.

“뗏목 만드는 건 좋은데 결정적으로 한 가지가 부족하네.”

듣고만 있던 연암이 갑론을박하는 이들에게 말했다.

"노는 누가 젓나? 할 줄 아는 사람 한번 나와보시게."

그 말에 다들 꿀 먹은 벙어리가 됐다. 어쩔 수 없이 시냇물 수위가 낮아질 때까지 통원보에 머무르며 추이를 지켜보기로 했다.

비는 쉽게 그치지 않았다. 처음 하루 이틀은 노숙하며 쌓인 여독을 푸느라 좋았는데, 사흘째부터는 지루해졌다. 숙소에 갇혀 비 구경 말고는 딱히 할 게 없으니 좀이 쑤셨다. 그러던 중 나리들 사이에서 술값 내기 투전판이 벌어졌다. 누가 먼저 시작했는지는 알 수 없지만, 다들 아침부터 밤까지 내기에 골몰했다.

연암도 빠지지 않았다. 하지만 안타깝게도 그의 투전 실력은 형편없었다. 급기야 다른 치들이 '나리께선 구경이나 하시지요' 하며 그를 노름판에서 밀어냈다.

연암은 자못 분하고 억울했지만, 술을 홀짝이며 어깨너머로 구경하는 데 만족해야 했다.

주인이 투전놀이 구경에 정신이 팔리자 하인들도 한가해졌다. 여유가 생긴 선노미는 이때다 싶어 약속대로 장복에게 언문을 가르쳐 주게 된 것이다.

"이번엔 다 맞게 썼지?"

자음을 기역부터 끝까지 손가락으로 다 써 보이곤 장복이 의기양양하게 말했다. 처음엔 꽤 고전하더니 요령이 좀 붙고 나니 익히는 속도가 제법 빨랐다.

"네, 이제 모음 배울 차례예요."

"이게 다가 아니야?"

장복이 얼빠진 얼굴이 됐다. 장작 한 무더기를 다 패고 났더니 다시 장작 두 무더기를 더 패게 생긴 하인의 표정이었다.

"자음도 금방 배웠잖아요. 조금만 더 외면 끝나요."

선노미가 장복을 격려하며 'ㅏ'부터 시작하려는데, 방문이 벌컥 열렸다. 숙소에서 잡일을 하는 청나라인 하인이었다.

그는 방 안을 휘 둘러보더니 선노미에게 손짓으로 연암이 묵는 방을 가리켰다. 연암이 선노미를 찾는다는 뜻인 것 같았다.

"나리께서 찾으신다고?"

선노미가 확인하려고 물었다. 무슨 말인지 알아들을 리 없는 하인이 멀뚱한 표정으로 고개를 갸웃했다.

"그런 뜻인 것 같은데?"

장복이 말했다.

연암 나리께서 무슨 볼일이 있으신 걸까? 선노미는 자리를 털고 일어섰다.

하인이 앞장서 선노미를 연암의 숙소까지 데려갔다. 추적추적 내리는 비가 두 사람의 머리와 어깨 위로 후드득 떨어졌다.

연암은 처음 보는 남자와 함께 있었다. 나이는 사십 대 중후반 정도. 옷차림이나 분위기가 구복 같은 만상으로 보였다. 보통 키에 보통 체격이라, 눈에 잘 띄지 않을 외모였다. 얼굴 전체를 덮고 있는 마마 자국만 없었더라면.

"이분은 만복이라는 만상이시다. 기이한 이야기를 해주시겠다는구나."

선노미는 그제야 연암이 부른 이유를 알았다. 만복이 들려주는 이야기를 기억하도록 하기 위해서다.

"굳이 왜 하인을 부르셨습니까?"

만복이 시큰둥하게 물었다.

"여기 있는 선노미는 한번 보고 들은 걸 다 기억한다오. 나중에 기록을 남길 때 필요할 것 같아 불렀소."

"그럴 정도로 거창한 이야기는 아닌데요."

만복이 겸연쩍어하며 머리를 긁적였다.

연암과 만복이 만난 건 두 식경 전이었다. 투전판 구경에 싫증 난 연암은 옷을 털고 숙소로 돌아왔다. 어린애 같은 오기가 생겨 홀로 투전패 뽑는 연습을 하는데 누가 말을 걸었다.

"나리, 실력이 형편없으시네요."

안 그래도 부아가 치미는 터라 연암은 눈빛이 사나웠다. 그런 눈길로 누가 정곡을 찌르는 말을 하나 봤더니, 얼굴에 마마 자국이 가득한 사내가 히죽히죽 웃고 있었다. 같은 숙소에 묵는 자였는데 지나다 열린 문으로 연암을 본 모양이었다. 무례한 말본새에 벌컥 화를 내려는데, 사내가 서둘러 덧붙였다.

"괜찮으시다면 제가 좀 가르쳐드릴까요?"

남자가 슥 들어와 앉더니 바로 시범을 보였다. 민첩한 손놀림이나 패를 뽑는 속도가 보통 실력이 아니었다.

"정말 잘하는구만."

연암이 저도 모르게 감탄사를 내뱉었다.

"한가할 때 심심풀이로 하다 실력이 늘었습죠. 국경을 오가며 장사하노라면 지금처럼 비 긋길 기다릴 때가 많거든요."

"그럼 자네도 만상이로군."

만복이 '그렇습니다' 하고 대답했다.

"이번 사행길엔 어째 만상들과 인연이 많군. 여기 오기 직전에 구련성에서도 만상을 만나 재미난 이야기를 들었는데."

"상인은 발이 넓으니 오다가다 주워듣는 게 좀 있지요."

만복이 고개를 끄덕였다.

"물론 그럴 테지. 하지만 그 만상이 들려준 이야기는 자신이 직접 겪은 걸세. 남한테서 전해 들은 거라 했으면 믿기 힘들 기이한 이야기였다네."

"그런가요……."

만복은 돌연 진지한 표정이 됐다.

"사실은 저도 어릴 때 기이한 일을 겪은 적이 있습니다. 겪지 않았다면, 듣고서도 믿기 어려울 법한 일이죠."

연암이 눈을 반짝 떴다.

"괜찮다면 그 이야기 들려주지 않겠나? 시간도 남아도는데 말일세."

"저야 뭐 상관없지만……."

만복이 승낙하자, 연암은 바깥의 청나라 하인을 손짓으로 불렀다. 선노미를 불러오기 위해서였다.

말이 안 통해 연암이 손짓 발짓을 하는데 보기 답답했던지 만복이 통역을 자처했다. 국경을 자주 넘나들다 보니 웬만큼 청나라 말을 할 줄 알았다.

"인형처럼 예쁜 사내애를 데려오라시더니 정말이네요."

만복이 곁에 앉은 선노미 얼굴을 빤히 들여다봤다. 나리께서 그렇게 말씀하셨다고? 선노미는 쑥스러워 얼굴이 빨개졌다.

"젊을 땐 저도 이 아이처럼 고운 얼굴이 부러웠죠."

선노미는 몸 둘 바를 모르겠어서 고개를 떨구고 어깨를 움츠렸다.

"보시다시피 저는 얼굴이 이 모양이라……."

연암과 선노미가 뭐라 대꾸해야 할지 몰라 어색해하는데, 만복은 덤덤하게 말했다.

"이젠 나이도 들고, 장가도 들어 딱히 신경 안 쓰지만요."

"천연두는 무서운 병이야."

화제를 돌리고 싶었는지 연암이 불쑥 말을 꺼냈다.

"나도 주위에 천연두 걸린 사람들을 많이 봤지."

선노미도 고개를 끄덕였다.

'두창(痘瘡)' 혹은 '마마'라 불린 천연두는 백성들을 괴롭히는 가장 무서운 전염병 중 하나였다. 병은 신분 고하도 가리지 않았다. 지금 임금님의 증조할아버지인 숙종 임금님도 병을 앓았다고 했다. 한마디로 누가 걸릴지 몰랐고, 누구나 걸릴 수 있었다.

천연두에 특히 취약한 건 어린아이였다. 걸리면 어른에 비해 목숨을 잃을 위험이 높고, 낫더라도 얼굴에 얽은 자국이 남았다.

그러다 보니 사람들은 천연두를 '마마신'이라 부르며 신처럼 모시기도 했다. 그래서 자식이 천연두에 걸리면 부모도 높임말을 썼다. 아이 몸 안에 마마신이 기거한다 여겼기 때문이다.

질투가 심한 마마신은 다른 신을 섬기는 걸 몹시 싫어하는지라, 천연두 환자가 있는 집에선 제사를 건너뛰는 것도 묵인됐다. 퇴치 굿을 할 때도 감히 '퇴치'라는 말을 쓰지 않고 '마마신 별송굿'이라 부르고, 마마신이 무사히 타고 떠나시도록 환자 방 앞엔 짚으로 말을 만들어 바쳤다.

"제가 자란 마을에서도 마마신을 깍듯이 대접했죠."

"그랬을 테지. 질병은 누구에게나 두려운 거니까."

연암이 맞장구쳤다.

"하지만 저희 마을에선 마마신 모시는 법이 조금 달랐습니다. 제가 자란 마을은……."

만복이 말을 꺼냈다가 다시 입을 닫았다.

"마을 이름은 말하지 않아도 좋네."

이야기를 그만둘까 봐 걱정됐는지 연암이 서둘러 말했다.

"그래도 될까요? 어차피 이미 사라진 곳이긴 하지만요."

사라진 곳이라고? 연암과 선노미가 서로 시선을 주고받는 사이, 만복이 목청을 가다듬고 이야기를 시작했다.

만복이 태어나 자란 마을은 산으로 둘러싸인 산간벽지였다. 외지고 작아 마을의 존재도 잘 알려져 있지 않았다. 바깥세상으로부터 고립되어 있었던 셈이다. 그래도 밭을 일구어 수확한 작물과 산에서 나는 먹거리들로 먹고사는 문제는 없었다. 오히려 지방 관리들 간섭 없이 자치를 하니 사람들 간의 유대감은 그 어느 곳보다 끈끈했다.

오지의 장점은 또 있었다. 역병이 돌아도 비교적 안전하다는 것이다. 외부인과 왕래가 거의 없으니 바깥에서 마마신이 활개 쳐도 마을은 모르고 지나기 일쑤였다. 마을 자체가 격리지역이나 마찬가지인 셈이었다.

사실 마을은 오래전 역병을 피해 피신 왔던 사람들이 정착해 만든 곳이다. 그러니 역신에 대한 두려움은 바깥세상 못지않았다. 역병 중에도 가장 두려운 건 천연두였다. 이들도 천연두를 깍듯하게 '마마신'이라 불렀고, 입에 올리는 것조차 꺼렸다.

마을에서 조금 떨어진 산어귀엔 마마신을 모시는 사당도 있었다. 신이 이 마을은 피해 가시라고 빌기 위해 만든 곳이다. 사당이 있다는 건 다들 알지만, 정작 가본 사람은 손에 꼽을 정도였다. 부정 타는 걸 막는다고 원로를 제외하곤 출입을 엄금했기 때문이다. 마을에서 태어나 자란 만복도 사당 곁엔 얼씬도 할 수 없었다. 훗날 마을을 떠나기 전까지는.

이런 정성도 마마신의 발걸음을 완전히 묶을 순 없었다. 어쩌다 한 번씩 기어이 마마신이 찾아올 때가 있었다. 그럴 때는 모두 정해진 규칙을 따라야 했다. 일단 마마신이 방문한 집은 검은 천을 매단 새끼줄을 문 앞에 걸어 환자가 있음을 알리고, 그 가족들은 바깥 출입을 삼가야 했다.

항간에선 마마신을 쫓으려 똥물을 뿌린다거나, 무당을 불러 굿을 하기도 하는 모양이지만, 병을 피해 들어온 사람들은 환자와 접촉하지 않는 게 확산을 막는 최선임을 경험으로 잘 알았다.

바깥 출입이 금지된 환자 가족에겐 마을 사람들이 품앗이로 먹을 것을 가져갔다. 이때도 싸리문 앞에 음식을 두고 돌아갔다. 환자가 다 낫고 나서도 이런 조치는 열흘이나 더 이어졌다. 행여나 가족들이 환자를 간호하다 몸에 마마신을 모셨을지 모를 일이기 때문이다. 철두철미한 관리로 전염병이 온 마을로 퍼지는 일은 없었다.

만복은 이런 이야기를 아버지 춘삼에게 들었다. 나무꾼 춘삼은 마을에 대한 자부심이 유달리 강한 사람이었다. 그의 아버지가 원로였다는 사실도 영향을 끼쳤을 것이다.

"세상 어딜 가도 우리만큼 마마신을 잘 막는 곳은 없어."

춘삼은 이따금 그렇게 말했다. 마마신이 마지막으로 마을을 방문한 건 만복의 아버지가 어릴 때, 그러니까 만복의 할아버지가 아직 마을 원로였던 이십여 년 전이었다. 그 후로 마마신은 단 한 번도 마을을 찾지 않았다.

하지만 언제까지고 마마신을 막는 건 불가능했다. 마치 제 존재감을 각인시키려는 듯 아주 오랜만에 마을을 찾았기 때문이다. 그리고 마마신이 방문한 첫 집은 바로 만복네였다.

만복이 고열과 기침으로 갑자기 드러누운 건 열 살 되던 해였다. 고뿔이라고만 여겼는데, 시간이 지나도 열은 좀처럼 가라앉지 않았다. 며칠 더 지나자 얼굴과 온몸에 콩알만 한 종기가 하나둘 솟기 시작했다.

"설마 마마신은 아니겠죠?"

만복의 어머니 효순은 하나밖에 없는 자식이 천연두에 걸렸을지 몰라 얼굴이 새파래졌다.

춘삼은 이미 절망한 상태였다. 왜 하필이면 우리 집이냐는 한탄, 아들이 죽을지도 모른다는 걱정, 낫더라도 얼굴에 처참한 흔적을 남기고 갈 마마신에 대한 원망까지.

"부정한들 뭐하겠나. 마마신이 오신 거야."

"아아, 이럴 수가."

효순이 탄식하며 방바닥에 주저앉았다.

"이제 앞으로 어떻게 하나요?"

고열에 시달리는 만복을 끌어안고 효순이 흐느끼기 시작했다.

춘삼은 의지를 다져야 했다. 무슨 신이 됐건 하나뿐인 자식을 데려가게 놔둘 순 없었다. 제 목숨을 걸고서라도 마마신과 싸워야 했다.

"환자가 나왔으니 먼저 마을에 알려야지. 이제 각오를 단단히 해야 해."

춘삼이 어렵사리 몸을 일으켜 밖으로 나갔다. 새끼줄에 검은 천을 매달아 대문 밖에 내걸었다.

검은 천을 본 마을 사람들이 지나다 뒷걸음질 쳤다. 이제 동네에 소문이 나는 건 시간문제였다.

각오 단단히 해야 해.

효순에게 했던 말을 속으로 되뇌며 춘삼은 아픈 아들이 누운 방으로 돌아왔다.

"다들 안에 계신가?"

새끼줄을 내걸고 세 식경쯤 지난 뒤였다. 창호지 밖으로 어른거리는 그림자를 보니 네 사람이었다

"마마신이 오셨다고?"

귀에 익은 목소리는 마을 원로 중 하나인 삼수 같았다. 여든을 바라보는 삼수는 원로 중에서도 최고령으로, 마을 사람들에게 덕망이 높았다.

울음부터 터뜨린 효순을 대신해 춘삼이 대답했다.

"마을엔…… 면목 없습니다."

삼수가 한참 동안 침묵하다 말했다.

"사람 힘으로 어쩔 수 없는 일이지."

문밖에서 또 다른 목소리가 들렸다.

"변변찮지만 먹을 걸 좀 가져왔으니 들여가게나."

"고맙습니다. 이따 다들 떠나시고 난 뒤에 가져가지요."

한동안 기척이 없자 문을 열고 보자기로 싼 음식을 들여와 구석에 놓았다. 그때였다.

탕탕탕.

갑자기 망치질 소리가 들렸다. 효순이 놀라 문을 여는데, 덜컥 걸렸다. 겨우 손가락 들어갈 만큼만 열리는 것이다. 넓은 널빤지 같은 것으로 방문을 막고, 그 위에 못질을 하고 있는 것 같았다.

"지금 뭣들 하는 거예요?"

어깨로 문을 밀어봤지만 장정들이 문을 막고 있으니 꿈쩍도 하지 않았다.

탕탕탕.

그사이 다시 널빤지 다른 쪽에 못질을 시작했다.

"이러면 밖엘 어떻게 나가냐고요!"

효순이 악을 썼다.

"밖에 못 나가게 하려고 이러는 걸세."

삼수의 목소리가 들렸다. 낮지만 위엄 있는 목소리였다.

"못 나가게 한다고요?"

겨우 이틀 치 먹을 걸 가져와 놓고 문을 막아버리면 대체 어쩌란 말인가. 굶어 죽어도 좋단 말인가.

"자네들한테는 미안하네."

삼수가 씁쓸한 어조로 말했다.

"하지만 어쩔 수 없지 않나. 마을을 위해 희생하는 거라 생각하게."

희생이라는 말에 그제야 효순은 정신이 번쩍 들었다.

"어째서…… 그런."

효순이 넋이 나가 중얼거렸다. 문득 남편을 쳐다보았다. 그는 어쩐지 벽에 등을 기대고 허공만 쳐다보았다. 설마 이 상황을 그대로 받아들이는 건가? 믿을 수 없었다.

"혹시……?"

다 알고 있었던 거냐고 묻고 싶었지만, 효순은 무서워 차마 말이 나오지 않았다.

춘삼은 아내가 할 말을 짐작했는지 가만히 고개를 끄덕였다.

가오 단단히 해야 해.

남편이 했던 말이 그제야 머릿속에 되살아났다. 그 말을 할 때 비장했던 남편의 표정도. 아, 그게 이 뜻이었다니.

"어떻게 알았어요?"

효순이 망연자실해서 물었다.

"아버지 때문에."

춘삼이 어린 시절 마을에서 천연두 환자가 발생하자, 춘삼의 아버지와 마을 원로들은 집에서 머리를 맞대고 얘기했다. 춘삼은 밤에 측간을 가려고 나왔다가 아버지가 '안됐지만 정식이네를 희생시키는 수밖에 없어'라고 말하는 걸 듣고 깜짝 놀랐다. 정식이는 춘삼과 친한 동무였기 때문이다. 마마신을 모시게 됐다고 걱정하던 참이었는데.

"마을을 위한 일이야."

아버지는 울음을 터뜨린 춘삼에게 그렇게 말했다.

"마을을 지키려면 때로는 희생자도 나오게 마련이지. 하지만 그 덕분에 마을 전체가 안전하게 유지되는 거다."

그러니 이 일은 잘못이 아니라고, 더 많은 사람들을 위하는 길이라고 아버지는 강조했다.

"알겠니? 오늘 네가 들은 얘기는 절대 다른 데서 하면 안 돼."

"왜요?"

"마을보다 저 자신이 더 중요한 이기적인 사람들이 꼭 나오기 마련이니까. 그들은 행여나 자신이 희생자가 될까 봐 규칙에 반대할 거야. 그러면 마을은 무너지고 만다. 절대 그런 일이 있어선 안 돼."

어쩌다 비밀을 알아버린 어린 아들에게 아버지는 여러 차례 입단속을 시켰다. 예전엔 한 번도 못 봤던 엄한 얼굴을 하고선.

춘삼은 아버지와의 약속을 지켰다. 지금까지도. 하지만 아버지의 당부가 있어서만은 아니었다.

얼마 후 정식네 일가족은 마마신 때문에 모두 죽었다고 들었다. 알고서도 아무것도 하지 못한 자신이 죄를 지은 것 같았다. 어쩐지 자신이 동무를 죽인 것 같다는 생각도 들었다. 그러나 정식네 희생 덕분에 마마신은 마을에서 곧 물러갔다. 춘삼은 결국 아버지 말이 옳았다는 사실을 깨달았다.

아버지는 옳은 일을 한 거야. 규칙은 지켜져야 해. 모두를 위해.

"그런 말도 안 되는 소리가 어딨어요!"

효순이 소리를 버럭 질렀다.

"그건 살인이에요! 지금 삼수 어르신도 마찬가지고요!"

살인이라는 말에 자극을 받았는지 춘삼은 얼굴이 벌겋게 달아올랐다.

"그럼 동네방네 병이 퍼져 수십 명씩 죽어나가야 되겠어? 한두 사람 희생으로 그걸 막을 수 있다면 그쪽이 훨씬 더 좋은 거 아니냐고!"

효순이 고개를 저으며 입을 다물었다. 무슨 말을 해도 춘삼과는 말이 통하지 않을 것 같았다.

"이번엔 우리가 운이 없었지만."

춘삼도 감정이 북받치는지 잠깐 말을 멈췄다.

"생각해봐. 만복이가 산다는 보장이 어딨어? 그리고 만복이가 죽으면 우린들 살아서 뭐하고! 그럴 바엔 차라리……."

춘삼을 물끄러미 바라보는 효순의 눈빛엔 공포가 어려 있었다. 처음 보는 사람과 외딴곳에 갇힌 자의 눈에 어릴 법한 공포. 고열에 시달리는 아들은 이런 상황을 전혀 모르고 있을 터였다.

"아이고, 불쌍한 내 새끼."

효순의 눈에 어린 눈물이 뺨을 타고 흐르다 만복의 얼굴 위로 툭 떨어졌다.

사흘이 흘렀다. 그사이 만복은 상태가 많이 좋아졌다. 불에 덴 것처럼 뜨겁던 이마도 열이 내렸고, 온몸에 솟았던 종기도 딱지가 앉더니 다 떨어졌다. 비록 얼굴과 몸에 얽은 상처를 내긴 했지만.

아들이 이렇게 회복되고 있지만 좋아할 수만은 없었다. 지금 상황은 기가 막혔다. 아들이 살아나고 있는데 속절없이 갇혀 모두 죽을 날만 기다려야 한다니.

음식은 전날 바닥이 났다. 이젠 정말 온 식구가 방안에 갇혀 죽을 날만 기다려야 하는 처지였다. 효순은 문을 두들겨 도와달라 소리라도 지를까 싶었지만 부질없는 짓 같아 그만뒀다. 어차피 마마신이 찾아온 집 근처엔 아무도 얼씬하지 않을 것이다. 이미 허기에 지쳐 소리 지를 여력도 없었다.

"어머니, 뒷간 가고 싶은데……."

만복이 맥없이 중얼거렸다.

효순은 아이를 방구석에 데려가 요강 뚜껑을 열었다. 만복이 요강을 보더니 얼굴을 찡그렸다.

"뒷간엘 가면 안 돼요?"

"아직 몸도 성치 않으니 그냥 여기다 해."

효순은 언제쯤 만복에게 모든 걸 털어놔야 하나, 생각했다. 조금만 더 있으면 만복은 제 힘으로 일어나 나가려 할 텐데. 그때 뭐라고 해야 하지? 문득 밖에서 부스럭거리는 인기척이 들렸다.

"다들 무사하세요?"

젊은 남자 목소리였다. 들어본 적 없는. 효순이 문 가까이 얼굴을 밀었다.

"누구세요? 저희 좀 도와주세요. 다들 꼼짝없이 갇혀 죽게 생겼어요. 삼수 어르신이 저희를 가뒀다고요!"

"저, 용줍니다."

용주라는 이름을 듣고 부부는 적잖이 놀랐다. 몇 달 전, 외지에서 들어와 정착한 용주와는 거의 친분이 없었다. 마을 사람 대부분 그럴 것이다. 이렇게 들어온 외지인은 대놓고 꺼리기 십상이었다.

용주는 바깥세상서 동료와 시비가 붙어 싸우다 크게 다치게 한 죄로 옥에 갇힐 뻔했다고 한다. 하지만 용케 잡히지 않고 도망쳐 산속을 떠돌다 이 마을을 발견했다. 원로들은 망설였으나 목수라는 직업 때문에 그를 마을에 살게 했다. 겨우 허락을 받고 정착하긴 했지만, 용주는 사람들과 어울리지 못하고 겉돌기만 했다.

그런 용주가 찾아온 것이다. 그것도 마마신이 방문한 이 판국에.

원로들이 감시하라고 보낸 게 아닐까, 하는 생각이 효순의 머리를 스쳤다.

"환자는 좀 어떤가요?"

"이젠 거의 회복됐어요."

효순이 머뭇거리며 대답했다.

"다행입니다. 조금만 기다리시면 제가 못을 뽑아 열어 드릴게요."

"정말인가요?"

생각지도 못했던 말에 효순은 가슴을 쓸어내렸다. 캄캄한 어둠 속을 헤매다 드디어 한 줄기 빛을 발견한 기분이었다. 나갈 수 있다는 기쁨에 들뜬 나머지 용주가 왜 위험을 무릅쓰고 도와줄까 하는 의구심조차 들지 않았다. 그러나 춘삼은 그냥 지나치지 않았다.

"당신, 우리가 갇힌 건 어떻게 알았소?"

잠자코 듣기만 하던 춘삼이 물었다.

"며칠 전 어르신들께서 아침부터 널빤지를 들고 가시기에 따라와 봤죠. 혹시 제 손이 필요한 일이 아닐까 싶어서요. 제가 따라온 걸 눈치 못 채신 것 같더라고요."

용주가 말했다.

"그러다 어르신들 하시는 말씀을 듣고 얼마나 놀랐던지……."

당장 말리려 했지만 마을에서 쫓겨날까 봐 그러지 못했다고 했다. 며칠이나 고민하다 밤중에 몰래 연장을 챙겨 찾아왔다고.

용주가 말하는 와중에도 밖에선 못을 빼내는 소리가 계속 들렸다.

"고맙습니다, 고맙습니다. 덕분에 살았어요."

효순이 눈물을 글썽이며 허리를 숙여 문 밖에 선 용주에게 절을 했다.

"그렇다고 여기까지 오다니……. 병이 옮을까 겁나지도 않았소?"

춘삼이 다시 물었다.

"어릴 때 천연두를 가볍게 앓았거든요. 한 번 걸렸던 사람들은 다시 안 걸린다잖아요."

마침내 덜컹, 하는 소리와 함께 문이 열렸다. 널빤지가 문을 가로막고 있어 낮인지 밤인지 통 분간이 안 갔는데 나와보니 캄캄한 한밤이었다. 신선한 공기가, 달도 별도 보이지 않는 칠흑 같은 밤하늘이 이렇게나 소중한 것인지 미처 몰랐다.

"무사해서 다행이구나."

용주가 만복을 바라보며 말했다. 감격에 겨워 어쩔 줄 모르는 만복네 가족에게 소리 죽여 말했다.

"꾸물거릴 시간이 없으니 빨리 출발하시죠."

"출발하다니, 어딜요?"

"어르신들은 당신들을 죽이려 해요. 그런데 멀쩡하게 살아있는 걸 알면 그냥 두겠습니까?"

그러니 눈치채기 전에 어서 이 마을을 떠나자고 용주는 재촉했다. 만복이 아직 완전히 회복하지 못한 게 좀 걸리긴 하지만, 춘삼이나 자신이 교대로 업고 가면 어떻게든 될 거라면서.

"같이 떠나시게요?"

용주가 고개를 끄덕였다.

"그렇지 않아도 마을서 따돌림을 당했는데 이런 일을 벌이고도 무사히 넘어가겠습니까."

목수 기술이 있으니 어디서든 먹고 살 순 있을 거라고 했다.

효순도 현실을 깨닫기 시작했다. 용주 말대로 원로들은 자기 가족을 그대로 두지 않을 것이다.

"하지만 태어나 자란 곳을 어떻게 그렇게 간단히 떠난단 말이오."

춘삼은 난감해했다.

"만복이 병도 다 나았으니 어르신들께 사정을 설명하면 이해해주지 않겠소?"

효순은 남편에게 울컥 화가 치밀었다.

"아직도 정신 못 차렸어요? 그럴 사람들 같으면 애초에 이런 짓을 벌이지도 않아요."

아내의 퍼런 서슬에 춘삼이 방에 들어가 주섬주섬 옷가지를 챙겨 보따리를 짊어졌다.

"먹을 것도 좀 챙겨야 하지 않을까?"

짐을 다 꾸린 뒤 더 필요한 게 없는지 살피다 춘삼이 말했다.

"그럼 닭이라도 몇 마리 잡아요."

안마당 닭장에서 닭 몇 마리를 움켜쥐고 집 뒤편 공터로 향하는 춘삼에게 효순이 당부했다.

"빨리 와요. 누가 보기 전에."

곧 돌아올 거라던 춘삼은 한참을 기다려도 돌아오지 않았다.

조바심이 난 효순이 공터로 나가보려는데, 삼수와 낯익은 장정 몇이 싸리문을 열고 성큼 들어왔다.

"어, 어, 어르신."

효순은 얼굴이 하얗게 질렸다. 하필이면 이럴 때……. 곁눈질로 보니 용주도 얼굴에 핏기가 가시긴 마찬가지였다. 삼수 옆의 이웃집 창식은 짐승을 잡는 도축업자다. 체구가 황소 같고 힘이 장사라 마을에 아무도 대적할 사람이 없다. 창식과 함께 온 그의 세 아들도 아버지를 꼭 빼닮았다. 효순의 시선이 저도 모르게 남편이 간 곳을 향했다.

"남편을 찾나? 헛수고야."

삼수가 말했다. 싸늘한 목소리가 얼음장처럼 차가웠다.

"춘삼은 우리가 데리고 있거든. 제 딴에는 눈에 안 띄리라 생각한 모양인데, 창식이 발견했지."

"춘삼이 그놈도 참 황당하지. 환자가 있는데 어떻게 함부로 집 밖엘 나올 생각을 한답니까."

창식이 춘삼을 때려눕혀 끌고갔다고 의기양양하게 말했다.

효순이 눈을 질끈 감았다.

"규칙은 반드시 지켜야지. 큰일 했네."

삼수가 이번엔 용주를 똑바로 쏘아보았다.

"그런데 여기 규칙을 깬 자가 또 있구만."

장정들 시선이 일제히 용주에게 쏠렸다.

삼수가 눈짓을 하자 그게 신호라는 듯 창식과 아들들이 용주를 밖으로 질질 끌고갔다.

"어, 어디로 가는 겁니까?"

용주가 끌려가지 않으려고 발버둥치며 물었다.

"격리해야 할 것 아닌가. 함부로 돌아다녔다간 마을에 병이 다 퍼질 수도 있으니."

"전 어릴 때 천연두를 앓았어요. 이젠 옮을 일이 없다고요!"

"자네는 이 마을 규칙을 깼어. 격리 기간이 끝나면 자네를 처벌할 생각이네."

용주는 움찔했다. 말도 안 되는 명분으로 춘삼네를 죽이려 했던 자다! 고꾸라질 듯 다리가 후들거렸다.

"규칙은 무슨 규칙! 환자 가족을 가둬놓고 굶겨 죽이는 것도 규칙이오!"

용주가 악을 썼다.

"환자네 가족과 접촉하면 안 된다면서 그럼 이 사람은 뭐야, 그리고 당신은 뭐냐고!"

끌려나가면서도 용주는 포기하지 않고 소리 질렀다.

"마을을 지키기 위해 어쩔 수 없이 한 일이네."

말뿐만이 아니라 삼수는 실제로 그렇게 믿는 것 같았다.

창식 일행이 용주를 끌고 나가자, 마당엔 효순과 만복, 삼수만 남았다. 효순이 삼수를 쏘아보았다. 그에게 가진 존경심은 이미 깨끗이 사라졌다. 남은 것은 원망과 분노, 혐오뿐이었다.

"저 사람, 어디로 데려가시는 거예요?"

효순이 떨리는 목소리로 물었다.

"제물로 바칠 걸세."

"제, 제물이라뇨?"

"당연한 거 아닌가. 마마신 뜻을 거슬렀으니 제물을 바쳐 용서를 빌어야지.”

효순은 입을 딱 벌렸다. 기가 막히고 두려워 말이 입 밖으로 나오지 않았다.

“원래는 자네들이 마마신께 바쳐져야 했지.”

삼수가 묘한 시선으로 만복과 효순을 바라보았다.

“마마신이 자네들에게 관용을 베푸셨네. 집에서 얌전히 기다리고 있게나.”

삼수는 뒷짐을 지고 싸리문으로 향했다.

“아, 그렇지.”

집 밖으로 나서던 삼수가 문득 생각났다는 듯 효순을 돌아보았다.

“행여나 야반도주할 생각은 말게. 춘삼은 우리가 데리고 있으니까. 자네들이 도망치면 춘삼은 죽은 목숨이야.”

삼수는 더는 볼일이 없다는 듯 뒤돌아 멀어졌다.

열흘 뒤 용주가 죽었다. 효순은 마을 사람들이 수군거리는 걸 듣고 알았다.

“결국 마마신이 데려갔다더만.”

“그러게 얌전히 있지 뭘 한다고 환자 집엘 찾아가.”

이웃들은 저만치서 효순을 힐끔거렸다. 만복은 이미 병이 다 나았지만, 여전히 환자 취급을 받았다. 효순은 규칙을 어긴 사람도 환자가 된다는 걸 처음 깨달았다.

용주의 죽음은 큰 충격이었다. 그는 가족에게 생명의 은인이었다. 그런데도 은혜를 갚긴커녕 끌려갈 때 속수무책으로 지켜만 보았다. 설사 어디로 끌려가는지 안다 한들 마찬가지였다. 효순과 만복은 여전히 집에 갇혀 감시받는 신세였다.

마을 사람들은 원로들이 만복네 식구를 희생양으로 삼으려 했다는 걸 까맣게 몰랐다. 그저 춘삼이 집 밖엘 나갔다 발각됐고, 용주까지 집에 들였다고만 알았다.

규칙을 깨 마을을 위험하게 만든 파렴치범으로 몰린 효순은 감시 대상이 됐다. 효순이 안마당에 나오기만 해도 이웃 아낙들은 먼발치서 그녀의 행동거지를 주시했다.

효순이 용주를 위해 할 수 있었던 건 거적에 덮여 동구 밖으로 실려 나가는 그를 먼발치서 배웅하는 것뿐이었다. 들것이 흔들흔들 효순네 집 앞을 지나갈 때, 용주의 한쪽 팔이 거적 밖으로 툭 삐져나왔다. 효순은 저도 모르게 헉, 숨을 들이켰다.

"에그머니나!"

건넛집 아낙도 진저리를 쳤다.

앙상한 용주의 팔은 콩알 크기의 오돌도돌한 종기들이 잔뜩 뒤엎고 있었다. 천연두를 막 앓은 것처럼. 효순은 제 눈을 의심했다. 용주가 천연두로 죽었다는 건 원로들이 용주를 해치고 둘러대기 위해 지어낸 거짓말이라 믿었는데.

일꾼이 발을 헛디뎠는지 들것이 휘청거리면서 덮은 거적이 떨어졌다. 그 바람에 시신이 햇빛 아래 온전히 드러났다. 아이고, 하는 비명이 곳곳에서 터져 나왔다. 알아볼 수 없게 부은 얼굴부터 팔다리가 온통 콩알 같은 종기투성이였다.

"마마신이 틀림없어."

"마마신이 데려가셨어."

웅성거리는 소리에 일꾼들이 서둘러 다시 거적을 덮고 걸음을 재촉했다.

효순은 시신이 실려가는 걸 하염없이 바라보고 있었다.

어릴 때 앓아서 안 걸릴 거라더니.

종기로 뒤덮인 용주의 얼굴이 효순의 뇌리에서 사라지지 않았다. 거짓말이었을까? 대체 왜? 설마 저 병이 만복에게 옮은 건 아니겠지?

효순은 머리가 복잡했다. 용주에게 졌던 마음의 빚이 한층 더 무거워지는 것 같았다.

"가족이 마을 어르신들 손에 죽을 뻔했다는 걸 철이 든 뒤에야 알았습니다. 훗날 어머니께서 말씀해주셨죠."

만복이 물로 목을 축이며 연암과 선노미를 돌아보았다.

"워낙 큰 충격이라 오랫동안 생각했습니다. 전체를 위한다고 몇 사람 희생시키는 게 괜찮은 건지……."

연암이 단호하게 대꾸했다.

"그럴듯하게 들리지만, 그건 위험한 발상이야."

"위험하다고요?"

"위험하고말고. 삼수를 생각해보게. 창식이는 또 어떻고. 마을을 위한다는 착각에 빠져 제대로 사리분별을 못 한 게 아닌가. 자신들만 옳다고 믿었으니까."

"그렇기도 하네요."

만복이 고개를 끄덕였다.

"그런 착각만 아니었다면 아마 용주가 죽는 일도 없었을 거고요."

연암은 맞장구치지 않았다. 곰곰이 생각하는 표정이더니 신음하듯 입을 열었다.

"모난 돌은 정을 맞는다고들 하지."

뚱딴지같은 소리에 만복과 선노미가 그를 돌아봤다.

"용주는 모난 돌이었어. 남들이 하는 말을 곧이곧대로 듣지 않고 권위에 도전했으니까. 이르든 늦든 정을 피하기 어려웠을지 몰라."

"그랬을지도 모르지요. 그래도 그분은 저희 가족에겐 생명의 은인입니다."

연암이 용주를 비난한다고 생각한 모양이었다. 연암이 희미하게 웃었다.

"그를 헐뜯는 게 아니야. 나라에 그런 모난 돌이 더 많았더라면, 하고 생각할 때도 있으니까."

만복과 선노미가 무슨 소리인지 몰라 눈을 커다랗게 떴다.

"요 며칠간 내가 여기서 보고 들은 건 모두 충격이었네. 벽돌이다,

수레다, 도르래다……. 다들 조선에선 못 본 것들뿐일세. 우리는 청에 비해 낙후돼도 한참 낙후됐어. 그런데도 다들 공자왈, 맹자왈 하느라 정작 백성에게 필요한 건 거들떠도 안 보지."

만복은 대체 무슨 말을 하는 건지 모르겠다는 표정이었다.

"백성을 살리는 건 죽은 글이 아닐세. 기술과 상업이야. 자네 같은 상인들도 사농공상이라 해서 천대받을 게 아니라 존중하고 육성해야 마땅하네."

만복이 연암을 찬찬히 뜯어봤다.

"외람된 말씀입니다만, 나리도 꽤나 괴짜시네요."

"그런 소리 많이 듣네."

연암은 그 말에 별로 개의치 않는 눈치였다.

아, 어쩌면 이 사람도 모난 돌인지도 몰라, 하고 선노미는 불현듯 생각했다. 자신을 기담회에 초대한 것도, 이런 중요한 사행길에 굳이 저를 데려온 것도 여느 선비라면 하지 않을 일이다. 방금 '모난 돌이 정 맞는다' 했는데, 어쩌면 연암 나리도 예전에 정을 맞은 적이 있었던 건 아닐까? 선노미는 연암이 이제껏 어떤 삶을 살아왔는지 처음으로 궁금해졌다.

"그건 그렇고 흥미로운 얘기긴 했지만, 기담은 아니구먼."

만복과 선노미가 자신을 빤히 쳐다보는 게 불편했는지 연암이 말꼬리를 돌렸다.

"이야기는 아직 안 끝났습니다."

연암과 선노미가 퍼뜩 정신을 차리고 돌아보았다.

"죽은 줄로만 알았던 용주가 돌아왔으니까요."

만복이 무거운 목소리로 말했다.

"자신이 마마신이 되어서요."

둥그런 보름달이 유난히 밝은 밤이었다. 하얗게 빛나야 할 달이 그날은 불그죽죽한 핏빛을 띠고 있었다. 어둠 속에 불그스름한 달은 섬뜩하게 보였다. 드문드문 흩어진 별들도 달이 뿜어내는 음산한 기운에 겁을 먹었는지 빛을 죽이고 있었다.

붉은 달은 불길하다던데…….

효순은 하늘을 올려다보며 속으로 중얼거렸다.

"어머니, 저것 봐요! 달이 빨개요."

만복은 처음 본 붉은 달이 그저 신기하기만 한 모양이었다.

효순은 병이 다 나은 만복이 갑갑할 듯싶어 아들을 데리고 안마당으로 나왔다.

핏빛 달이 내뿜는 불그레한 후광 때문인지 안마당에 내려앉은 달빛에 어쩐지 희미하게 피 냄새가 떠도는 것 같았다. 이웃들도 모두 마당에 나와 달을 쳐다보고 있었다. 문득 저 멀리서 희미한 소리가 들려왔다.

스으으윽.

무거운 쌀 가마니를 땅에 끌 때 날 법한 소리였다. 누가 무거운 짐을 끌며 걷는 걸까? 아니, 그러기엔 소리는 먼 데서도 너무나 똑똑하게 들렸다. 한 사람이 아니라 여러 사람이 일제히 무거운 짐을 끄는 것처럼.

스으으으윽.

소리는 동구 밖 쪽에서 동네 어귀로 점점 가까이 모여들었다. 사람들은 일제히 어둠 속 소리 나는 곳을 향해 고개를 빼고 숨죽였다.

소리가 점점 가까워지자 어쩐지 어둠도 조금 걷히는 것만 같았다. 아니나 다를까, 저만치서 무언가가 형체를 드러내기 시작했다. 윤곽을 보니 꼭 사람 같았다. 한 명이 아니었다. 열댓 명은 되어 보였다.

아니, 그 뒤로 계속 나타나 어느새 서른 명은 될 것 같았다. 그렇게 많은 이들이 바닥에 발을 질질 끌며 느릿느릿 마을을 향해 다가오고 있었다.

"악! 저, 저 사람은……."

누가 가장 앞에 선 사람 하나를 가리켰다. 효순의 시선도 가리키는 손가락을 따라갔다. 그가 누구인지 알아차리자 효순은 온몸의 피가 차갑게 얼어붙는 것 같았다. 만복을 와락 끌어당겨 아이 얼굴을 치맛자락에 파묻었다. 끔찍한 광경을 보게 하고 싶지 않았다.

"어머니, 왜 그래요?"

만복이 효순의 치마폭에서 얼굴을 들고 고개를 돌렸다. 기이한 행렬은 어느새 얼굴이 똑똑히 보일 정도로 가까이 다가와 있었다.

"이럴 수가……. 이럴 수는 없어."

효순이 넋 나간 사람처럼 중얼거렸다.

용주였다. 얼굴이 콩알같이 작은 종기로 뒤덮여 있었지만, 용주가 틀림없었다. 그의 빼빼 마른 팔목은 삭정이처럼 앙상했다. 원래도 마른 체구였지만, 지금은 뼈에 얇은 가죽만 씌워 놓은 것 같았다.

그 뒤에 따라오는 이들도 흉측하기만 했다. 핏기가 없다 못해 피부가 푸르딩딩한 남자는 자세히 보니 한쪽 눈알이 사라지고 없었다. 들짐승 따위에 파먹힌 것처럼. 검푸른 빛을 띤 손가락은 벌써 몇 개가 썩어 떨어져 나갔다. 그 옆의 여자는 부패가 한층 더 심했다. 코 부위 살점이 썩어서 문드러지고, 그 자리에 하얀 뼈가 드러나 보였다. 머리칼도 다 빠져서 여기저기 살점이 썩어들어간 정수리가 벌겋게 드러났다. 한눈에 봐도 그들은 산 사람들이 아니었다.

스으으윽.

발을 끌며 움직일 때마다 바닥이 쓸리면서 나는 소리가 소름 끼치기 시작했다.

달그락달그락.

저 뒤엔 새하얀 백골이 뼈를 맞부딪치며 어기적어기적 걸어오고 있었다.

"저, 저건 이십 년 전에 천연두로 죽은 덕임인데."

늙수그레한 동네 아낙이 이미 부패가 많이 된 여자를 보며 떨리는 목소리로 말했다.

"뭐라고? 처제가 틀림없어?"

"아무리 저렇게 됐다 한들 내가 동생 얼굴도 못 알아보겠어요."

아낙은 얼굴에서 핏기가 하얗게 가신 것이 금방이라도 땅에 털썩 주저앉을 것만 같았다.

"그래, 덕임이 맞아. 옆에 저 남자는 덕임이 남편 준석이고."

또 다른 아낙이 목뼈가 훤하게 드러난 남자를 가리켰다. 여기저기서 저 사람은 누구다, 이 사람은 아무개다, 하는 소리가 들렸다. 모두 다 오래전에 이 동네서 살다가 천연두로 목숨을 잃은 이들이었다.

붉은 달빛이 망자들의 머리와 어깨 위로 내려앉았다. 불그스름한 월광이 더해지자 흉측한 얼굴 윤곽이 더욱 또렷하게 드러났다. 부모를 따라 걷는 아이도 있었는데, 희뿌연 백탁이 낀 눈은 벌어져 있어도 아무것도 보지 못하는 것 같았다. 아예 눈이 사라져 눈 있던 자리에 크고 검은 동굴 두 개만 남은 여인도 있었다. 끔찍한 광경에 못 견디고 고개를 돌리는 사람들이 늘어갔다.

스으으윽.

용주가 발걸음을 딱 멈추자 뒤따르던 망자들도 연달아 멈추어 섰다. 썩은 발과 치맛자락이 스치던 소리가 일제히 멎었다.

용주의 목이 빙그르르 한쪽으로 돌아갔다. 텅 빈 우물처럼 공허한 검은 눈동자가 누군가를 향했다. 마을 원로 중 하나인 장욱이었다. 용주가 종기투성이 손을 들어 올려 그를 가리켰다.

망자들의 행렬을 지켜보던 사람들 시선이 장욱에게 쏠렸다. 장욱은 마치 벼락을 맞은 것처럼 꼼짝도 하지 못했다. 열 호흡 정도 지났을까, 장욱이 휘청휘청 망자들을 향해 다가갔다. 주술에라도 걸린 것처럼 넋이 나간 얼굴이었다.

"아버지!"

"여보!"

아내와 아들이 소리쳐 불렀다.

스르륵.

장욱이 처자식을 향해 고개를 돌렸다. 가족들이 '악!' 하고 비명을 지르며 뒤로 물러났다. 장욱의 얼굴이 순식간에 오돌토돌 좁쌀 같은 종기로 뒤덮였다.

"마, 마마신이야! 마마신이 내려온 거라고!"

누군가 떨리는 목소리로 말했다.

어느새 장욱은 초점을 잃은 멀건 눈을 벌리고서 망자들의 대열 속으로 들어갔다.

스으으윽.

장욱이 합세한 망자의 무리가 다시 발을 끌며 걷기 시작했다.

다시 멈춘 곳은 마을 원로 무봉의 집이었다. 이번에도 용주는 무봉을 지목했고, 무봉은 홀린 것처럼 제 발로 망자들 무리에 합류했다. 그의 얼굴에도 어느새 울퉁불퉁한 종기가 잔뜩 돋아나 있었다.

"마마신이 노하신 거야. 그래서 용주를 앞세워 벌을 주러 오신 거라고!"

누군가의 입에서 이런 말이 나오자 여기저기서 훌쩍이는 울음소리가 터져 나왔다. 공포가 병보다 빠른 속도로 사람들에게 전염된 것 같았다.

"다들 어서 집으로 돌아가세!"

"가서 마마신이 못 들어오게 문 꽉꽉 걸어 잠그자고!"

이제 저 무리의 정체를 알아버린 이상, 조금도 지체할 순 없었다. 마마 귀신의 눈이 미치지 않는 곳에 숨어야 했다.

"우리도 가자!"

효순도 아들 손을 꽉 잡고 다급히 집 안으로 들어갔다.

망자들은 밤새 마을을 배회하다 첫닭이 울 무렵 연기처럼 사라졌다.

그날 밤, 망자들의 행렬은 다섯 사람을 데려갔다. 다들 마을 원로였다. 삼순과 함께 효순의 집에 못질했던 셋과 예전에 원로를 맡았던 둘. 그들 모두가 망자를 따라갔다. 이제 마을에 원로라고는 삼순밖에 남지 않았다.

벌 받은 거야.

효순은 그렇게 생각했다. 천연두 걸린 이들을 희생시키는 짓은 꽤 오래전부터 자행되었을 것이다. 용주를 뒤따르던 망자들은 모두 그렇게 당한 자들이 아닐까. 그래서 자신들을 죽인 원로들을 데려간 게 아닐까. 자칫 자신도 그 망자 중 하나가 됐을지 모른다는 생각에 효순은 씁쓸해졌다.

삼수는 집에 틀어박혀 꼼짝도 하지 않았다. 그는 용주가 데려온 망자들이 누군지 잘 알았다. 바로 자신이 희생시킨 자들이니까. 마을을 위해, 모두를 위해.

삼수는 지금도 그 결정을 잘못이라 생각지 않았다. 마을을 안전하게 지키려면 때로는 희생이 필요하고 그러려면 강력한 규칙이 필요했다. 이번에 일이 예상치 못했던 방향으로 흘러간 건 만복네 끼어든 용주 탓이었다. 외부인이 끼어들어 일을 그르친 것이다.

'용주를 대신 마마신께 제물로 바치겠다'고 했지만, 사실 삼수는 그런 미신 따위는 믿지 않았다. 다만 오래 지켜온 마을의 비밀이 행여나 그로 인해 알려지는 게 큰일이었다.

용주를 산기슭 빈집에 가두고 일체 외부인 출입을 금했다. 그렇게 내버려두면 얼마 못 가 굶어 죽을 것이라 생각했다.

용주의 시신을 거두러 갔을 때 삼수는 그의 얼굴을 뒤덮은 마마 자국을 보고 깜짝 놀랐다.

"마마신이 우리가 한 일 때문에 노하신 게 아닐까요?"

장욱이 떨리는 목소리로 말했다.

"당치 않은 소리! 어릴 때 천연두에 걸렸었다는 게 빈말이었나 보지."

"왜 그런 빈말을 한답니까?"

그 질문엔 삼수도 대답할 수 없었다. 하지만 마마신의 노여움 어쩌구 하는 말은 믿지 않았다. 바로 얼마 전까지는.

망자들이 마을을 휩쓸고 다닐 때, 삼수는 허리를 다쳐 자리에 드러누운 상태였다. 그래서 행렬을 구경 나온 원로들과 달리 무사할 수 있었다. 하지만 과연 자신은 모면했다고 할 수 있을까?

그는 밤이고 낮이고 홀로 방안에 틀어박혔다. 또 언제 그런 일이 벌어질지 모른다는 두려움을 껴안고서.

스스로 고립된 채 며칠이 흘렀다. 밖은 이미 새카만 어둠이 내려앉았다.

아내는 저녁 밥상을 내간 뒤 삼수의 눈치를 살피다 혼자 건넌방으로 건너갔다. 초저녁 잠이 많은 아들 내외도 별채에서 이미 잠자리에 든 모양이었다.

가족들이 모두 잠든 집 안은 호젓했다. 사방이 쥐죽은 듯 고요해 바늘 떨어지는 소리도 생생하게 들릴 것 같았다. 너무나 고요해 음산하게 느껴질 지경이었다.

탕탕탕.

갑자기 귀를 찢을 것 같은 소음이 적막을 뒤흔들었다. 자리에 누웠지만 잠이 안 와 뒤척거리던 삼수는 화들짝 놀라 몸을 일으켰다.

탕탕탕.

못질을 하는 소리였다. 소리는 바로 제 방문 앞에서 들리고 있었다.

"누, 누, 누구야!"

삼수가 소리를 질렀다.

못질이 갑자기 뚝 멈췄다.

삼수의 등에서 땀이 비어져 나왔다. 못질은 그쳤지만, 방금 들었던 소리는 귓가에 생생했다. 평생 저런 못질을 몇 번이나 했던가. '탕탕탕' 못질 소리를 듣자, '제발 살려주세요' 아우성치던 사람들 음성도 갑자기 뇌리에서 되살아났다.

흐흐흐.

문밖에서 낮고 무거운 웃음소리가 들렸다. 비웃는 듯한 소리였다. 삼수는 머리칼이 쭈뼛 서는 것 같았다.

무서우신가? 제 차례가 되니?

삼수가 눈을 끔뻑이며 방문 쪽을 쳐다보았다. 문 앞엔 사람 그림자가 보이지 않았다.

"뉘, 뉘시오?"

웃음이 뚝 그쳤다. 삼수는 주섬주섬 옷을 챙겨 입고 문으로 다가갔다.

부욱.

갑자기 문 창호지가 거칠게 찢어지며 사람 손 하나가 방문 안으로 쑥 들어왔다.

겨울 나뭇가지처럼 앙상하게 마른 손. 눈에 익다고 삼수는 생각했다. 천연두 종기 자국이 뒤덮인 손이 삼수 쪽으로 스멀스멀 다가왔다.

"저, 저, 저리 가!"

삼수가 앉은 채로 두 손을 바닥에 짚고 뒤로 물러났다. 하지만 손은 물컹한 엿가락이라도 되는 것처럼 길게 늘어나 삼수를 향해 꿈틀

꿈틀 다가왔다.

흐흐흐.

아까 들었던 음산한 웃음소리가 삼수의 귓전에 다시 들렸다. 비릿한 피 냄새가, 무덤의 축축한 흙냄새가 코끝을 훅 스치고 지나가는 것 같았다. 삼수는 점점 호흡이 가빠졌다.

스르륵 스르륵.

종기가 가득한 손이 방바닥을 스치고 구석까지 도망친 삼수의 발목을 확 낚아채려는 순간, 삼수는 가슴을 부여잡고 쓰러졌다.

삼수까지 비명횡사하자 마을은 공포에 휩싸였다. 심장마비를 일으킨 삼수는 얼굴이 온통 종기 자국으로 뒤덮여 있었다고 했다.

사람들은 마마신이 화가 단단히 났다며 떨기 시작했다. 마마신이 휘젓는 마을서 더는 버틸 수 없다며 떠나려는 사람도 생겼다.

구울이 사라진 마을은 졸지에 아수라장이 됐다. 평범한 이웃이 도둑이 되어 남의 집을 뒤지고, 대낮에도 술을 먹고 싸우거나 물건을 때려 부수는 사건이 날마다 벌어졌다. 다들 두렵고 놀란 나머지 어찌할 바를 몰라 마구 날뛰는 것 같았다.

"마을을 떠야 하니 짐 꾸려라."

삼수가 죽은 지 사흘째 되던 날, 효순은 만복에게 일렀다. 이미 동네는 무법천지였다. 이젠 삼수도 죽고, 감시도 안 보이니 망설일 게 없었다. 효순은 당장이라도 이 지긋지긋한 곳을 떠나고 싶었다.

"아버지는요?

효순은 대답을 못 하고 만복의 시선을 피했다.

"어머니, 아버지는 어떡하고요?"

만복이 보채자 효순이 어렵게 입을 뗐다.

"우리끼리라도 가야 해. 안 그러면 여기서 무슨 변을 당할지 몰라."

'어쩌면 아버지는 이미 이 세상 사람이 아니실 거야'라는 말을 효순은 차마 하지 못했다.

효순이 울먹거리는 만복 손을 끌고 막 집을 나설 때였다.

"만복아, 여보!"

돌아보니 춘삼이 담을 짚고 서 있었다. 얼굴이 해쓱하게 여위었고, 다리를 다쳤는지 발을 질질 끌었다. 춘삼이 절뚝절뚝 걸어왔다.

"아버지!"

만복이 춘삼에게 쪼르르 달려갔다.

"다리는 어떻게 된 거예요?"

효순도 죽었다고 생각했던 남편 얼굴을 보고 눈물을 글썽였다.

"도망 못 가게 부러뜨렸어."

"이런 죽일 놈들!"

효순이 분한 듯 입술을 꽉 깨물었다.

"이제까지 어디 계셨어요?"

"마을서 멀리 떨어진 빈 창고에 갇혀 있었소. 더 빨리 빠져나오려고 했는데 기회를 못 잡았어."

삼수가 죽고 나서 감시가 소홀해진 틈을 타 용케 빠져나왔다고 했다.

"어쨌든 마을을 떠나기 전에 만났으니 다행이에요. 어서 함께 여길 뜹시다."

효순이 재촉했다. 하지만 춘삼은 고개를 저었다.

"안 돼."

"왜요?"

춘삼은 제 대리를 내려다보았다. 효순도 그제야 아, 속으로 탄식했다. 이런 상태로 산을 오르는 건 무리였다.

"그럼 나을 때까지 기다렸다 다 같이 가요."

춘삼은 이번에도 고개를 흔들었다.

"이제 마을은 예전 같지 않아. 다들 반쯤 미쳐서 말도 안 되는 짓들을 저지르고 있어."

"하지만……."

춘삼이 효순의 말을 가로막았다.

"게다가 동네 사람들은 우리를 증오해. 마마신을 여기로 불러왔으니까. 언제 어떻게 사람들 표적이 될지 모른다고."

효순이 마을을 떠나려던 이유도 그 때문이었다.

"당신이 만복일 데리고 먼저 떠나. 산 중턱에 노승과 동자승이 머무는 암자가 있으니 얼마간 거기서 신세를 지도록 하고. 회복되는 대로 내가 곧 따라갈 테니."

나무꾼이라 춘삼은 산속 지리가 훤했다. 어지간해선 눈에 잘 띄지 않는 곳이니 마을 사람 중 암자를 아는 사람은 없을 거라고 했다. 어떻게 가야 하는지 춘삼은 상세하게 설명했다.

효순은 여전히 망설이는 눈치였다.

"내 걱정은 말고. 나는 어떻게든 버텨볼 테니까. 만복이 생각도 해야 하잖아."

춘삼이 제 다리에 매달린 만복을 내려다보며 말했다.

"꼭 빨리 와야 해요!"

"내 걱정은 말라니까."

떠미는 춘삼을 뒤로하고 효순은 만복과 마을을 떠났다. 한참 가다 돌아보니 춘삼은 아직도 멈춰서서 물끄러미 지켜보고 있었다.

금방이라도 쓰러질 것 같은 건물을 발견하자 만복이 소리쳤다.

"어머니, 여기 사당이 있어요!"

오랫동안 손질을 안 했는지 여기저기 거미줄이 쳐 있고, 나무는 죄다 벌레 먹은 상태였다.

"마마신이 마을에 안 오도록 만든 곳일 텐데……."

그러려고 만든 것치곤 관리가 소홀해 보였다. 안을 힐끔 들여다본 효순은 헉, 하고 숨을 들이켰다. 사당 안엔 위패가 일렬로 죽 늘어서 있었다.

나무로 만든 위패엔 이름 대신 사람 얼굴이 하나씩 그려져 있었다. 글을 아는 사람이 없어 얼굴을 대신 그려 넣은 것 같았다.

제일 먼저 눈에 들어온 얼굴은 덕임이었다. 그 곁엔 남편 준석도 그려져 있었다. 그들과 좀 떨어진 곳에 있는 위패엔 만복 또래로 보이는 어린아이도 있었다. 문득 행렬 속에서 저 비슷하게 생긴 아이를 봤던 기억이 났다. 효순의 시선이 위패들을 죽 따라가다 제일 마지막 위패에 멎었다. 용주였다!

이, 이건…!

효순은 사당의 정체를 비로소 깨달았다. 이건 마마신을 막기 위한 게 아니라, 마을을 지킨다는 명목으로 희생된 사람들을 위해 지은 거였다. 저토록 많은 이들이 희생됐다니. 위패에 그려진 얼굴을 하나씩 바라보던 효순은 가슴이 먹먹해졌다.

아마도 사당을 지은 자들은 원로들일 것이다. 그들은 제 손으로 죽인 사람들에 대한 죄책감 때문에 이런 사당을 지은 걸까? 아니면 원혼이 돼 나타날지 모를 넋을 달래려고?

"어머니, 저들은 다 누구예요?"

만복이 위패 속 얼굴들을 가리켰다.

"천연두에 걸려 죽은 사람들이야."

효순이 사당을 나와 다시 산길을 오르려 할 때였다. 마을에서 시뻘건 불기둥이 치솟는 게 보였다.

커다란 불길은 혀를 날름거리며 마을을 조금씩 삼키고 있었다. 마을 쪽으로 부는 거센 바람 때문인지 불길은 걷잡을 수 없이 빠른 속도로 번지고 있었다. 시커먼 검은 연기가 먹구름처럼 하늘을 뒤덮었다.

"아, 아버지가 아직 저기 있는데!"

만복이 발을 동동 굴렀다. 효순도 눈을 질끈 감았다. 그러는 사이에도 불길은 너울너울 타오르고 있었다.

"어머니, 아버지 구하러 가요, 네? 어서 가요!"

"안 돼, 이미 늦었어."

효순이 발을 동동 구르는 만복의 손을 꽉 잡았다.

"하지만, 하지만……."

효순이 만복을 제 쪽으로 돌려세운 뒤 아들의 뺨을 찰싹 때렸다. 놀란 만복이 눈물이 그렁그렁한 눈으로 엄마를 올려다보았다.

"모르겠니? 아버지는 돌아가셨어. 마을이 불바다가 됐는데 어떻게 살아남겠어?"

눈물이 만복의 뺨을 타고 줄줄 흘러내렸다.

"지금 저기로 가면 너도 죽은 목숨이야. 아버지는 네가 위험할까 봐 우리더러 먼저 길을 떠나라고 하셨어. 그런데 마을로 돌아가면 죽은 아버지 뜻을 어기는 거야."

만복이 훌쩍이다 기어이 와앙, 울음을 터뜨렸다. 효순은 말없이 아들이 눈물을 그칠 때까지 기다렸다. 효순의 눈도 내내 빨갛게 젖어 있었다. 맹렬하게 나부끼던 불길은 아직도 지치지 않고 마을을 태우고 있었다.

"이제 가자."

효순이 걸음을 떼며 말했다. 만복이 꼭 쥔 주먹으로 눈물을 닦고 뒤따랐다. 모자는 말없이 암자를 향해 산길을 오르기 시작했다.

"마을은 새카만 재가 돼 사라져버렸습니다."

만복이 먼 곳에 시선을 두고 말했다.

마을을 떠난 뒤 어머니는 친척들이 사는 의주로 건너왔다. 그곳에서 삯바느질과 닥치는 대로 장사를 하며 홀로 만복을 키웠다. 만복은 철이 들자마자 만상이 되겠다고 했다. 빨리 돈을 벌어 조금이라도 빨리 어머니를 편하게 모시고 싶었다.

"그 뒤로 고향엘 가본 적은 없었나?"

연암이 물었다.

"딱 한 번 있었죠."

고향을 떠난 지 십 년째 되던 해였다. 장사를 배우기 시작한 만복은 우연히 나고 자란 산간 마을 근처를 지나게 됐다. 일부러 시간 내 고향 마을을 찾았을 때 그가 본 건 폐허뿐이었다. 멀쩡한 집 한 채 남아 있지 않았다. 죄다 숯 더미였다. 원체 외진 곳이다 보니 십 년 전 그대로 방치된 것이다.

만복이 살던 집도 새까맣게 타버렸다. 툇마루도, 기둥도 온통 일그러져 형체를 알아보기 어려웠다. 그나마 집 앞의 우물은 부서지지 않고 형체가 남아 있었다. 안을 들여다보니 빈 우물 바닥에 하얀 백골이 누워 있었다. 어두운 우물과 대비된 백골은 어둠 속에서 하얗게 빛을 발했다.

만복은 백골이 춘삼이라고 직감했다. 어쩌다 우물 안에서 목숨을 잃었을까. 화마를 피하려 들어갔다 익사한 걸까. 어쩌면 사람들이 아버지를 습격해 우물에 처넣은 걸지도 몰랐다.

만복은 백골을 건져 내 안마당에 고이 묻었다. 행여 아버지가 아니라 할지라도 그걸로 백골이 조금이나마 위안을 얻기를 바랐다.

"잘하셨구만. 혼자 백골을 건져 내는 게 어지간히 간 큰 사람 아니면 하기 힘든 일이었을 텐데."

연암이 기특하게 보며 말했다.

"백골 따위는 하나도 안 무섭습니다. 마마신도 마찬가지고요. 무서운 건 사람이죠. 사람이 얼마나 무서운지 저는 실제로 봤으니까요."

만복의 말에 방 안에 무거운 침묵이 흘렀다.

"그건 그렇고."

가라앉은 분위기를 떨치려는 듯 연암이 짐짓 명랑한 어조로 말했다.

"자네 부모님은 용케도 자네한테 천연두를 안 옮았구먼? 병간호하고, 갇힌 방에 내내 함께 있었으면 걸릴 법도 한데."

만복이 껄껄 웃었다.

"어머니가 안 걸리신 건 하나도 놀랍지 않습니다. 원체 강건한 분이거든요. 황소도 저리 가라 할 만큼 체력도 좋고요. 아마 마마신도 안 되겠다 싶어 발뺌했을 겁니다."

연암과 선노미도 따라 웃었다.

웃고 떠드는 사이, 밖에는 뉘엿뉘엿 저녁 해가 붉은 노을을 그리고 있었다.

만복과 선노미가 떠난 뒤, 연암은 숙소에 홀로 남았다. 투전판에서 함께 놀던 이들이 뒤늦게 미안해졌는지 '같이 한판 하겠냐'며 부르러 왔지만, 연암은 손사래를 쳐 돌려보냈다. 어쩐지 지금은 혼자 있고 싶었다.

만복의 이야기는 연암의 가슴에 묵직한 여운을 남겼다.

모난 돌은 정을 맞게 마련이지.

이건 자신에게 한 말이기도 했다. 모난 돌, 괴짜, 이단아……. 모두 이제껏 숱하게 들었던 말들이니까. 멀쩡한 양반집 자제로 태어나 관직에 나갈 생각은 안 하고 서얼들과 어울리며 듣도 보도 못한 요상한 학문이나 하는 자신을 사람들은 그렇게 불렀다.

남들이랑 엇비슷하게 살아야지 혼자서 너무 튀면 적을 만들기 쉬워

누군가는 그렇게 말하기도 했다.

하지만 처음부터 튀는 인생을 살겠다고 작정한 건 아니었다. 다만 남들이 당연하게 받아들이는 걸 자신은 좀처럼 받아들이지 못했을 뿐이다.

어린 시절, 연암이 다녔던 서당에 수재(秀才)라 불리던 또래 친구 경준이 있었다. 연암도 글 짓는 데는 자신이 있었지만, 개성이 두드러진 그의 글은 호불호가 갈리곤 했다. 반면 경준은 누구나 고개를 끄

덕일 만큼 유려하고 아름다운 문장을 썼다. 스승마저도 '저 아이를 따라가려면 한참 멀었네' 하고 탄복할 정도였다.

경준은 문장만 빼어난 게 아니었다. 한번 보고 들은 건 그대로 암기할 수 있는 비범한 능력까지 지니고 있었다. 다들 외느라 힘들어하는 어려운 경전을 경준은 세상에 이렇게 쉬운 일이 또 있느냐는 듯 한 번 보고 줄줄 암기했다.

타고난 천재로군.

연암은 때로는 경준을 부러워하고, 때로는 시샘했다. 그러는 한편으로 경준과 벗이 되고 싶다는 강한 열망을 느꼈다.

"그래봤자 과거 시험도 못 보는데 다 무슨 소용이람."

언젠가 경준의 뒤에서 수군거리는 소리를 듣고 연암은 그가 서얼이라는 걸 처음 알았다. 경준을 헐뜯은 자들이 그의 배다른 형제라는 것도. 정실부인 자식인 그들은 경준보다 학문이 한참 못 미쳤다. 열등감 때문인지 사사건건 경준을 괴롭혔다. 첩 자식 주제에, 뭐가 잘났다고 고개를 빳빳하게 처들고 다녀. 나중에 우리가 벼슬길에 나가면 굽실거릴 녀석이.

"너희가 과거에 붙는 것보다 서얼이 과거를 볼 수 있도록 법이 개정되는 게 더 빠를 것 같은데?"

그 녀석들 하는 짓거리가 꼴 보기 싫어 연암은 그렇게 비아냥거린 적도 있었다. 하지만 그렇게 쏘아붙여봐도 마음은 개운하지 않았다. 대체 이 나라는 왜 서얼들에게 이토록 차별이 심한가?

이해되지 않는 건 그것 말고도 많았다. 왜 벼슬길에 나가 백성을 위한 정치는 하지 않고 저희들끼리 편을 갈라 다투기만 하는가? 왜 실생활에 도움이 되는 학문은 하지 않고 죽은 성인들 말씀을 해석하는 데만 급급할까? 왜, 왜? 의문은 꼬리에 꼬리를 물었다.

연암은 결국 어머니와 아내 등쌀에 못 이겨 서른네 살에 과거를 보았다. 초시에 장원급제해 놓고도 2차에는 백지를 내고 시험장을 뛰쳐나왔다. 아직 조정에 발도 안 붙였는데 벌써 저희 파벌로 끌어들이려는 벼슬아치들 당파 싸움에 넌더리가 났기 때문이다. 그런 곳에 몸담글 생각을 하니 숨이 턱턱 막혔다. 벼슬길에 오르는 대신 팔도와 전국 명산을 유람하며 견문을 넓혔다.

경준을 다시 만난 건 그 무렵이었다. 유람길에 주막에서 술을 마시는 남자가 어쩐지 눈에 익다 싶어 봤더니 경준이었다. 연암은 기막힌 우연에 놀라고, 변모한 경준의 모습에 또 놀랐다. 경준은 폐인이 되어 있었다. 총기가 흐르던 눈은 술기운으로 탁해지고, 온몸은 누렇게 떠 있었다. 그런데도 술병만큼은 손에서 놓지 않았다.

이렇게 옛친구를 만난 것도 인연이라며, 경준은 술을 더 시켰다. 친구보다 술 마실 핑계를 찾는 것 같았지만 연암은 아무 말 하지 않았다.

술김에 듣게 된 그의 처지는 기구했다. 아버지가 돌아가신 뒤 그는 제 어미와 함께 정실부인에게 알량한 돈 몇 푼을 받고 쫓겨났다고 했다. 그때까지 책 보는 것 말고 딱히 해본 일이 없으니 그야말로 벌판에 혼자 버려진 처지였다. 한동안은 어머니가 지니고 있던 패물을 팔아 생활했다. 돈이 다 떨어지고 나서는 과거 시험을 대리로 쳐주고 받은 돈으로 연명하기 시작했다.

대리시험의 대가는 쏠쏠했지만, 경준은 자괴감을 억누를 수 없었다. 시험을 대신 봐준 머저리들은 모두 번듯한 벼슬아치가 돼 있는데, 자신은 언제까지고 시험이나 대신 쳐주는 범죄자일 뿐이었다. 자연스레 술독에 빠지고 말았다. 한 잔이 두세 잔이 되더니 어느새 술 없이는 하루도 버티기 힘들어졌다.

"과거 시험장을 박차고 나왔다고? 나 같으면 시험 볼 수 있는 것만으로도 감지덕지일 텐데."

경준의 말에 연암은 처음으로 자신의 치기 어린 행동이 부끄러웠다. 경준 앞에서 생각 없이 그 말을 내뱉은 것이 후회스러웠다.

"하긴 자네도 나처럼 모난 돌이니까. 나는 서얼 주제에 쓸데없는 능력을 갖고 태어난 모난 돌, 자네는 양반 주제에 쓸데없는 짓이나 하는 모난 돌."

경준이 킬킬거리며 자신과 연암을 손가락으로 가리켰다.

"모난 돌은 결국 정을 맞게 돼 있어."

경준은 씁쓸하게 내뱉으며 다시 제 잔에 술을 콸콸 따랐다. 손이 떨리는 바람에 술잔에서 술이 넘쳐흘렀다.

"무슨 술을 그렇게 마구 마시나."

"술이나 안 마시면 뭘 하겠나. 세상이 나더러 아무것도 하지 말라는데, 뭘 해야겠냐고!"

한동안 경준의 한탄과 넋두리를 더 듣고서야 연암은 그와 헤어졌다.

몇 년 뒤 경준이 죽었다는 소식을 들었다. 술로 몸이 완전히 망가져 객사했다는 것이다. 예상은 했지만, 연암은 그 소식에 가슴이 저렸다.

만복네 마을의 용주도 그러했다. 그도 모난 돌이라 결국 정을 맞고 죽었다. 그러나 경준의 죽음과는 달랐다. 용주는 자신이 하는 일이 어떤 위기를 초래할지 예상하면서도 감행했고, 만복과 그의 어머니 두 사람의 목숨을 살렸다. 경준의 죽음이 허무했던 데 반해 용주의 죽음은 만복의 가슴에 남아 평생 은인으로 기려질 것이다.

연암은 만복의 이야기를 되짚어보다 문득 납득이 가지 않는 게 하나 떠올랐다. 춘삼의 행적이었다. 시급하게 마을을 떠야 하는 상황에 왜 닭을 잡으러 굳이 밖으로 나갔을까? 급한 대로 마당 구석이나 부엌에서 잡아도 되었을 텐데. 남의 눈에 띄어 잡힐지도 모를 위험을 감수했다는 게 영 께름칙했다.

춘삼은 오래도록 효순과 만복의 멀어져가는 모습을 지켜보았다.

산등성이를 넘어가 더 이상 보이지 않을 때까지.

눈물이 볼을 타고 흘렀다. 자신도 함께 떠날 기회가 있었는데……. 춘삼은 후회가 밀려와 가슴을 부여잡았다.

그가 닭을 잡아 오겠다면서 집을 빠져나와 삼수에게로 달려간 건 가족을 지키기 위해서였다. 만복이 아직 성치 않은 게 가장 마음에 걸렸다. 도망치다 변고가 생기기라도 하면 아들을 잃을지도 몰랐다.

그리고 바깥세상에 가족을 데리고 나가 살 자신도 없었다.

그러느니 삼수에게 이실직고해 용서를 구하는 게 살길 같았다. 규칙을 어긴 외부인을 밀고하러 왔다면 선처를 해줄지도 몰랐다. 춘삼은 그렇게 싹싹 빌 생각이었다.

하지만 삼수는 춘삼의 말을 다 듣고 바로 창고에 가두라고 명령했다. 규칙을 어겼다는 이유에서였다.

냉담한 삼수의 반응에 춘삼은 당혹스러웠다.

"모두 용주 그자 때문입니다. 마마신이 노하실까 봐 두려워 그러신다면 그를 제물로 바치면 될 것 아닙니까."

자신이 하는 말은 제 귀에도 비열하게 들렸다. 그러나 가족을 지키기 위해서라면 무슨 짓이든 할 수 있었다. 아버지도 그랬다. 아버지는 어린 춘삼이 천연두에 걸렸다는 사실을 몰래 숨겼다. 행여나 발설하면 어떤 일을 겪게 될지 누구보다 잘 알았으니까.

다행히 춘삼은 가볍게 앓고 회복되었다. 얼굴에 흔적도 안 남아서 가족 외엔 아무도 그가 병에 걸렸는지 몰랐다. 친구 정식이 춘삼에게서 천연두가 옮은 건 아마도 그 때문이었을 것이다. 둘은 늘상 어울려 다녔으니까.

제 가족 일엔 관대했던 춘삼의 아버지는 정식이가 천연두에 걸리자 단호해졌다. 마을을 위해선 어쩔 수 없다면서. 아버지의 행동에 괴리감을 느꼈던 춘삼도 세월이 흐르면서 이해하게 됐다. 마을의 안전도, 규칙도 따지고 보면 다 제 가족을 위한 것인데, 가족을 희생시켜야 한다면 그게 다 무슨 소용인가.

만약 만복이 초반에 그렇게까지 사경을 헤매지만 않았더라면, 마마신이 데려가고 말 거라며 지레 포기하지 않았더라면, 춘삼도 아마 아버지와 같은 선택을 했을지 몰랐다. 하지만 만복은 살아남았고, 못 박힌 방 안에서 춘삼은 제 선택을 뼈저리게 후회했다. 뜻밖에 용주가 나타난 건 실수를 만회할 기회였다. 가족을 지키지 못한 잘못을 용주를 희생시켜서라도 만회해야 했다.

그런데 자신이 또다시 실수를 저지른 게 아닐까 두려웠다.

"문제는 자네 가족이 살아남았다는 게야. 마을 사람들이 비밀을 안다고 상상해보게. 어떤 난리가 벌어질지 그려지지 않나?"

춘삼은 눈앞이 캄캄해졌다.

"비밀은 절대 지키겠습니다. 목숨을 걸고 맹세하겠습니다!"

"말만으로는 부족하지."

삼수가 눈짓하자 한 사람이 고개를 끄덕이더니 몽둥이로 사정없이 춘삼의 무릎을 내리쳤다. 춘삼이 아악, 비명을 지르며 앞으로 고꾸라졌다. 몽둥이를 맞은 다리가 축 늘어진 걸 보니 뼈가 부러진 게 틀림없었다.

"세상에 절대라는 건 없네. 그러니 이렇게 해둬야 함부로 도망을 못 가지."

통증 때문에 식은땀이 날 지경이었지만, 춘삼은 그래도 손이 발이 되도록 빌었다. 가족만이라도 살려달라고.

"어르신, 이러시는 법이 어디 있습니까요, 어르신!"

춘삼은 속절없이 끌려가며 마지막까지 소리 질렀지만 소용없었다.

창고에 갇힌 춘삼은 밤낮으로 가족을 걱정하며 지샜다. 그러다 며칠 후 창고 앞을 지키던 장정들이 보이지 않는다는 걸 눈치챘다. 좁은 창문을 찢고 간신히 빠져나온 뒤에야 춘삼은 집으로 돌아올 수 있었다. 그리고 어쩔 수 없이 아내와 아들만 마을을 탈출시키게 된 것이다.

효순과 만복이 더 이상 보이지 않을 때까지 지켜보다 춘삼도 돌아섰다.

두번 다시 그들을 못 볼 것만 같은 불길한 예감을 안고 집으로 돌아왔다. 힘겹게 다리를 끌며 방으로 들어와 벽에 등을 기댔다. 피로가 한꺼번에 몰려오는 것 같았다. 저도 모르게 스르르 눈이 감겼다.

탕탕탕.

얼마나 지났을까. 어디선가 귀에 익숙한 소리가 들렸다. 춘삼이 흠칫 놀라 눈을 번쩍 떴다.

탕탕탕.

소리는 방문 앞에서 들리고 있었다. 소름 끼치는 소리. 몸서리쳐지는 소리. 방문을 널빤지로 가리고 못을 박는 소리였다.

"안 돼!"

춘삼이 비명을 지르며 일어섰다. 눈을 질끈 감고 있는 힘을 다해 문으로 돌진했다. 누가 자신을 가두려는지 몰랐지만 여기서 또 갇혀 속절없이 굶어 죽을 수는 없었다. 온몸에 힘을 실어 문에 부딪쳤다.

우당탕.

문짝이 부서지면서 춘삼이 마당으로 나뒹굴었다. 온몸이 얼얼했다. 그래도 다행히 밖으로 빠져나왔다.

"이게 무슨 짓이오!"

춘삼이 망치를 들고 선 사내에게 소리를 버럭 질렀다. 등을 돌리고 있던 사내가 고개를 스르륵 돌리더니 이를 드러내며 씨익 웃었다. 춘삼은 숨이 턱 막혔다.

용주였다! 얼굴이 온통 종기로 뒤덮인 용주가, 온몸이 나뭇가지처럼 앙상하게 여윈 용주가, 제 밀고로 목숨을 잃은 용주가 기이하게 웃으며 스으으윽 다가왔다. 안개가 낀 것처럼 부옇게 흐린 그의 눈동자는 죽은 생선의 눈알 같았다. 그 눈동자가 춘삼을 바라보고 있었다.

"저, 저리 가, 오지 마!"

스으으윽.

용주가 발을 끌며 춘삼에게 다가갔다.

"미안해, 잘못했어! 잘못했다고!"

춘삼은 울먹이며 소리쳤다. 등 뒤로 땀이 비 오듯 쏟아졌다. 지금 제 얼굴에 흘러내리는 것이 눈물인지 땀인지 춘삼은 분간할 수가 없었다.

"춘삼이 집에 있나!"

별안간 싸리문 앞에서 목소리가 들렸다. 돌아보니 동네 장정들이 횃불을 들고 떼로 몰려와 있었다.

"자네들, 잘 왔네. 저것 좀 몰아내주게, 어서!"

춘삼이 망치를 들고 우두커니 서 있는 용주를 가리켰다.

"이 사람이 미쳤니. 아무것도 없는 허공에 대고 무슨 헛소리야!"

횃불을 든 다른 남자가 외쳤다.

"……아무것도 안 보인다고?"

춘삼이 멍하니 중얼거렸다.

"자네에게 미친 소리나 듣자고 온 게 아닐세. 자네 가족 때문에 마을 꼴이 이게 뭔가! 처음엔 마마신을 불러오더니, 다음엔 제멋대로 규칙을 어기질 않나, 마을을 엉망으로 만들고선 책임질 생각도 없고."

"하, 하지만 마마신은 내가 불러온 게 아닌데……."

험악한 이웃들 표정이 두려워 춘삼은 말을 더듬었다.

"책임을 지라고, 책임을!"

장정 하나가 화를 내며 싸리문을 걷어찼다. 문이 반동으로 그의 다리를 때리는 바람에 악, 소리치다 들고 있던 횃불을 놓쳐버렸다.

화르르륵.

문가에 쌓아둔 볏짚에 불이 붙으면서 싸리문이 불타기 시작했다. 둘러싼 문을 따라 번지는데, 이상하리만치 불길이 거세고 높았다. 감히 저 화염을 뚫고 나갈 엄두가 나지 않았다. 벌벌 떨던 사내 하나가 또 횃불을 놓치면서 이제 불길은 걷잡을 수 없는 상태로 변했다.

"아, 이럴 수가!"

춘삼이 망연자실해 중얼거렸다.

흐흐흐.

싸늘한 웃음소리에 돌아보니 용주가 종기투성이 얼굴을 들이밀고 있었다.

"으아아아!"

사람들은 좁은 마당에서 이리저리 날뛰었다. 언제 옮겨붙었는지 이미 집에서도 불길이 솟구치고 있었다. 사내 댓 명이 꼼짝없이 갇힌 채 아우성을 쳐댔다. 이 와중에 살길을 찾던 춘삼의 시선이 안마당 우물에 닿았다.

춘삼이 사람들 다리 틈으로 엉금엉금 기어가 우물 뚜껑을 열었다. 우물 속엔 물이 절반 높이쯤 차 있었다. 마당에서 벌어지는 아비규환엔 아랑곳없이 우물물은 한없이 잔잔했다. 그런데 우물 속에서 누군가 자신에게 어서 오라고 손짓하는 게 보였다.

경황이 없는 와중에도 춘삼은 우물 속에 있는 자를 보려고 눈을 끔뻑거렸다. 열 살 정도 된 어린아이였다. 어딘지 낯이 익었다. 가만 보니 아이 얼굴은 온통 얽은 상처투성이였다. 그 아이가 웃으며 춘삼에게 살랑살랑 손짓하고 있었다.

저, 정식이?

춘삼은 놀라 입을 딱 벌렸다. 등 뒤가 뜨거웠다. 돌아보니 불길이 집 전체를 집어삼키고 있었다. 춘삼은 눈을 질끈 감고 우물 속으로 뛰어들었다.

빠직.

춘삼의 몸이 맨 우물 바닥에 부딪치며 목이 꺾이는 소리가 들렸다. 어쩐 일인지 아까 춘삼이 봤을 때와 달리 우물은 물이 메말라 텅 비어 있었다.

벌어진 춘삼의 눈에서 생명이 서서히 빠져나가기 시작했다. 흐려져가는 그의 눈에 마지막으로 들어온 것은 하늘로 치솟고 있는 새카만 연기였다.

흐흐흐.

귓전에 울리는 음산한 웃음소리를 들으며 춘삼은 마지막 호흡을 뱉어냈다.

4 • 붉은 비단의 저주

해 뜰 무렵인데 벌써 한여름 더위가 뿜어내는 바람이 후끈했다. 비 갠 하늘엔 청명한 햇살이 빛나고 있었다. 지난 며칠 동안 궂었던 날씨를 보상이라도 하겠다는 듯.

오늘은 떠날 수 있겠는데.

선노미는 창으로 쏟아져 들어오는 햇빛을 보며 생각했다. 장복은 입을 헤 벌린 채 세상모르고 자고 있었다. 창대는 벌써 일어나 말을 돌보러 간 모양이었다.

선노미는 크게 기지개를 켜고 얼굴을 씻으러 나왔다.

안마당 한쪽 구석에 작은 텃밭이 눈에 띄었다. 엉성한 울타리 안으로 여러 종류 꽃이 소담하게 피어 있었다. 소담스러운 수국은 잎마다 이슬이 젖어 반들거리고, 눈에서 뽑아낸 것처럼 새하얀 옥잠화는 꽃잎을 아래로 축 늘어뜨렸다. 다만 석류꽃은 비바람을 이기지 못했는지 빗물로 질척거리는 진흙 땅바닥에 붉은 꽃잎을 점점이 떨구었다.

씻으러 가던 참이란 것도 잊고 선노미는 한동안 텃밭 앞에 우두커니 서 있었다. 활짝 핀 꽃들보다 가엾게도 일찍 져버린 석류꽃에 마음이 쓰인 탓이었다. 진흙으로 더럽혀지고, 사람들 발에 짓밟혀 뭉개진 새빨간 꽃잎이 어쩐지 꽃이 흘린 핏방울처럼 보였다.

"꽃을 좋아하나 보지?"

등 뒤에서 굵고 묵직한 목소리가 들렸다. 돌아보니 정사 박명원이었다. 연암의 팔촌 형이자 사절단 총책임자인 박명원은 선노미가 감히 마주보기도 어려운 존재였다. 먼저 말을 걸어준 게 황송해 선노미는 고개를 꾸벅 숙였다.

"나도 좋아한단다. 꽃나무만큼 사람에게 위안이 되는 것도 없지."

박명원 곁에는 일행이 없었다. 여느 때는 늘 보좌하는 사람들이나, 관리들이 딱 달라붙어 있었는데. 단둘밖에 없다는 사실에 선노미는 입 안이 바짝바짝 마르는 것 같았다.

"말수가 없는 아이로구나. 숫기도 없을 것 같고."

박명원이 우물쭈물하는 선노미를 내려다보며 말했다. 선노미는 얼굴이 빨개져 어쩔 줄 몰랐다.

"나무라는 게 아니야."

선노미의 마음을 읽었는지 박명원이 조용히 말했다.

"말은 모든 화의 근원이다. 말재주가 있으나, 쓸데없는 말을 안 하는 건 오히려 칭찬할 만한 일이지."

선노미가 의아한 표정으로 박명원을 쳐다보았다. 가까이서 보니 연암과 조금 닮은 듯도 보였다. 인상이랄지 분위기 같은 것이. 어디라고 꼭 집어서 말할 수는 없지만.

"아우한테 네 얘기를 들었다."

박명원이 말을 이었다.

"네가 주막에서 아우와 그 지인들에게 기담을 들려줬다지? 이번 사행길에도 아우를 도와 기담을 수집할 거라면서?"

묻는 게 아니라, 다 알고 있는 사실을 다시 한번 확인하는 말투였다. 선노미는 네, 하려다가 대답을 요구하는 것 같지 않아 입을 다물었다.

"참 그 사람다운 엉뚱한 일이야."

역시 연암 나리가 못마땅하신 걸까. 조정에서 벼슬하는 박명원 나리 눈에는 나 같은 하인들과 어울리며 기담 따위를 수집하는 나리의 행동이 어린애 같아 보일 거야.

"솔직히 말해 왜 그런 쓸데없는 일을 하는지는 잘 모르겠다만."

선노미는 속으로 '역시' 하면서 고개를 떨궜다. 마음의 준비를 하고 싫은 소리를 기다렸다. 하지만 박명원의 입에서 나온 말은 예상과 많이 달랐다.

"기왕 하기로 했다니 막을 생각은 없다. 막는다고 아우가 들을 사람도 아니고."

선노미가 놀라 박명원의 얼굴을 바라보았다. 입가에 장난기 어린 미소가 걸려 있었다. 연암이 가끔 보여주는 짓궂은 미소와 조금 닮은 것 같았다.

"앞으로 네가 끼기 힘든 자리도 많이 있을 게다. 그럴 때는 요령껏, 눈치껏 숨어서 잘 듣도록 하거라."

박명원은 어리둥절해 있는 선노미를 뒤로하고 성큼성큼 숙소로 걸어갔다.

저만치 하얀 탑이 보였다. 뾰족하게 솟은 탑 꼭대기를 보니 성경(盛京: 현재의 심양)의 백탑보인 모양이었다.

"드디어 도착했구만."

박명원이 감개무량한 듯 말했다. 통원보를 출발한 이래 일주일이나 푹푹 찌는 날씨에 고생했으니 그럴 만도 했다. 모두들 안도의 한숨을 내쉬는 분위기였다. 허허벌판에서 노숙하고 끝도 보이지 않는 황무지만 지나오다 드디어 번듯한 도시에 도착하니 이제는 정말 청나라에 온 기분이 들었다.

저 멀리 버드나무 아래 수레가 구름떼처럼 모여 있었다.

원거리를 오가는 장사꾼들이 잠시 짐을 내려놓고 쉬는 곳인 듯했다. 나무뿌리 위에 걸터앉아 웃통을 벗고 부채질하는 사람, 술병째로 나발을 불고 있는 사람, 막간을 틈타 골패놀이를 하는 사람, 각양각색 천태만상이었다.

노점상들도 버드나무 아래 진을 쳤다. 술이며, 떡이며, 과일이며 온갖 음식들을 늘어놓는 바람에 버드나무 아래는 작은 시장바닥이 됐다.

거리엔 나귀가 끄는 태평차(太平車)가 여러 대 지나고 있었다. 한 태평차 안에서 여자들이 주렴을 걷고 내리는 게 보였다. 나이 든 부인과 젊은 부인. 모두 꾀꼬리 빛깔 푸른 윗옷에 주황색 바지를 입고 옥잠화, 패랭이꽃, 석류꽃으로 머리를 화려하게 장식했다. 보아하니 한족 부인들인 것 같았다.

"야, 여긴 정말 별세계네."

장복이 입을 딱 벌렸다. 한양 구경은 생전 처음 해보는 촌놈 같은 얼굴이었다.

"청나라 와서 이제껏 봤던 곳들과 너무 달라."

"성경은 원래 조선의 한양 같은 곳이었으니까."

장복의 감탄사를 들었는지 연암이 끼어들어 설명했다. 백여 년 전에 연경(燕京: 현재의 북경)으로 수도를 옮기기 전까지 성경은 청나라 도읍이었지. 연암의 말을 들은 장복은 헤에, 하고 더 놀란 표정을 지었다.

"그러니까 지금 우리가 옛날 황제가 살던 곳에 있는 거군요."

장복이 감격한 어조로 말했다. 제 신분에 이런 곳까지 온 게 대단한 출세라는 듯이. 하긴 선노미도 실감이 잘 나지 않는 건 마찬가지였다. 주막에서 땔감 패고, 잡심부름 하던 내가 이런 곳엘 다 와보다니.

하지만 들뜬 선노미 일행과 달리 연암은 어쩐지 숙연한 얼굴이었다. 어디 몸이라도 불편하신 건가? 어쩌면 조금 전 죄인을 실은 마차를 본 탓인지도 모른다고 선노미는 생각했다.

지나간 마차엔 죄수 일곱 명이 타고 있었다. 모두 붉은 옷을 입고 쇠줄로 어깨와 등을 칭칭 묶은 뒤 목에는 자물쇠를 엇갈리게 채웠다. 죄수들이 떠드는 말을 역관이 통역해줬는데, 도적인 죄인들은 원래 사형에 처할 운명이었으나 운 좋게 감형돼 흑룡강 쪽으로 유배되는 길이라고 했다.

"나리, 표정이 안 좋으세요."

선노미가 연암의 표정을 살피며 조심스럽게 말을 붙였다.

"음……."

연암이 몇 번이고 신음하는 소리를 내다 입을 열었다.

"옛날 이곳에 끌려온 조선인들도 그렇게 목에 자물쇠를 차고 수레에 실려 노예 시장에 갔을지 모른다 생각하니 마음이 무거워서 말이다."

"노예 시장요?"

선노미와 장복이 동시에 물었다. 연암이 차근차근 설명했다.

144년 전 병자(丙子)년에 청나라가 조선에 쳐들어왔다. 전쟁에서 진 인조 임금은 이듬해 정축(丁丑)년, 청나라 황제에게 신하로서 절하는 굴욕을 겪었고, 임금의 첫째아들 소현세자와 훗날 효종이 된 둘째아들 봉림대군이 당시 청나라 수도였던 성경으로 끌려와 구 년간 볼모 생활을 해야 했다. 그때 조선인 육십만 명도 함께 끌려와 노예 시장에 팔렸다. 힘없는 나라의 백성들이 겪어야 했던 치욕과 아픔이었다.

"이곳은 우리 선조들의 한과 설움이 서린 곳이란다."

연암이 씁쓸하게 말했다.

아아, 그랬구나.

선노미는 연암이 왜 그런 표정을 지었는지 비로소 알게 되었다. 사정을 전부 들으니 화려하게만 느껴졌던 도시가 어쩐지 달라 보였다. 들떴던 장복도 가라앉았고, 창대는 이전 사행길에 들은 이야기인지 입을 꾹 다물고 백탑 쪽만 묵묵히 보고 있었다.

"괜한 이야기로 너희들까지 우울하게 만들었구나."

연암이 미안한 표정을 지었다.

"정작 보고 느껴야 할 사람들은 따로 있는데. 나라가 약하면 백성들이 고생한다는 걸 말이다."

연암의 시선이 하인들 너머 사행단 관리들 쪽을 향했다. 사행단 일행은 처음 보는 번잡한 광경에 넋이 나가 저희들끼리 시시닥거리기 바빴다. 연암은 한숨을 내쉬며 그들 뒤를 따라 숙소로 말머리를 돌렸다.

노인이 숙소를 찾아온 것은 다음 날 아침상을 막 물린 후였다. 보초를 서던 자가 박명원에게 '어떤 노인이 조선에서 온 사신을 뵙고 싶다며 간청하더라'고 전했다. 사신들께 꼭 전달하고 싶은 물건이 있다고 했다.

"어떤 사람이더냐?"

박명원이 역관을 통해 물었다.

"글쎄요, 겉보기는 그냥 평범한 노인 같던데요. 아, 조선 사람이라고 하기에 깜짝 놀랐습니다. 말하는 걸 듣고 영락없는 청나라 사람이라고 생각했으니까요."

역관을 거쳐 돌아온 답이었다.

"이를 어떻게 한다……."

박명원은 난감한 눈치였다. 연암이 고민하는 그에게 넌지시 말했다.

"수상한 자는 아닐 것 같은데요. 불러들여서 들어보는 게 어떻겠습니까?"

박명원은 망설이다 노인을 숙소로 불러들였다.

잠시 후 보초의 안내를 받으며 노인이 들어왔다. 그는 보기 드문 고령이었다. 못해도 여든은 넘긴 것 같았다. 머리가 온통 하얗게 세고, 얼굴엔 자글자글 주름이 잡혔다. 하지만 세월이 고스란히 내려앉은 얼굴과 달리, 몸은 어깨가 조금 굽은 걸 빼면 삼사십 년 젊은 자신들과 다를 바 없어 보였다. 한눈에도 강건해 보이는 인상이었다.

노인은 흑공단으로 지은 옷에 흑단화를 신고 있었다. 모두 청나라 양식을 따른 것이다. 깨끗하게 손질한 옷은 사신들을 만난다고 특별히 갖춰 입은 것 같았다. 노인은 박명원에게 깊이 허리를 숙였다.

"소인, 종국이라 하옵니다."

고국을 떠난 지 꽤 오래됐는지 조선말에 청나라 억양이 다소 섞여 있었다.

박명원이 물었다.

"어르신께선 성경에 사신 지 오래되셨소?"

"이곳에서 태어났지요."

종국이 뜻밖의 대답을 했다.

"그 뒤로도 쭉 여기 계셨소? 조선에서 사셨던 적은 없고?"

"젊었을 때 성경을 떠나 저장성 쪽으로 이주했다가 몇 달 전 다시 여기로 돌아왔습니다. 유감스럽게도 조선에서 살았던 적은 없고요."

박명원과 연암은 둘 다 적잖이 놀랐다. 한 번도 조선에서 살았던 적이 없는 사람이라기엔 조선말이 너무 유창했다.

"그런데 어찌 그리 우리말을 잘하시는 거요?"

"부모님이 조선인이었습니다. 조선말을 아주 엄격하게 가르치셨죠. 몸은 만리타향에 있더라도 뿌리는 잊지 말라면서요."

훌륭한 분들이라며 박명원이 감탄한 표정을 지었다. 잠자코 듣던 연암이 끼어들었다.

"외람된 질문이나, 혹시 부모님들께선 청에 볼모로 끌려온 조선인 후손이시오?"

"그렇습니다."

종국이 고개를 끄덕였다.

"볼모로 오신 건 제 증조할머니, 증조할아버지셨죠. 그 뒤로 자손들이 계속 이곳에 눌러살게 됐고요."

"조상들께서 이국땅에서 이래저래 고생이 많으셨겠소."

종국은 희미하게 미소만 지었다. 하지만 씁쓸해 보이는 그 미소가 많은 것을 말해주었다.

"그런데 오늘 어쩐 일로 우리를 보길 원하셨소?"

종국이 기다렸다는 듯 가지고 온 보자기를 풀었다. 곱게 싼 보자기를 펼치자, 새하얀 버선 한 켤레가 드러났다. 꼼꼼하게 바느질한 것이 정성 들여 지은 물건이라는 티가 났다. 하지만 그것 말고는 딱히 특별할 게 없는 평범한 버선이었다.

"……이건?"

"부디 이걸 민회빈 마마 무덤에 올려주십시오."

종국이 고개를 숙였다.

"오래전 돌아가신 증조할머니의 간절한 소원입니다."

"……민회빈?"

박명원과 연암이 서로 얼굴을 마주 보았다.

민회빈은 인조 임금의 며느리이자, 소현세자의 아내 세자빈 강씨다. 강씨는 남편과 함께 구 년 동안이나 성경에 붙잡혀 있다가 귀국했다. 하지만 귀국 두 달 만에 소현세자가 의문의 죽음을 당한 데 이어 본인마저 역적으로 몰려 시아버지 손에 사약을 받고 죽었다.

강씨의 명예는 사후(死後) 70년이 됐을 때야 겨우 복원됐다. 지금으로부터 62년 전 일이다. 강씨는 복원되면서 '백성들이 그리워한다'는 뜻을 담은 '민회(民懷)빈'이라는 이름을 얻었다.

"증조할머니 소원이라고? 그분께선 왜 민회빈 마마께 이 버선을 바치려 하셨는가?"

박명원이 어리둥절해서 물었다. 종국은 잠시 망설이더니 어렵사리 입을 뗐다.

"증조할머니께선…… 당신이 민회빈 마마를 죽였다고 생각하셨으니까요."

"민회빈 마마께선 사약을 받고 돌아가셨지 않소?"

"어째서 증조할머니는 그런 생각을 하셨소?"

박명원과 연암이 경쟁하듯 물었다.

종국은 껄끄러운 표정으로 입을 다물고 있다가 천천히 말했다.

"붉은 비단의 저주를 막지 못했거든요."

선노미가 물을 떠올리자, 종국은 '그렇지 않아도 목이 마르던 차였는데' 하고 반색하며 잔을 받아들었다.

선노미는 박명원, 연암과 함께 앉아 있는 종국을 곁눈질로 힐끔힐끔 바라보았다. 아마도 저 노인이 이야기를 들려줄 사람이구나 짐작하면서. 연암이 하인을 시켜 물 주전자와 잔을 들고 오라고 하더니 이래서였다는 걸 알았다.

"혹시나 또 필요하신 게 있을지 모르니 심부름꾼 아이를 방밖에 세워두도록 하지요."

"아니, 번거롭게 그러실 것까지야……."

종국이 괜찮다며 손사래를 치려는데 연암이 가로막았다.

"여기까지 힘든 걸음 하셨는데 불편함이 있어선 안 되잖소. 안 그렇습니까, 형님?"

연암이 박명원에게 몰래 눈짓했다. 박명원도 연암의 눈치를 살피다 종국에게 '그렇게 하십시다'라고 말했다.

"정사 나리 말씀 들었지? 밖에서 잘 대기하거라."

연암은 짐짓 근엄한 표정을 지으며 선노미에게 지시했다. 선노미는 저도 몰래 웃음이 터지려는 걸 꾹 참고 고개를 조아리며 물러났다.

"막상 이야기를 하려니 어디서부터 시작해야 할지……."

창호지를 얇게 바른 문 사이로 종국의 목소리가 들렸다.

"그냥 시작하고 싶은 데서부터 하시지요. 듣다가 궁금한 게 있으면 물어볼 테니."

이런 일에 익숙한 연암이 편하게 얘기하도록 해주었다.

"혹시나 늙은이 하는 말이 두서없더라도 양해해주십시오."

머릿속으로 생각을 정리하는지 잠시 침묵하던 종국이 마침내 입을 열었다.

"우선 제 증조할머니 얘기부터 하지요."

선노미도 방 밖에서 귀를 쫑긋 세웠다. 일단 시작되자 이야기는 막힘없이 흘러나왔다.

증조할머니 이름은 향이라 했다. 향은 고아였다. 어린 시절 역병으로 부모님을 잃고 먼 피붙이 손에 자랐다. 키워준 이들은 향을 구박하지는 않았지만, 그렇다고 애정으로 보듬어주지도 않았다. 딱 먹여주고 재워주는 수준이었다. 오갈 데 없었던 향은 그것만으로도 감사한 일이라고 생각했다.

하지만 향의 고달픔은 그걸로 끝나지 않았다. 청나라가 쳐들어왔고, 전쟁에서 진 조선은 육십만 명의 백성을 인질로 청나라에 보내야 했다. 천하에 의지할 곳 없는 고아, 과부 등이 제일 먼저 끌려갈 사람들로 뽑혔다. 그걸로는 다 못 채우자, 관리들이 돌아다니며 볼모로 갈 사람들을 물색했다. 그 과정에서 때로는 은밀하게 뒷돈이 오가기도 했다.

향은 자신이 청나라까지 가게 된 자세한 내막을 몰랐다. 나중에 얼핏 듣기로는 이런 연유였다. 키워준 친척이 보릿고개 때 고을에서 곡식을 꿨는데 이자가 많이 붙어 갚을 수가 없었다고 했다. 고을 관리는 가족 중 하나를 인질로 보내면 빚을 면제해주겠다고 제안했고, 쪼들렸던 친척네는 향을 보내겠다고 했단다. 피는 물보다 진하다지만, 같은 피라도 때로는 더 진한 피가 있고 덜 진한 피가 있다는 걸 향은 그때 처음으로 깨달았다.

향은 성경에 노예 시장까지 끌려왔다. 그곳에 온 이들은 모두 도살장으로 끌려가는 송아지의 눈빛을 하고 있었다. 아마도 향 역시 같은 눈빛이었을 것이다. 다들 불안에 떨며 다가올 제 운명을 기다렸다.

서른이 갓 넘은 듯한 아낙이 제일 먼저 팔렸다. 아낙은 곱다고 할 순 없어도 복스러운 얼굴에, 피부가 깨끗했다. 그녀를 산 사람은 몸집이 통통하고 유들유들해 보이는 오십 대 남자였다. 제법 고급스러운 옷에 값나가 보이는 신발을 신고 있었다. 아낙을 아래위로 훑어보는 탐욕스러운 눈빛으로 보건대 아마도 데려가 첩으로 삼으려는 것 같았다.

그 뒤에도 사람을 사고파는 일은 계속됐다. 노예로 끌려온 이가 키 큰 나무 상자 위에 올라서면 사려는 사람들이 앞다퉈 값을 불렀다. 제일 높은 가격을 부른 사람이 주인으로 낙점됐다.

순서가 돌고 돌아 향 앞에 서 있던 노인이 상자에 올랐다. 노인은 검은 머리에 흰머리가 희끗희끗 섞이고, 어깨가 앞으로 조금 굽었다. 긴장한 탓에 얼굴이 파랗게 질려서인지 건강도 좋아 보이지 않았다. 조금 전까지 시끌시끌하던 장내가 조용해졌다. 장사꾼이 모인 사람들을 향해 뭐라고 소리 질렀다. 아마도 값을 부르라는 것 같았지만, 별 반응이 없었다.

"어쩌나. 사갈 사람이 없으면 죽은 목숨인데……."

누군가 뒤에서 작은 목소리로 중얼거렸다. 함께 끌려온 조선인 인질이었다.

"죽은 목숨이라고요?"

향이 흠칫 놀랐다.

"쓸모없는데 뭐하러 남겨두겠어. 데리고 있어봤자 밥만 축낼 텐데. 적당히 처리하거나, 살아 돌아오기 힘든 노역장 같은 데 넘겨버리겠지."

또 다른 누군가 말했다. 남의 일이 아니다 보니 목소리가 울먹이듯 떨려서 나왔다.

죽은 목숨이라고…….

향은 조금 전 들은 말을 속으로 중얼거렸다. 아까 그 아낙처럼 호색한의 첩으로 끌려갈지 모른다고 생각하니 소름이 끼쳤는데, 차라리 아무도 자신을 사 가는 사람이 없기를 바랐는데…… 그 말을 듣고 나니 더 혼란스러웠다.

"너무 걱정하지 마. 넌 젊어서 하녀로 데려갈 사람이 있을 거야."

한실이 하얗게 질린 향을 보고 토닥이며 달래주었다. 한실은 함께 끌려오는 동안 친해진 나이 지긋한 아낙이다. 원래 양반집 종살이를 했다는 그녀는 눈치가 빠르고, 보고 듣는 걸 허투루 넘기는 법이 없어 돌아가는 사정을 잘 알았다.

"조선이나 여기나 뼈 빠지게 일해야 하는 건 다 똑같지 뭐. 그렇게 생각하면 편해. 다만."

한실이 제일 앞줄에 선 남자를 가리켰다.

"저기 저 회색 옷 입은 사람한테만 안 걸리면 돼. 포주인데 악질 중에서도 악질이라더라."

회색 옷을 입은 남자는 깡마른 체구에 키가 작았다. 교활한 얼굴이 어쩐지 쥐를 연상시켰다. 눈빛이 험악해서 한실의 말이 아니더라도 겁먹을 만한 인상이었다.

"포주……요?"

"아가씨 데려다 장사하는 사람 있잖아. 매음굴!"

향과 한실이 소곤거리는 사이, 살 사람이 결국 안 나타났는지 장사꾼이 덩치 큰 남자들을 시켜 노인을 끌고 가게 했다.

"이, 이보시오! 어디로 데려가려는 거요!"

노인이 겁에 질려 발악하며 소리쳤다. 하지만 어느 누구도 신경 쓰지 않았다. 어쩌면 자신도 그런 처지가 될지 모르는 인질들을 제외하곤.

장사꾼이 다음 차례인 향이를 상자 위에 올렸다.

장사꾼은 향을 한번 쓱 훑어보더니 무슨 생각에서인지 우악스럽게 저고리와 치마를 벗겨냈다. 순식간에 사람들 앞에서 속곳 차림이 된 향은 부끄러움과 설움으로 얼굴이 빨갛게 달아올랐다.

어디선가 값을 부르는 소리가 들렸다. 다음에도, 또 그다음에도. 알아듣지 못할 말들이 오가는 내내 향은 고개를 푹 숙이고만 있었다.

별안간 근처에서 큰 목소리가 들렸다. 향이 놀라 고개를 번쩍 들었다. 회색 옷을 입은 쥐처럼 생긴 남자가 음험한 눈으로 노려보았다. 향은 소름이 쭉 끼쳤다.

앞다퉈 가격을 부르던 소리가 일제히 뚝 그쳤다. 몇 호흡 정도 시간이 흐른 뒤 장사꾼이 회색 옷을 입은 남자에게 가까이 오라 손짓했다. 아마도 남자가 향의 주인으로 낙점된 모양이었다.

향은 심장이 쿵 내려앉는 것 같았다. 돌아보니 한실이 안타까운 얼굴로 설레설레 고개를 젓고 있었다. 향은 눈앞이 깜깜해져 그대로 바닥에 주저앉았다. 포주라니! 매음굴이라니! 이국땅에서 몸을 팔아야 한다고 생각하니 차라리 아까 본 노인 처지가 더 부러울 지경이었다.

회색 옷을 입은 남자가 손을 뻗어 향을 상자에서 내리려 했다. 그

때 어디선가 카랑카랑한 여자 목소리가 들렸다. 장내가 조용해지며 사람들 고개가 소리 난 곳으로 돌아갔다.

여자의 나이는 서른 언저리 정도 돼 보였다. 단아하고 기품 있는 여자였다. 사람들 시선이 전부 쏠려 있는데도 당당해 보였다. 얌전한 외모와 달리 강단 있고 배포가 큰 사람 같았다.

여자는 동백기름을 바른 듯 윤이 나는 머리를 곱게 빗어 비녀로 쪽을 찌고, 은은한 미색 저고리에 옥색 치마를 받쳐 입었다. 한눈에 보기에도 제법 고급스러워 보이는 옷이었다. 조선인인가?

조선인이 왜 여기 있지? 게다가 양반 마님이신 것 같은데 몸종도 없이 어떻게 이런 곳에…….

향은 정체 모를 여자를 빤히 쳐다보았다.

회색 옷을 입은 남자가 화난 목소리로 여자에게 항의했다. 여자는 차분한 말투로 대꾸하더니 장사꾼과도 몇 마디 주고받았다. 장사꾼이 여자 편을 들어줬는지 회색 옷을 입은 남자가 땅에 침을 퉤 뱉고는 자리를 떴다.

"나랑 함께 가자."

향이 어쩔 줄 모른 채 지켜만 보는데, 여자가 다가와 조선말로 말을 걸었다.

어떻게 된 건지 영문을 모르는 향에게 여자가 차근차근 설명했다.

"내가 저 남자에게서 너를 샀다. 그러니 지금부터 내가 네 주인이야."

"……저를 사주셨다고요?"

향이 멍하니 여자가 한 말을 따라했다. 여자가 뭘 하는 사람인지 모르니 기뻐해야 할지 슬퍼해야 할지 원망해야 할지 감사해야 할지 알 수가 없었다.

"조선인이 매음굴에 끌려가는 걸 두고 볼 수만은 없지 않느냐."

여자가 측은한 시선으로 향을 바라보며 말했다. 향은 여자의 진지한 눈빛을 보며 그게 빈말이 아니라는 걸 확신했다.

"혹시…… 저를 구해주신 건가요?"

여자는 대답이 없었다. 여자의 눈이 향의 어깨 너머를 물끄러미 바라보고 있었다. 향도 뒤돌아보니 조금 전 장정들한테 끌려갔던 노인이 이리로 돌아오는 중이었다. 노인 역시 향처럼 어리둥절한 모양이었다.

"자네도 내가 샀네."

노인은 놀라 눈을 화들짝 떴다.

"가, 감사합니다! 감사합니다!"

노인이 그대로 엎어져 여자에게 절을 올렸다. 여자가 씁쓸하게 말했다.

"그 인사를 받을 자격이 있는지 잘 모르겠구나. 너희가 이곳까지 끌려온 데 책임이 없다 할 수 없거늘."

향은 듣고도 무슨 말인지 알 수 없었다. 알쏭달쏭한 말을 한 여자는 슬픈 것 같기도, 쓸쓸한 것 같기도 한 표정을 짓고 있었다.

"……저 ……마님은 대체 누구세요?"

향이 기어이 못 참고 궁금한 걸 물었다. 예상치 못한 당돌한 질문이었는지 여자가 희미하게 웃었다.

"어서 옷부터 챙겨 입거라. 함께 가보면 알 것이다."

향이 허겁지겁 치마와 저고리를 걸치고 여자 뒤를 따라갔다. 그 만남이 자신의 인생을 송두리째 바꿔놓았다는 걸 모른 채.

넓은 농지에서 사람들이 밭을 일구느라 한창이었다. 소를 끌고 밭이랑을 가는가 하면, 아낙들이 쪼그리고 앉아 잡초를 골랐다. 곡괭이질 하는 사람, 땅에 물을 주는 사람도 보였다. 성별과 나이는 제각각이었지만 모두 조선옷을 입고 있었다. 이따금 주위에서 들리는 말도 전부 조선말이었다.

"이 사람들 모두……?"

향이 신기한 듯 둘러보았다.

"그래, 다 조선인이다."

여자가 고개를 끄덕였다.

"앞으로 너희도 이곳에서 일하게 될 거야. 그전에 너희들에게 먼저 일러둘 게 있다."

여자가 향과 노인을 진지한 얼굴로 바라보았다. 향은 긴장한 나머지 저도 모르게 침을 꿀꺽 삼켰다.

"지금부터 너희들은 노예가 아니다."

뜻밖의 말에 깜짝 놀란 향이 여자를 빤히 쳐다보았다. 노인도 놀라

긴 마찬가지였다.

“노, 노예가 아니라고요?”

“그래, 여기 있는 사람들은 모두 노예가 아니야. 제 의지로 일하고, 대가를 받지. 너희도 마찬가지다.”

향은 일하는 사람들을 찬찬히 둘러보았다. 어쩐지 다들 표정이 밝고 활기가 도는 것 같았는데.

향과 노인이 얼떨떨해하는 사이, 여자가 멀리 있던 남자 하나를 소리쳐 불렀다. 그가 부리나케 달려왔다.

“새로 온 사람들이네. 여기 일을 잘 가르쳐주게.”

“여부가 있겠습니까.”

남자가 깊숙이 고개를 숙였다.

여자는 이걸로 할 일이 끝났다고 생각했는지 두 사람을 밭에 남겨두고 자리를 떴다.

향은 우두커니 서서 멀어져가는 여자의 뒷모습을 지켜보았다. 여자가 곁을 지날 때면 사람들은 일제히 하던 일을 멈추고 일어나 고개를 조아렸다.

남자가 무슨 일을 하는지 설명하려는데 광주리를 머리에 이고 가던 아낙이 끼어들어 말을 걸었다.

“못 보던 얼굴이네.”

아낙이 향과 노인을 번갈아 보더니 붙임성 있게 말을 걸었다.

“새로 온 사람들이오.”

남자가 향과 노인을 대신해 대답했다.

"마마님께서 또 노예 시장에 다녀오셨구나."

여자가 혼잣말하듯 중얼거렸다. 향은 귀가 번쩍 뜨여 저도 모르게 아낙 쪽으로 몸을 내밀었다.

"그걸 어찌 아셨어요?"

"어떻게 알긴. 나도 거기서 왔으니까."

아낙이 대답했다.

"……아주머니도요?"

"그럼. 대길 씨도 마찬가지고."

아낙이 남자를 가리키며 말했다.

"여기 있는 사람 모두 마마님께서 노예 시장에서 사서 풀어주셨어."

이렇게 많은 사람들을 전부 사서 풀어줬다고? 대체 뭣 때문에? 향은 점점 머리가 혼란스러워졌다. 여러 생각이 꼬리에 꼬리를 물었지만, 제일 궁금한 것부터 물어보기로 했다.

"대체 그 마님은 누구신가요?"

"세자빈 마마시다."

이번엔 대길이 아낙의 선수를 쳐서 먼저 대답했다.

"세자빈 마마요?"

향과 노인이 동시에 눈을 휘둥그렇게 떴다.

"나중에 왕비님이 되실 세자빈 마마라고요?"

세자빈 마마가 몸소 자신을 구해줬다고 생각하니 향은 가슴이 벅차올랐다.

너희가 이곳에 끌려온 데 책임이 없다 할 수 없거늘.

문득 여자가 했던 말이 떠올랐다. 그건 백성들에 대한 죄책감이었을까. 나라가 약해서 너희들을 지켜주지 못했다는 회한이었을까.

사실은 자신도 나와 마찬가지로 볼모 신세면서. 그렇게 생각하니 향은 하늘 같은 세자빈 마마가 어쩐지 조금은 친근하게, 측은하게 느껴졌다. 그때 다짐했다. 생명의 은인인 마마를 위해, 머나먼 이국땅에 볼모로 와 있는 외로운 마마를 위해 뼈가 부서질 만큼 열심히 일하리라고. 마마를 위해서라면 앞으로 뭐든 발 벗고 나서리라 마음먹었다.

하지만 향은 결국 훗날 일어난 끔찍한 비극으로부터 마마를 구할 수 없었다.

시간이 흐르면서 향은 농장의 사정을 알게 됐다. 농장은 원래 청나라 황제가 세자빈 부부에게 준 땅이었다. 황제는 볼모로 끌고 온 조선 왕자 부부들에게 얼마간은 생계비를 지급했지만, 그들이 인질 생활 삼 년째 접어들었을 무렵 지원을 끊어버렸다. 청나라 전역에 흉년이 심각했고, 전쟁 준비를 하느라 군량미 확보도 시급했기 때문이다. 대신 하사한 땅에 농사를 지어 알아서 식량을 해결하라고 했다.

난감한 일이었지만, 세자빈 강씨는 굴하지 않았다. 여느 왕실 여인들과 달리 강인한 생활력과 행동력을 갖춘 강씨는 이참에 아예 자급자족하겠다며 팔을 걷어붙이고 나섰다.

다행히 강씨에겐 자금이 제법 두둑하게 있었다. 일 년 전, 황제의 열두 번째 아들 팔왕이 소현세자에게 조선 면포, 표범 가죽, 수달피 등을 구해 달라며 은밀히 은자 오백 냥을 보냈다. 이를 계기로 조선 물건을 원하는 청나라 관리들과 조선 상인 사이에 다리를 놔주는 일종의 중개 무역을 시작했다. 강씨가 이 일을 주도하며 청나라 관료들과도 인맥을 쌓았다.

벌어들인 돈은 청으로 끌려온 조선인 노예를 사는 데 썼다. 노예 시장에 나온 사람들을 모조리 다 살 수는 없는 노릇이었다. 사창가로 가거나 쓸모없는 자로 분류돼 죽임을 당할 사람, 조선에 가족들을 두고 온 사람을 최우선으로 구했다. 그렇게 구한 조선인들을 농장 일꾼으로 고용해 자립의 기반을 도왔다.

강씨 덕분에 자유인이 된 조선인들은 정성을 다해 농사를 지었고, 덕분에 농장은 매년 삼천 석 이상 곡식을 거둘 수 있었다. 강씨는 자급자족을 하고 남는 채소는 시장에 내다 팔아 이윤을 얻고, 그 돈으로 또 조선인 노예들을 사서 해방시켰다.

"참으로 훌륭한 분이셨군."

종국이 잠시 말을 멈춘 사이, 방 안에서 박명원의 감탄사가 흘러나왔다.

"그런 분이 그렇게 가시다니……."

강씨의 최후를 생각하니 안타까웠던지 박명원이 말꼬리를 흐렸다.

"그런 분이셨으니 적도 많았겠지요."

연암이 씁쓸하게 말했다.

"조정의 벼슬아치들이 얼마나 이러쿵저러쿵 씹어댔겠습니까. 청나라와 필요 이상 가깝게 지낸다, 세자빈 신분에 상스럽게 장사는 무슨 장사냐, 아녀자가 나대서 나라 망신 다 시킨다, 하면서요."

연암의 말대로라면 본인도 '조정 벼슬아치' 중 하나라 박명원이 조금 기분이 상한 어조로 '자네, 발언이 좀 과격하군' 하고 말했다.

"원래 왕실 사람들 일거수일투족엔 관심이 쏠리게 마련일세. 그러니 항상 행동을 조심해야 하지."

"그렇다면 세자빈이 그냥 손 놓고 앉아 있어야 했단 말입니까."

부루퉁하게 내뱉는 연암에게 박명원이 '이 사람 성질머리하고는' 하며 쯧쯧 혀를 찼다.

"당시에 임금과 세자 사이를 이간질한 자들이 많았다고 들었네. 청나라 황제 환심을 등에 업은 소현세자가 아버지 대신 왕위에 오르려 한다는 이야기가 떠돌았지. 아마도 성경에 와서 세자를 만난 사신들이 그런 소문에 일조했을 거야. 민회빈 마마께서 공연히 그들에게 빌미를 주지 않도록 조금 더 신경 쓰셨더라면 좋았을걸, 하는 생각이 들어 한 말일세."

"그러니 벼슬아치들 입이 문제지요."

연암이 고집스럽게 물고 늘어졌다.

"벼슬아치 입만 문제가 아닐세. 세 치 혀를 가진 자들은 누구나 화를 일으킬 수 있지. 악의적인 소문을 만들거나, 유언비어를 퍼뜨리거나 하면서. 그런 일들을 나는 꽤 많이 봤네."

박명원이 담담하게 말했다. 이번엔 어쩐 일인지 연암도 더는 따지지 않았다.

"저…… 이야기를 계속해도 되겠습니까?"

연암과 박명원의 실랑이를 지켜만 보던 종국이 조심스레 끼어들었다. 둘 다 아차, 싶었던지 '어서 하시오'라며 재촉했다.

종국이 작게 헛기침을 한 뒤 이야기를 이어나갔다.

향이는 금세 농장 일에 적응했다. 일은 만만치 않았지만 보람은 컸다. 열심히 일하면 그만한 보수가 따라왔고, 처음 받아보는 노동의 대가는 열심히 일할 동기가 됐다.

함께 일하는 이들도 정 많고 따뜻했다. 서로 품어주며 타향살이의 적적함을 달랬다. 그중에서도 향은 노예 시장서 함께 구출돼 온 노인 달봉과 가깝게 지냈다. 기막힌 인연도 인연이지만, 심한 향수병을 앓는 달봉이 안쓰러워서였다.

달봉은 전쟁 때 피난 통에 가족들과 헤어졌다. 잃어버린 가족을 찾아 방방곡곡 헤매다 인신매매범들에게 납치돼 청나라까지 끌려왔다고 했다. 그는 가족에 대한 그리움을 꽃 심기로 달랬다. 꽃나무에 대해서도 해박해 어디선가 씨앗을 구해와 제 방 곁에 심고 틈날 때마다 잎이 돋거나 꽃망울이 터지는 걸 구경했다.

향에게 제일 큰 힘이 돼 준 이는 세자빈 강씨였다. 강씨는 몸소 작업복을 걸치고 밭으로 나와 잡초를 뽑고 곡식을 거뒀다. 처음엔 황송해 어쩔 줄 모르던 일꾼들도 그녀의 소탈한 성격에 차차 익숙해졌다.

강씨는 고아나 다름없는 향이 딱했던지 수시로 말을 붙였다. 부모님은 어쩌다 돌아가셨느냐, 얼굴은 기억하느냐, 이곳 생활에 불편함은 없느냐. 상전이라면 관심도 없을 것들을 묻기에 향은 친절하게 대해준다고만 생각했다. 나중에 보니 강씨는 향이 이야기한 것들을 죄다 기억하고 있었다.

강씨의 배려가 진심에서 우러나온 것이란 사실을 깨달은 향은 깜짝 놀랐고, 감격했다. 나 같은 사람한테까지 마음을 써 주시다니.

뭐라도 힘이 돼 드려야겠다 싶어 향은 강씨 곁에 꼭 붙어 자잘한 잔심부름을 도맡아 했다. 강씨도 향의 싹싹한 성격과 야무진 일솜씨를 적잖이 마음에 들어 했다. 시간이 흐르면서 향은 농장 고용 일꾼에서 강씨의 심복으로, 심복에서 말벗이 되어갔다. 외로움을 보듬어 주며 두 여자는 신분의 격차도 뛰어넘을 만큼 애틋해졌다.

"마마께선 조선이 그립지 않으세요?"

어느 날 둘만 있을 때 향이 슬쩍 물어보았다. 강씨는 쓸쓸하게 웃기만 할 뿐 대답하지 않았다.

"그런 질문을 하는 걸 보니 네가 그리운가 보구나."

향이 웃으며 도리질했다.

"달봉 할아버지나 다른 분들은 그러신 것 같은데 전 아니에요."

"왜지?"

뜻밖의 대답인지 강씨는 조금 놀란 듯했다.

"거기서도 절 위해준 사람은 없었거든요. 오히려 여기가 훨씬 집 같고, 다들 가족 같아요."

강씨가 그러냐, 하는 얼굴로 고개를 끄덕였다.

"네 말도 일리가 있구나. 가족이 꼭 피로 이어져야 할 필요는 없을 테지."

문득 생각났다는 듯 강씨가 향을 돌아보았다.

"나한텐 터울이 많이 지는 여동생이 있다. 내가 궁에 들어올 때도 아직 아기였지. 몇 년 뒤 아버지, 어머니 손을 잡고 날 보러 왔는데 낯을 가리며 울더구나. 언니라고는 해도 같이 놀아준 적이 없으니 어쩌면 당연한 건지도 몰라."

향은 강씨가 무슨 말을 하려나, 기다렸다.

"지금쯤 그 아이도 너만큼 컸을 테지. 그런데 어떤 모습일지 전혀 그려지지 않아. 오히려 곁에 있는 네가 내 동생처럼 느껴져."

향은 얼굴이 빨갛게 달아올랐다.

"마, 마마님. 무슨 말씀을……. 감히 저 같은 게 어찌."

당황하는 향을 보며 강씨는 푸근하게 웃었다.

"피를 나눈 게 아니라 마음을 나눈 게 가족이라면, 나도 널 가족이라 부를 수 있겠구나."

행여 남들이 듣기라도 하면 경을 칠 일이다 싶어 향은 안절부절못했다. 하지만 마음 한편에선 뜨거운 감정이 북받쳐 올랐다. 피붙이도 가족으로 여겨주지 않았던 나를. 눈물이 차오르는 걸 꾹 참으면서 향은 절대 입 밖으로 낼 수 없는 말을 속으로 조용히 속삭였다.

저도 마마가 큰언니 같아요.

향에게 '가족 같은 사람들'뿐 아니라 정말 가족을 만들어준 이도 바로 강씨였다. 향이 농장에서 일한 지 이 년쯤 됐을 무렵 강씨는 한 청년을 소개해주었다.

"강쇠라면 좋은 아비가 될 것 같은데 네 생각은 어떠냐?"

생각지도 못한 말에 향은 화들짝 놀라 강씨를 바라보았다. 강씨는 짓궂은 어린아이 같은 장난스러운 표정이었다.

"마마님, 갑자기 왜 강쇠 얘기를 꺼내고 그러셔요."

부끄러워진 향이 고개를 숙였다.

"왜긴. 강쇠가 널 좋아하니 그렇지."

향은 이번에도 깜짝 놀랐다. 행여 누가 들으면 어쩌나 싶어 휘휘 둘러보는데 조금 떨어진 곳에 자신을 곁눈질하던 강쇠를 발견했다. 강쇠는 눈이 마주치자 얼굴부터 목까지 빨갛게 달아오르더니 허둥지둥 자리를 떴다.

"봐라. 내 말이 맞지?"

민망하고 창피해 향은 차마 강씨 얼굴을 볼 수 없었다.

"강쇠라면 믿을 만하지. 성실하고, 정직한 사람이야. 널 많이 아끼는 것 같고."

향의 뺨이 빨갛게 달아올랐지만, 아랑곳하지 않고 강씨가 말을 이었다.

향은 말없이 강씨 말을 듣고만 있었다. 강쇠가 제게 마음이 있다는 걸 강씨가 어떻게 눈치챘는지 신통방통했다. 저 자신도 몰랐던 일인데.

향은 넌지시 강쇠를 제 짝으로 이어주려는 강씨의 말이 싫지만은 않았다.

둘이 부부의 연을 맺은 지 얼마 안 돼 장남 복수가 태어났다. 강쇠는 강씨 말대로 책임감 있고 듬직한 가장이었다. 시간이 지날수록 부부 사이 정도 점점 깊어졌다. 둘 다 농장서 열심히 일한 덕분에 돈도 제법 모았다.

향은 예전과는 비교할 수 없을 정도로 행복했다. 든든한 사람들, 남편, 아이 그리고 제 손으로 번 돈까지…… 세상 모든 걸 다 가진 것 같았다. 모두 강씨 덕분이었다. 향에게 강씨는 은인이자, 가족이자, 행복을 선물한 사람이었다.

향과 강씨의 인연이 언제까지고 계속될 수는 없었다. 향도 그 사실을 잘 알았다. 강씨는 언젠가 조선으로 돌아가야 할 세자빈이니까. 그걸 알면서도 향은 강씨가 오랫동안 제 곁을 지켜주길 남몰래 바랐다.

이별은 갑작스럽게 찾아왔다. 강씨를 모신 지 육 년째 되던 해였다. 달포 뒤면 강씨는 조선으로 돌아가게 되었다.

헤어짐은 슬프지만, 고국으로 돌아가는 건 강씨가 꿈에도 바라던 일이었다. 향은 자애로운 중전마마가 되신 강씨를 머릿속으로 그리며 이별의 아쉬움과 슬픔을 달래려 했다.

"너도 같이 가지 않으련?"

하루는 강씨가 뜻밖의 말을 했다. 향을 바라보는 눈빛이 진지했다.

"마마……."

강씨의 말은 감격스러웠지만, 향은 선뜻 대답할 수 없었다. 향은 어느새 청나라에서 온전히 자리를 잡았다. 나이가 어릴 때 온 터라 청나라 말을 빨리 배웠다. 꾸준히 돈을 모은 덕에 부부는 얼마 전 새집을 샀다. 청에서 태어난 아이들은 여기 생활이 익숙했다. 예서 일군 것들을 모두 뒤로하고 조선에서 처음부터 시작할 자신이 없었다.

"그래, 어렵겠지."

강씨는 향의 망설임을 눈치챈 것 같았다.

향은 눈물을 글썽이며 몇 번이고 '죄송합니다, 마마'라고 했다. 이쩐지 배은망덕한 사람이 된 것 같았다. 너무도 큰 은혜를 베풀어준 사람인데, 그런 제안을 거절하다니.

하지만 강씨는 개의치 않는 눈치였다.

"그런 소리 말거라. 나도 너랑 헤어지는 게 싫지만, 인연이 허락하지 않는데 어쩔 수 없지. 앞으로도 건강하게 잘 지내야 한다."

강씨가 울먹이는 향의 어깨를 감싸 안았다.

"마마……."

향이 기어이 코를 훌쩍거렸다.

"꼭 훌륭한 중전마마가 되세요. 쇤네가 온 맘을 다해……."

말을 마치지도 못했는데 눈물이 향의 뺨을 타고 주르륵 흘러내렸다. 강씨가 향을 달래듯 등을 어루만졌다.

시간은 쏜살같이 흘렀다. 돌아갈 날이 임박한 강씨는 눈코 뜰 새 없이 바쁜 나날을 보냈다. 임금을 비롯한 왕실 어른께 드릴 선물을 준비하는 것만으로도 시간이 부족할 지경이었다.

귀국을 일주일쯤 앞둔 날, 향이 강씨의 잠자리 준비를 마치고 침소를 나오려는데 방 한구석에 이제껏 본 적 없는 붉은 비단 한 필이 곱게 개켜져 있는 게 눈에 띄었다.

"마마, 저건 뭔가요?"

강씨는 좀처럼 보지 못한 수줍은 소녀 같은 표정을 지으며 대답했다.

"참 곱지? 나중에 저걸로 옷을 한 벌 지어 입을 생각이다."

향이 비단에서 눈을 떼지 못하자 강씨는 일부러 가져와 눈앞에 펼쳐 보였다. 핏빛처럼 선명한 선홍색 비단이었다. 조선에선 좀처럼 볼 수 없는 색상이었다. 청나라는 붉은색을 선호해 적색 계열 색감이 다양했다.

"구 년이 짧은 세월이 아니더구나. 여길 떠날 생각뿐이었는데, 어느새 정이 든 모양이야. 나중에 이곳 생활을 추억하려고 주문했단다."

강씨는 비단을 마음에 들어 했다. 아닌 게 아니라 반드르르 윤이

도는 것이 한눈에도 꽤 고급품으로 보였다. 하지만 향은 비단이 마음에 들지 않았다. 꼬집어 말할 순 없지만, 뭔가 석연찮았다. 핏빛처럼 섬뜩한 붉은 비단 안에 뱀처럼 불길한 무언가가 똬리를 틀고 있는 것처럼 느껴졌다.

사라락.

어디선가 치맛자락이 가볍게 스치는 소리가 들렸다. 향이 저도 모르게 주위를 살폈다. 분명 방안에는 둘밖에 없는데. 강씨가 태연한 걸 보니 아마도 소리는 제 귀에만 들린 모양이었다.

사라락.

이번에도 치맛자락 스치는 소리가 들렸다.

아까보다 훨씬 더 가까운 곳에서, 조금 더 뚜렷하게.

방을 살피다 문득 강씨를 바라본 향은 그대로 몸이 얼어버릴 것만 같았다. 사람 팔 두 개가 강씨의 양어깨 아래로 드리워져 있었다. 마치 등 뒤에 업힌 채 팔을 앞으로 내려뜨린 것 같았다. 새빨간 옷소매 사이로 새하얀 여자의 두 팔이 드러났다.

크큭큭.

웃음소리가 들렸다. 음산한 소리. 마치 비웃는 듯했다. 지금 보고 있는 광경이 가소로워 죽겠다는 듯이.

향이 두근거리는 가슴을 누르며 서서히 고개를 들었다. 소리는 강씨 뒤에서 나고 있었다. 하얀 두 팔의 주인이 내는 소리 같았다. 팔의 주인은 강씨 등에 얼굴을 파묻고 있었다.

향은 뚫어지게 쳐다보았다. 어서 얼굴을 보이라고 재촉하듯. 등 뒤에서 끔찍한 게 나타날 것 같다고 직감했지만, 향은 고개를 돌릴 수 없었다.

스으윽.

드디어 강씨 등 뒤에 업혀 있던 게 고개를 들었다. 아니, 고개를 들었다기보다 등에 얼굴을 파묻은 채 쪼그리고 앉아 있다 몸을 스으윽 일으킨 것 같았다.

제일 처음 눈에 들어온 건 새빨간 혀였다. 몇 치나 될 법한 긴 혀가 얼굴 아래로 축 늘어져 흔들리고 있었다. 향의 시선이 조금씩 더 위로 올라갔다. 창백하다 못해 퍼렇게 뜬 얼굴과 푹 패인 두 뺨을 지나 두 눈으로…….

'그것'과 눈이 마주친 순간, 향은 헉, 숨을 들이켰다. 죽은 생선처럼 허여멀건 눈알이 얼굴 밖으로 툭 불거져 나와 있었다. 자신을 쳐다본다는 걸 감지했는지 희뿌연 흰자에 박혀 있는 생기 없는 검은 눈동자가 또르르, 옆으로 굴러 향에게 향했다.

큭큭큭.

조금 전 들었던 웃음소리가 향의 귓전에 서늘하게 맴돌았다. 향은 머리끝부터 발끝까지 소름이 쭉 돋았다.

"표정이 안 좋구나. 괜찮은 게냐?"

강씨가 하얗게 질린 향을 보고 걱정스러워 물었다.

"그, 그게……."

향은 마른침을 꿀꺽 삼켰다. '마마 등 뒤에 기분 나쁜 게 업혀 있어요'라는 말은 차마 할 수 없었다.

강씨는 향을 빤히 쳐다보며 대답을 기다렸다. 향이 마지못해 손으로 가리키려는데, 순식간에 여자의 하얀 두 팔이 사라졌다. 축 늘어져 있던 긴 혀와 금방이라도 바닥에 툭 떨어져 뒹굴 것처럼 튀어나온 눈알도.

향이 눈을 끔뻑거렸다. 그게 이미 사라지고 온데간데없었다. 헛것을 본 건가? 하지만 헛것이라기엔 그 끔찍한 형상은 너무나 생생했다.

"비단이 마음에 안 드는 게냐?"

강씨는 아무래도 향이 우물쭈물하는 이유를 오해한 것 같았다. 향은 고개를 흔들려다 머리를 스치는 잔상에 화들짝 놀라 다시 한번 찬찬히 비단을 바라보았다.

그 여자가 입었던 옷 색깔이야.

강씨의 어깻죽지에서 한들거리던 넓은 옷소매. 그건 분명 이 비단과 똑같은, 섬뜩한 붉은색이었다. 강씨의 등 뒤에 업혀 있던 여자는 이 비단으로 지은 옷을 입은 게 틀림없었다. 눈이 시리도록 붉은 그 색을 잘못 볼 리 없었다.

"붉은색이 너무 강해 천박해 보이지 않나요?"

향은 비단이 마음에 안 든다는 속내를 그렇게 표현했다. 강씨는 귀신이니 뭐니 하는 말 따위는 믿지 않을 테니까.

강씨는 의아한 표정이었다가 '그러냐' 하고 대답하고 말았다. 비단을 다시 곱게 개켜 아까 있던 자리에 가져다둔 걸 보니 무를 생각은 없는 모양이었다.

향은 하릴없이 자리를 물러났다. 방문을 닫을 때 비단이 있던 곳을 힐끗 쳐다보니 강씨의 등 뒤에서부터 비단까지 선명한 붉은 핏방울이 가는 선처럼 점점이 이어져 있었다.

기분이 뒤숭숭한 탓인지 향은 그날 늦게서야 잠자리에 들었다. 이리저리 뒤척이다 얼핏 잠이 깼을 때는 이미 깊은 한밤중이었다.

사르륵 사르륵.

쥐죽은 듯 조용한 방에 바닥을 스치는 소리가 들렸다. 풀벌레가 우나 보다 하고 눈을 감으려다 소리가 묘하게 귀에 익은 것 같아 눈을 반짝 떴다.

어디서 들은 소리였지?

향이 자리에 누워 신경을 곤두세웠다.

사르륵 사르륵.

다시 들으니 기억이 되살아났다. 아까 초저녁 강씨의 침소에서 들었던 소리. 그때도 이렇게 방바닥에 치맛자락 끄는 소리가 들리더니 어디선가 하얀 두 팔이 나타나 강씨의 등 뒤에 어부바하듯 업혔었다.

호, 혹시……?

그것이 방에 있는 건가 싶어 향은 화들짝 몸을 일으켰다. 다리가 후들후들 떨렸다. 고이 잠든 남편을 깨워 자초지종을 털어놓으려 했다. 곧이곧대로 믿어줄지는 몰라도 일단 말이라도 꺼내놓고 싶었다.

하지만 옆에 잠든 사람은 남편이 아니었다. 강씨였다. 어쩐 일인지 강씨가 남편 자리에서 곤히 자고 있었다.

어째서? 향이 혼란스러운 얼굴로 강씨를 물끄러미 들여다보는데, 방 한구석에서 새하얀 연기 같은 것이 스멀스멀 피어올랐다. 초도 켜지 않았는데 어디서 연기가 피어오르는지 알 수 없었다. 방바닥을 살피니 못 보던 천이 곱게 놓여 있었다.

저건! 어두워 색상까진 몰라도, 개켜진 모양새를 보건대 강씨 방에서 봤던 붉은 비단이 분명했다. 비단에서 모락모락 피어난 희끄무레한 연기가 허공에서 꿈틀꿈틀하며 강씨가 누운 곳까지 서서히 기어왔다. 자세히 보니 하얀 연기는 연기가 아니라 여자의 가느다랗고 새하얀 두 팔이었다.

풀어도 풀어도 계속 이어지는 실타래처럼 여자의 팔은 꿈틀꿈틀 길어졌다. 사람 팔이 그렇게 무작정 늘어날 수는 없을진대 신기하리만치 늘어졌다. 연기처럼 공중에서 구불거리던 새하얀 팔이 강씨의 베갯머리에서 딱 멈췄다.

또르르르.

어디선가 구슬 굴러가는 소리가 들렸다. 그것의 희멀건 눈에서 검은 눈동자가 굴러가던 게 떠올라 향은 온몸에 소름이 끼쳤다. 그 소리가 신호라도 된 듯 여자의 하얀 손이 내려와 강씨의 목을 조르려 했다.

"안 돼!"

향이 비명을 질렀다. 동시에 눈이 번쩍 떠졌다.

"왜 자다 말고 소리를 질러? 나쁜 꿈이라도 꿨어?"

남편 강쇠가 자다 깨 놀란 얼굴로 향을 보았다. 남편과 익숙한 방 안 풍경을 보니 서서히 정신이 들었다.

아, 꿈이었구나.

등 뒤로 식은땀이 흘렀다. 얼마나 많이 흘렸는지 이부자리도 땀이 흥건하게 배어 있었다.

다행이다. 꿈이라서.

향은 겨우 안도의 한숨을 내쉬었다. 하지만 이상하게도 벌떡벌떡 뛰는 가슴은 좀처럼 진정이 되질 않았다.

향은 몇 번이고 강씨에게 비단을 버리라고 권하려 했지만 목구멍까지 차오른 말을 도로 삼켰다.

원체 성격이 시원시원하고 여장부 같은 강씨는 제 말을 웃어넘길 것이다. '그런 말도 안 되는 소리를 믿으라고?' 하면서.

강씨와 헤어지는 날이 왔지만 결국 말하지 못했다. 그게 평생 제 마음을 억누르는 짐이 될 것이라곤 당시의 향은 상상조차 할 수 없었다.

강씨가 떠나는 날, 농장 일꾼들은 물론이고 노예 시장에서 구해준 많은 조선인들까지 소식을 듣고 배웅하기 위해 몰려왔다. 여기저기서 훌쩍이는 울음소리가 들렸다.

"마마, 부디 만수무강하세요."

향과 강쇠도 허리를 숙여 인사했다.

강씨가 향을 내려보다가 끼고 있던 가락지를 빼내 향의 손에 꼭 쥐여주었다.

"마마, 이건……."

"이별 선물이다."

"이렇게 귀한 걸……. 받을 수 없습니다."

향이 손사래를 쳤다. 하지만 강씨는 강경했다.

"값나가는 물건이 아니다. 몸에 지니고 있으면서 한 번씩 나를 생각해주면 좋겠구나."

"마마……."

향은 말을 이을 수 없었다. 행여 떠나는 사람 발길이 무거울까 봐 절대 눈물을 보일 생각이 없었는데 한번 터진 눈물을 주체할 수 없었다.

"나중에…… 중전마마가 되셔서 저를 부르실 때…… 꼭 버선 한 켤레를…… 지어 올리겠습니다. 미천한 제가…… 감히 옷은 못 해 드려도…… 마마께 버선 한 켤레는……."

흑흑 흐느끼며 띄엄띄엄 잇는 향의 말을 용케 알아들었는지 강씨가 빙그레 웃었다.

강씨가 마차에 올랐다. 마부가 이랴, 하고 채찍질 하자, 말이 힘차게 달려가기 시작했다. 사람들은 꿇어앉아 이마를 바닥에 조아렸다. 향도 엎드려 흐느끼며 강씨를 배웅했다.

크크크.

어디선가 귀에 익은 웃음소리가 들렸다. 선연한 소리에 향은 화들짝 놀라 주위를 두리번거렸다. 비웃는 듯한, 나지막하고 음침한 웃음소리. 깔깔대고 웃고 싶은 걸 일부러 눌러 참는 듯한 소리. 하지만 다른 사람들에겐 그 소리가 안 들리는 모양이었다.

강씨가 탄 마차는 이미 저만치 달려가고 있었다. 출발할 땐 안 보였는데, 마차 지붕 위에 새빨간 것이 매달려 한들거리는 게 눈에 띄었다.

향은 유심히 보려고 제 눈을 부볐다. 저건! 몇 번을 봐도 틀림없었다. 섬뜩한 핏빛 같은 새빨간 치맛자락이 지붕 위에서 팔랑거렸다. 치맛자락이 바람에 흔들릴 때마다 치마 밑에서 핏방울이 뚝뚝 떨어졌다. 떨어진 핏방울은 달리는 마차 뒤로 핏빛 같은 붉은 실자국을 길게 드리우고 있었다.

"그때는 미처 몰랐었죠. 붉은 비단이 저주받은 물건이란 걸요."

종국이 씁쓸하게 말했다. 열중한 박명원과 연암은 숨소리조차 죽이고 있었다. 방 밖에 선노미도 긴장한 채 귀를 기울였다.

구 년 만에 돌아온 조선에서 세자빈 부부를 기다리는 건 의심과 냉대였다. 예전엔 자애로웠던 아버지 인조는 돌아온 세자를 냉랭하게 대했다. 언제나 눈초리에 경계심을 담았고, 한마디 할라치면 '청나라에 있더니 되놈이 다 되었구나' 면박 주기 일쑤였다.

세자는 당혹스러웠다. 조정엔 '황제의 측근이 된 세자가 아비를 왕좌에서 몰아내려 한다'는 유언비어가 파다하게 퍼졌지만, 세자는 알지 못했다. 냉정한 아버지를 이해할 수 없었고, 원망스럽기만 했다.

세자는 귀국 두 달 만에 죽었다. 사인은 열병이었다. 갑작스러운 죽음은 다시 무성한 소문을 낳기에 충분했다. 왕좌를 지키는 데 혈안이 된 인조가 아들을 독살했다는 소문이 떠돌았다. 그렇지 않아도 흉흉한 왕실 분위기는 더욱 살벌해졌다.

그 와중에 희생양이 된 건 세자빈 강씨였다. 피붙이도 탐탁지 않았는데 피도 안 섞인 며느리 강씨는 더더욱 미덥지 못했다. 며느리가 청에서 큰 농장을 일구고 청나라 관료들과 인맥을 쌓은 것도 훗날 왕좌를 도모하기 위한 계책으로 보였다. 인조는 온갖 트집을 잡아 강씨를 구박했다. 결국엔 남편을 독살하고, 시아버지의 밥에 독을 풀었다며 억지를 놓았다.

강씨를 역적으로 몰기 위해 강씨의 하녀들을 모조리 고문했고, 그래도 원하는 증거가 나오지 않자 별별 사소한 꼬투리까지 다 뒤졌다. 그러다 강씨가 붉은 비단을 갖고 있었다는 게 밝혀졌다. 물론 강씨의 붉은 비단을 본 이는 아무도 없었다.

인조는 '적의(翟衣: 붉은 비단에 청학이 수 놓인 왕비 의상)를 만들 준비까지 해뒀으니 이게 역모가 아니고 뭐겠는가'라며, 억지를 부렸다. '아녀자가 옷감 산 걸 역모라 하는 건 지나치다'며 말렸지만, 임금은 강경했다. 결국 붉은 비단은 역모의 증거가 됐고, 강씨는 세자빈의 지위를 박탈당한 채 사약을 받았다.

"그 이야기를 전해 듣고 증조할머니는 며칠간 목놓아 우셨다 합니다."

종국이 탄식하듯 말했다.

"대체 그 붉은 비단엔 무슨 사연이 있었던 거요?"

궁금증을 참지 못했는지 연암이 끼어들었다.

"저주받은 물건이었다 합니다."

"저주라고?"

연암과 박명원이 동시에 물었다.

강씨를 죽음으로 몰고 간 붉은 비단 이야기는 향이 사는 성경까지 퍼졌다. 그 '유명한' 붉은 비단이 어느 가게 것인지 무수한 추측과 소문이 불거졌다. 확인해보니 비단은 성경에서 최고로 유명한 비단 가게 양씨네 집 물건이라고 했다.

몇 년 전 어느 부잣집 아가씨가 시집갈 때 옷을 지어 입으려고 양씨네 가게서 비단을 샀다. 하지만 혼례를 며칠 앞두고 아가씨는 신랑될 사내가 다른 여자와 바람 피우는 걸 목격했다. 분을 이기지 못한 그는 혼례 하루 전날 목을 매 자살했다. 다음 날에야 아가씨의 부모는 목이 몹시도 세게 졸리는 바람에 혀가 축 늘어지고, 눈이 툭 튀어나온 딸의 시신을 발견했다.

아가씨 부모는 쓸모없어진 비단을 양씨 가게로 물렸다. 양씨는 비단을 받아두고 고민하다 여기 얽힌 사연을 비밀로 하기로 했다. 찜찜한 이야기에 손님들이 비단을 사 가지 않을까 봐 걱정됐기 때문이다.

그다음 붉은 비단을 사 간 사람은 연경에 사는 어느 황족이었다. 화려한 연회복을 지으려고 비단을 사 갔던 그 황족 역시 비단을 사간지 얼마 지나지 않아 역모에 휘말려 일가족 모두 몰살당하고 말았다.

비단은 다시 양씨 가게로 돌아왔다. 두 번째 손님까지 비참한 최후를 맞고 나니 양씨는 혼례를 앞두고 스스로 목숨을 끊은 아가씨의 원혼이 비단에 스며든 게 아닐까 의심스러웠다. 하지만 괜한 소문이 나면 장사를 망칠까 봐 계속 입을 다물기로 했다.

양씨가 비밀로 했던 이 이야기가 어떻게 세간에 알려지게 됐는지는 향도 잘 모른다. 하지만 비단의 내막을 모두 듣고 향은 깊이 후회했다. 그때 비단을 버렸어야 했는데. 자신이 본 걸 모두 마마께 털어놨어야 했는데.

향은 속죄의 의미로 뒤늦게 강씨에게 바칠 버선을 만들었다. 버선을 짓는 내내 눈물이 마를 틈이 없었다. 원래는 중전마마께 바칠 선물이었지만, 억울하게 죽임을 당했으니 그 무덤에라도 꼭 바쳐야겠다고 마음먹었다. 향은 그때 강씨에게 잘못을 빌 생각이었다.

하지만 향은 뜻을 쉽게 이룰 수 없었다.

인조가 세상을 떠난 뒤 그의 둘째 아들 효종이 왕위에 올랐다. 왕자 시절에 형과 함께 청나라에서 볼모 생활을 했던 그는 형수인 강씨와도 잘 알고 지냈다. 그럼에도 차남으로 왕위에 올랐다는 열등감 때문인지, 역적으로 죽은 탓인지 효종은 신하들에게 강씨 이름은 입에도 올리지 못하게 했다. 강씨는 그 다음다음 임금 대에 이르러서야 오명을 벗고 신원을 회복하면서 '민회빈'이라는 이름을 얻게 됐다.

향은 죽음을 앞두고 아들 복수에게 자신이 만든 버선을 건네주며 유언을 남겼다. 마마와의 약속이니 나 대신 네가 꼭 마마 무덤에 버선을 바치라고. 네가 못 하면 네 아들에게, 그래도 안 되면 그 아들에게 전하라고.

그 유언대로 복수는 아들 홍식에게, 홍식은 다시 아들 종국에게 향이 만든 버선을 대물림했다. 그러나 강씨의 명예가 회복된 뒤에도 종국은 조선 사신들에게 바로 버선을 전할 수 없었다. 그 무렵, 한족 처녀를 아내로 맞은 종국이 아내 고향인 저장성으로 이주했기 때문이다. 처녀의 아버지는 종국의 아버지 홍식과 자주 거래하던 한족 도매상이었는데, 종국은 우연히 도매상과 함께 홍식의 가게에 들른 처녀를 보고 한눈에 반했다.

종국의 부모는 조선인이 아니라는 이유로 결혼을 맹렬히 반대했다. 하지만 결국 종국의 의지를 막을 순 없었다. 종국은 결혼 후 장인의 사업 근거지인 저장성에서 장사를 배웠다. 아들딸도 그곳에서 낳았다. 거의 육십 년 가까이 성경을 떠났다가 고향으로 돌아온 건 불과 몇 달 전이었다.

"그래서 이렇게 늦어지고 말았네요."

이야기를 마친 종국이 긴 한숨을 내쉬었다.

박명원이 종국이 건넨 버선을 물끄러미 바라보았다. 이 버선 한 켤레에 그렇게 많은 사연이 깃들어 있었을 줄이야.

“그런데 고향엔 왜 돌아오셨소?”

연암이 물었다. 종국이 잠깐 움찔하는 듯하더니 희미하게 웃었다.

“얼마 전부터 배에 딱딱한 게 만져지더군요.”

방안에 침묵이 흘렀다. 두 사람 모두 그게 무얼 의미하는지 잘 알았다. 종국이 말한 증세를 가진 사람들을 몇 명 알고 있었으니까. 그들 모두 얼마 못 가 세상을 떠났다.

“이 나이까지 살았으니 미련은 없습니다. 다만 죽기 전에 버선만은 꼭 전해야겠다고 생각했죠. 그래야 저승에서 조상님들 볼 면목이 서니까요.”

모든 걸 달관한 사람처럼 담담한 어조였다.

“돌아가실 때까지 마마를 죽였다는 죄책감에 시달리셨던 증조할미니께서도 이제는 편히 잠드실 수 있을 겁니다.”

“민회빈 마마가 돌아가신 건 증조할머니 탓이 아니네.”

박명원이 목소리에 힘을 주어 말했다.

“그분을 죽인 건 유언비어와 거짓 풍문이야.”

박명원은 사정을 모를 종국에게 조곤조곤 설명했다.

아들을 독살했다는 세간의 소문에 잔뜩 예민할 때, 인조의 귀에 또 다른 소문이 들렸다. 임금이 남편을 죽였다고 여긴 며느리가 이를 갈며 복수하려 한다는 것이다. 의심병 환자가 된 인조는 선수를 쳐 며느리를 죽음으로 내몰았다.

하지만 근거 없는 소문은 그 뒤에도 사그라지지 않았다. 사약을 받은 강씨가 죽기 직전 토한 피가 묻은 한삼을 제 아들들에게 내주며 복수를 당부했다는 소문까지 나돌았다. 몸이 단 인조는 친손주들까지 제주도로 유배 보냈고, 결국 왕자들은 풍토병에 걸려 어린 나이에 세상을 떠났다.

"뜬소문이 연약한 임금의 마음을 파고든 걸세. 세 치 혓바닥이 사람의 목숨을 앗아간 거라고. 그러니 나중에 증조할머니를 뵙게 되면 말씀해주시게. 당신 탓이 아니라고, 자책하지 마시라고."

종국은 한참 동안 말없이 고개를 숙이고 있었다. 연암과 박명원은 묵묵히 종국의 반응을 기다렸다.

"그렇게 말씀해주시니 얼마나 감사한지 모르겠습니다."

꽤 긴 시간이 흐른 뒤, 마침내 고개를 든 종국이 말했다. 세월로 주름진 그의 눈시울은 빨갛게 젖어 있었다.

종국이 떠나고 나서도 박명원은 한참 동안 자리를 뜨지 못했다. 이국땅에서 만난 낯선 노인의 방문은 그가 봉인해놨던 기억을 되살려놓았다. 오래전 죽은 정실부인 화평옹주와 그의 죽음을 둘러싼 무수한 뒷말들을.

옹주는 겨우 스물두 살에 첫 딸을 낳다가 난산으로 요절했다. 아내를 잃은 박명원은 망연자실했다. 전날까지만 해도 새 가족이 생기리라 기대하며 가슴 부풀었는데 아내와 아이가 한꺼번에 저세상으로 가고 나니 가슴이 무너져내리는 것 같았다.

하지만 그를 더욱 힘들게 했던 건 사람들 입방아였다. 옹주를 홀대했다더라, 측실을 끼고 도는 바람에 옹주가 임신 기간 내내 마음고생이 심했다더라, 그 때문에 옹주가 난산까지 가게 됐다더라, 그런데도 남편이란 작자는 출산 때도 나 몰라라 기방에서 술만 마셨다더라…….

박명원은 근거 없이 떠도는 소문들에 경악했다. 나중에 가만 보니 거짓 풍문을 키운 건 악의만은 아니었다. 분명 소문을 퍼뜨린 사람 중 몇은 임금이 끔찍이도 아꼈던 옹주와 결혼해 '금성위(錦城尉)'로 봉해진 자신에게 질투와 시기심을 품었을 것이다. 그러나 그보다 훨씬 더 많은 이들이 악의 없이 뜬소문에 가담했다. 심심풀이 소일거리로. 혹은 남들이 다 하니까 저도 따라서.

그 사실을 깨달은 박명원은 할 말을 잃어버렸다.

옹주를 총애한 임금은 신하들 만류에도 몸소 금쪽같은 딸의 빈소를 찾았다. 왕이 시집간 딸 빈소에 직접 온 건 대단히 이례적인 일이었다.

"제가 부덕한 탓입니다. 소신을 죽여주십시오."

황망한 박명원은 임금 앞에 넙죽 엎드렸다. 임금은 며칠 새 초췌해진 사위를 보고 땅이 꺼질 정도로 깊은 한숨을 내쉬었다.

"잘못을 빌 일이 아니네. 하늘이 그 아이에게 내린 명줄이 여기까지였던 게지.”

“하오나…….”

임금 역시 항간에 떠도는 소문을 들었을 게 틀림없었다. 그 사실을 의식한 박명원이 임금의 눈치를 살폈다.

“그대 됨됨이는 내가 잘 알지. 그래서 옹주와 맺어준 것이고.”

박명원의 속내를 짐작한 듯 임금이 말했다.

“세간의 뜬소문 따위는 믿지 않으니 걱정 말게. 그게 얼마나 허황된 건지는 누구보다 과인이 제일 잘 알고 있으니.”

박명원은 흠칫 놀라 용안을 올려다보았다. 임금의 얼굴은 괴로움과 회한으로 일그러져 있었다. 그러고 보면 임금 역시 거의 평생을 많은 소문에 시달렸다. 왕위에 오른 지 수십 년이 지났건만, 임금에게 붙은 '형을 죽인 살인자'라는 세간의 꼬리표는 아직도 완전히 떨어지지 않았다.

“과인은 사랑하는 딸을 잃었고, 그대는 사랑하는 아내를 잃었지. 또한 거짓 풍문이 우리를 이렇게 괴롭히고 있으니 참으로 동병상련이라 하겠구나.”

씁쓸하게 중얼거리는 임금은 순식간에 몇 년쯤 나이를 먹은 것처럼 보였다.

그게 벌써 30여 년 전이군.

박명원이 과거 일을 돌아보며 속으로 중얼거렸다. 세월이 쏜살같이 흐른다는 말이 새삼 실감 났다. 당시 임금은 이미 세상을 떠난 지 오래고, 혈기왕성한 이십 대 청년이었던 자신도 어느새 쉰 중반이 됐다. 그러나 그 당시 가시 돋친 말들로 받았던 충격과 아픔은 아직도 희미한 상처로 남아 있다. 시간이 지나면 아물지만, 완전히 사라지지는 않는 화상 자국처럼.

인간이란 세 치 혀로 얼마나 많은 죄를 짓고 사는지…….

가슴이 답답해진 박명원이 바람을 쐬려고 방문을 활짝 열어젖혔다.

안마당엔 새빨간 석류꽃 흐드러지게 피어 있었다. 눈이 시릴 정도로 채도가 선명한 선홍색 꽃잎. 붉은 비단을 연상시키는 그 꽃잎이 마치 사람들 피를 먹고 자란 것처럼 섬뜩하게 느껴졌다.

세자빈 강씨와 향이 새로 산 비단으로 이야기를 나눴던 그날.

달봉이 방문 앞에 숨을 죽인 채 안에서 새어 나오는 이야기에 귀 기울이고 있었다.

"어떤 거라도 좋네. 세자빈의 일거수일투족을 낱낱이 보고하게."

얼마 전 조선 사신을 따라 청에 온 자가 달봉에게 은밀히 은전 몇 푼을 찔러주며 그렇게 말했다.

눈빛이 험악한 사내는 사신의 수행원이었는데, 인상이 불길했다. 꿍꿍이가 있다고 달봉은 직감했다. 이런 돈은 필요 없다고, 달봉은 화를 버럭 냈다.

"그러면 이건 어떤가. 고국에 피붙이들을 두고 왔을 터인데 처자식 생사가 궁금하지 않나?"

그 말에 달봉은 귀가 번쩍 뜨였다. 세월이 꽤 흘렀건만 달봉은 가족들 얼굴이 여전히 하루에도 몇 번씩 생각났다. 그들이 어딘가에서 무사히 잘살고 있다는 확답을 듣는다면 시도 때도 없이 끓어오르는 그리움과 미안함도 조금은 가라앉을 것 같았다.

"정말이십니까? 정말 제 가족들 소식을 전해주실 수 있습니까?"

달봉이 남자를 물고 늘어졌다.

"정말이다 뿐인가. 혹시라도 큰 걸 물어오면 고국에 있는 가족들 곁으로 돌아갈 수 있도록 힘써 줌세."

달봉은 갈등했다. 강씨에겐 죄송스러웠지만, 어쩔 수 없다고 달봉은 자신을 합리화했다. 피는 물보다 진하다고 하지 않았던가.

"붉은색이 너무 강해 천박해 보이지 않나요?"

방안에서 향의 목소리가 흘러나왔다.

강씨가 뭐라고 대꾸하는 것 같았지만, 잘 들리지 않았다. 이제까지 대화 내용으로 미루어볼 때 아마도 강씨는 옷을 지어 입으려고 붉은 비단을 산 모양이었다.

그래, 이걸 전하자.

달봉은 발소리를 죽이며 세자빈 처소를 물러났다. 남자는 세자빈과 관련된 거라면 아무리 작은 거라도 좋으니 알리라고 했다. 붉은 비단을 샀다는 게 무슨 대수일까 싶어 달봉은 그걸 전하기로 했다. 이런 건 딱히 해가 될 것도 없어 보였다.

향이 물러간 뒤 강씨는 새로 산 비단을 가져와 찬찬히 만져보았다. 부드러운 감촉이 손끝에 전해졌다. 상록수를 연상시키는 짙은 녹색은 볼수록 기품 있고 우아한 것이 강씨 마음에 쏙 들었다. 문득 조금 전 향이 했던 말이 생각났다.

붉은색이 너무 강해 천박해 보이지 않나요?

향은 이렇게 고운 녹색을 보고 붉다고 했다. '그게 무슨 소리야?' 물어보려다 그만뒀다. 돌이켜 보니 전에도 향이 적색과 녹색을 혼동하는 일이 더러 있었다. 그래서인지 예전에도 향과 강씨는 같은 색깔을 두고 몇 번인가 달리 말하곤 했다. 세간엔 적녹 색상을 잘 구분하지 못하는 사람이 있다던데 아마도 향은 그런 사람 중 하나인 것 같았다.

딱하게도.

강씨는 속으로 혀를 차며 비단을 곱게 개켜 다시 제자리에 올려놓았다. 머잖아 저 비단으로 만든 고운 옷을 입고 조선의 궁궐을 거닐 제 모습을 생각하니 강씨는 혼례를 앞둔 어린 소녀처럼 가슴이 두근거렸다.

창밖엔 둥근 보름달이 휘영청 떠 있었다. 안마당엔 하얀 달빛이 포근하게 내려앉았다.

이제부터 저 달빛처럼 훤하게 빛날 자신의 앞날을 그려보며 강씨는 혼자서 빙그레 미소 지었다.

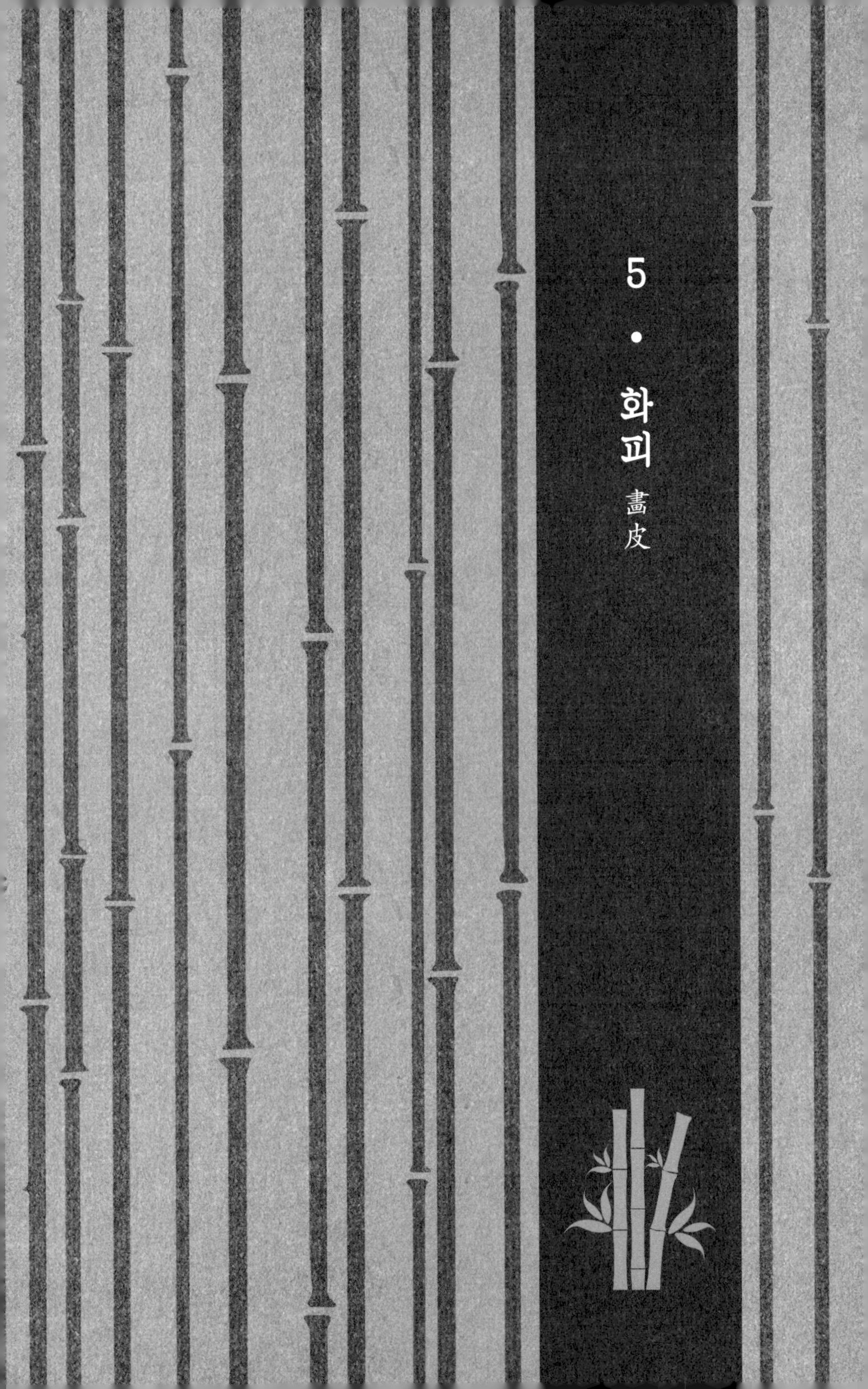

5 • 화피 畫皮

한낮의 성경 거리는 시끌벅적했다. 식당과 주점이 끝도 없이 늘어서 있고, 사람들이 요란하게 떠들며 식사를 했다.

식당은 외양이 조선과 조금 달랐다. 대개는 붉은 난간에 푸른색 격자무늬 창문이 달려 있었다. 갖가지 무늬가 그려진 기둥은 분칠한 벽과 대비돼 더 화려해 보였다.

가게 안 층층 선반엔 똑같은 모양의 놋쇠로 된 술통이 여러 개 진열돼 있는데, 술통마다 술 이름을 표시한 붉은 종이가 붙어 있었다. 기다란 탁자에 접이식 의자를 놓고 둘러앉은 사람들은 채소나 고기 볶은 요리를 두고 술병을 기울였다.

지필묵이나 잡화 같은 걸 파는 가게도 장사가 한창이었다. 선노미는 걸으면서 여러 번 귀를 후볐다. 아까 들었던 대포 터지는 것 같은 소리가 아직도 귓전에 웅웅 울렸다. 여기선 아침에 일어나 점포 문을 열 때 으레 종이 딱총에 불을 붙여 가게 문 여는 소리를 낸다고 했다.

선노미와 장복은 눈을 휘둥그렇게 뜨고 난생처음 보는 별천지를 구경했다. 여러 번 사행을 따라온 창대만 시큰둥해 보였다.

셋은 조반상을 물리고 곧장 성경 시내 구경을 나온 참이었다. 나리들이 역관을 데리고 출타한 터라 딱히 할 일이 없기도 했지만, 연암의 속 깊은 배려가 있었다. 심심할 하인들이 딱해 보였는지 연암이 창대에게 돈 몇 푼 쥐여주며 '이걸로 맛난 것도 사 먹고 시내 구경도 하거라' 하고 일렀다.

덕분에 하인들은 낯선 거리를 신나게 쏘다녔다. 말은 안 통했지만, 옆 탁자 손님들이 먹고 있는 걸 손으로 가리켜 계란 볶음밥을 주문해 먹고, 나무 아래 노점상에서 여섯 푼 주고 음료수도 한 사발 사서 나눠 마셨다. 예전에 역관 홍명복이 '양매차(楊梅茶)'라고 일러준 그 음료는 소귀나무 열매를 볶아 만든 것이라는데, 맛이 새콤달콤했다. 잘 먹고 난 일행은 부른 배도 꺼트릴 겸 시내 관광에 나섰다.

갑자기 어디서 튀어나왔는지 선노미보다 서너 살 어린 사내아이들 한 무리가 일행을 졸졸 따라왔다. 조선인을 봐서 신기한 모양이었다. 그건 선노미도 마찬가지였지만, 말이 통하지 않으니 서로 보고 웃기만 했다.

한 아이가 손에 든 열매를 반으로 쪼개 선노미에게 먹으라는 듯 내밀었다. 나리들이 그걸 가리켜 '빈랑(檳榔)'이라는 야자 열매라고 했던 것이 얼핏 기억났다.

선노미가 주춤주춤 과일을 받아 들었다. 친절한 아이들이구나 싶었는데 제일 대장 격으로 보이는 아이가 손을 내밀었다. 어리둥절해서 쳐다보던 셋은 아이가 하는 말을 듣고 인상을 찌푸렸다.

그 말은 이곳까지 오는 도중 줄곧 들었던 '청심환 주세요'였다. 조선 청심환이 효험이 좋다는 게 알려져 청나라 행인들은 조선 사신만 보면 그 말부터 입에 올렸다. 이미 다녀온 사신들은 곤욕을 치른 경험이 있어 박명원에게 가짜 청심환을 넉넉히 가져가라고 조언했다는 얘기도 들었다.

하인에게까지 청심환을 달라는 게 선노미는 어이가 없기도 하고 우습기도 했다.

"얘네는 우리가 하인인 거 모르나 봐."

장복도 똑같은 생각인 모양이었다.

"조선 옷차림을 잘 몰라서 그런 거 아닐까요?"

선노미가 대꾸했다. 양반과 하인 옷을 구분하지 못하면 신분을 착각하는 것도 이상하지 않다. 그런데 말을 뱉어놓고 보니 아이들 시선이 일제히 제게 쏠린 것 같은 느낌이 들었다. 반짝거리는 까만 눈동자들이 마치 선노미의 결정을 기다리는 것처럼 보였다.

별안간 창대가 와하하, 웃음을 터뜨렸다.

"선노미가 양반집 도련님인 줄 착각한 거야."

"네?"

선노미가 화들짝 놀랐다. 창대가 말을 이었다.

"장복이랑 나는 도련님 모시고 구경 나온 하인인 줄 알고."

"네?"

이번엔 장복이 어이없다는 듯 되물었다. 방금 선노미가 말한 '네?'와 달리 장복의 '네?'는 조금 기분 상한 어투였다.

"형이 그걸 어떻게 알아요?"

"청에 여러 번 오다 보니 단어 몇 개씩은 알아듣거든."

아닌 게 아니라 아이들 표정을 보니 그들은 셋 중 선노미가 제일 윗사람이라 생각하는 눈치였다.

"뭐야. 기분 나빠."

장복이 투덜거렸다.

"선노미가 얼굴이 하얗고 곱상하게 생겨서 귀한 분이라 착각한 거지."

창대는 '너나 나는 밭에서 캔 감자처럼 울퉁불퉁하고'라는 말은 굳이 덧붙이지 않았다.

"쳇, 생긴 것 갖고 이러면 너무 억울하잖아. 양반집 도련님 소리 듣는 선노미야 좋겠지만."

장복이 볼멘소리를 했다. 선노미는 무안해서 목을 살짝 움츠렸다. 예쁘장한 얼굴로 태어난 게 제 책임은 아니지만, 어쩐지 잘못을 저지른 기분이었다.

"어쩌겠냐. 다들 사람 얼굴 보고 판단하는데. 그건 조선이나 여기나 마찬가지네."

창대는 장복과 달리 무덤덤한 말투였다.

꼬마들은 분위기를 보니 청심환 받기는 글렀다고 생각했는지 침을 퉤 뱉고는 이내 사라졌다.

"선노미 도련님, 아까 걔들한테 받은 과일이나 내놔봐. 맛이나 한번 보게."

장복이 비꼬듯이 일부러 도련님 호칭을 붙여 불렀다.

셋이서 빈랑을 쪼개 한 입씩 베어 물었다. 물이 많은 과일에서 과즙이 줄줄 새어 나왔다. 선노미는 과일 맛이 어쩐지 시큼하게 느껴졌다.

그날 밤, 역관 홍명복이 몰래 하인들 처소를 찾아왔다.

"연암 나리께서 너를 찾으신다."

다른 하인들이 깰까 봐 그는 소리를 낮추고 선노미에게 조용히 속삭였다.

"나리께서요? 왜요?"

"밤마실을 나가시겠다는구나."

졸린 눈을 비비던 선노미는 잠이 확 달아났다. 황제가 사는 연경과 마찬가지로 이곳 성경에서도 조선 사신의 바깥출입은 반기지 않는 분위기였다. 대낮에도 갈 수 있는 곳이 엄격하게 제한돼 있었다. 명목상 안전을 위해서라지만 그건 핑계고, 조선 사신들이 청국에 불리한 정보를 수집할까 봐 사전에 차단하는 조치라고 나리들이 수군거렸던 기억이 난다. 그런데 하물며 밤마실이라니.

"그러게나 말이다."

아무 말도 하지 않았는데, 홍명복은 선노미의 속마음을 읽은 것처럼 작게 한숨을 내쉬었다.

"여기까지 왔는데 밤에 잠만 쿨쿨 자면 낭비도 그런 낭비가 없다며 어찌나 채근하시던지. 여차하면 내 도움이 필요할 거라면서 나한테도 같이 가자고 하시더구나."

홍명복은 그렇게 말해놓고 선노미를 빤히 쳐다보았다. 역관인 자신이 필요한 건 알겠는데 왜 굳이 하인까지 데려가나? 그런 눈빛이었다.

선노미가 자리를 털고 일어났다. 연암 말대로 이런 기회를 놓치는 건 바보짓이다. 앞으로 두번 다시 청나라에 올 일도 없을 텐데.

준비를 마친 선노미는 다른 이들이 깨지 않도록 조심조심 밖으로 나왔다.

밤에 본 성경의 풍경은 낮과는 사뭇 분위기가 달랐다.

번화가 거리 양쪽에 늘어선 점포는 이미 모두 문을 닫았고, 문밖에는 청색, 홍색, 주황색 등 색색의 등이 불을 밝혔다. 양의 뿔을 고아서 만든 투명하고 얇은 막을 씌운 등으로, '양각등(羊角燈)'이라 불린다고 홍명복이 설명해주었다.

"사실 양각등 불이 켜진 건 저도 처음 봅니다. 한밤중에 여길 돌아다닌 적이 없어서요."

홍명복이 살짝 감탄한 목소리로 말했다.

"그것 보시오. 함께 나오길 잘했지."

연암의 말에 홍명복은 긍정도 부정도 아닌 애매한 말투로 그저 '……네에' 했다. 그러다 문득 생각이 난 것처럼 물었다.

"보아하니 나리께선 목적지가 있으신 것 같습니다."

"예속재(藝粟齋)에 가는 길이오."

"예속재라고요?"

홍명복은 눈썹을 치켜떴다.

"거긴 오늘 낮에 다들 함께 갔던 골동품 가게가 아닙니까?"

연암이 능청스런 미소를 지었다.

"다들 골동품 보느라 정신이 팔려 있을 때 거기 모여 있던 서생들과 슬쩍 필담을 나눴다오. 오늘 밤 삼경(새벽 한 시 무렵)에 여기 올 테니 기다리고 있으라고."

"네에?"

홍명복이 눈을 동그랗게 떴다. 그러고 보니 예속재에서 청나라 서생 몇이 호기심 어린 눈으로 조선 사신 일행을 힐끔힐끔 쳐다보던 게 기억났다. 그들도 낯선 외국 관리가 신기했을 것이다.

그 짧은 시간에 필담은 또 언제 나눴담.

홍명복은 한 발짝 앞서 건들건들 걷는 연암을 새삼스럽게 바라보았다. 압록강을 건널 때 배에서도 느꼈지만, 저 나리는 괴짜도 이만저만한 괴짜가 아니었다.

연암이 예속재 문을 열자, 가게 안에 있던 서생 넷이 일제히 일어났다.

스물을 갓 넘긴 나이대로, 모두 이목구비가 단정하고 의복을 깨끗이 갖춰 입었다. 연암 일행을 기다리고 있었는지 미리 새하얀 종이를 탁자에 펼치고 지필묵까지 갈아놓은 상태였다. 필담으로 대화를 나눌 모양이었다.

"자네들은 내가 부를 때까지 물건 구경이라도 하시게."

연암이 상기된 얼굴로 자리에 앉으며 둘에게 말했다.

홍명복이 가게 주인에게 뭐라고 하자, 주인은 그들을 진열대로 데려가 물건을 보여주기 시작했다.

호리병, 술잔, 솥, 술동이가 빼곡하게 늘어서 있었다. 크고, 작고, 모나고, 둥글어서 모양이 제각각인데, 조각과 광택, 색이 제법 고아한 정취를 띠고 있었다.

"우와아!"

선노미는 처음 보는 화려한 물건에 넋이 빼앗겼다. 그중에서도 특히 시선을 사로잡은 건 술동이 모양 화로였다. 창날 귀가 달리고 석류 모양 발을 단 화로는 은은한 구릿빛이 감돌았다. 삼개주막에서 청어를 굽던 석쇠 화로가 갑자기 떠올랐다.

여자들 장신구도 많았다. 옥을 섬세하게 깎아 만들고 그 위에 칠보구슬로 자잘하게 장식한 비녀, 금세공에 화려한 나비와 꽃 모양 보석을 장식한 장신구…….

복이가 보면 좋아할 텐데.

한창 꾸미는 데 관심이 많은 여동생 복이 생각이 났다. 복이 생각은 옥이에게로, 다시 복이 동무인 이웃집 덕이와 만득이에게로, 마지막엔 어머니 주모 김씨에게로 꼬리에 꼬리를 물고 이어졌다.

오랜만에 집 생각을 하니 가슴이 휑해졌다. 돌아가기 전까지 되도록 생각하지 않으려 했는데.

"얘야, 뭘 그리 골똘히 생각하니?"

홍명복이 선노미 어깨를 흔들었다.

"나리께서 우릴 부르신다. 하실 말씀이 있는 것 같구나."

돌아보니 연암이 오라는 듯 손짓하고 있었다.

"여기 계신 분들은 푸요우찌, 장한칭, 첸스찌아라고 한다."

홍명복과 선노미가 다가가자 연암이 마주 앉은 서생들을 하나씩 소개했다. 제 이름이 불리자 서생들은 하나씩 고개를 숙였다.

"그리고 이분은."

연암이 눈썹이 짙고 얼굴이 하얀 미청년을 가리키며 말했다.

"안쉐량이라는 분이시다. 우리한테 기이한 이야기를 들려준다고 하시는구나."

"기이한 이야기요?"

선노미와 홍명복이 동시에 물었다.

연암이 사정을 간략하게 설명했다. 필담으로 자국의 제도와 학문에 대해 이야기를 나누다 잠시 한숨 돌리는 사이, 한 서생이 선노미를 가리키며 '저 예쁘장한 소년은 누구냐'고 물었다. 연암은 '하인인데, 기억력이 비상해 조선과 청나라를 오가며 기이한 이야기를 수집하는 데 도움을 주고 있다'고 대답했다. 그걸 계기로 화제는 청나라 기담으로 흘렀고, 장한칭이 청나라 기담집 '요재지이(聊齋志異)' 중 한 편인 '화피(畵皮)' 이야기를 연암에게 소개해줬다.

왕씨 성을 지닌 서생이 미인을 만나 사랑에 빠졌는데, 알고 보니 그 미인의 정체는 미인 얼굴 가죽을 쓴 요괴였다는 내용이었다. 이야기 속 요괴는 사람 얼굴이 그려진 가죽을 쓰고 때로는 노파가 되기도 하고, 때로는 도사가 되기도 하며 사람을 현혹한다고 했다.

그러자 안쉐량이 '내 할아버지도 그 비슷한 일을 겪었다'며 끼어들었다. 푸요우찌가 '말도 안 되는 소리'라고 콧방귀를 끼었지만, 장한칭은 '어디 한번 들어보자'며 호기심을 드러냈다. 연암이 이런 기회를 놓칠 리 없었다.

이야기가 길어질 것 같은 데다, 선노미도 들어야 하니 홍명복에게 통역을 시키는 게 좋겠다 싶었다. 오랫동안 필담을 나누다 보니 팔도 저릿했다. 그래서 불렀노라고 연암은 단숨에 설명했다.

"한번 들은 건 다 기억한다고?"

홍명복이 선노미를 찬찬히 뜯어보았다. '그래서 연암 나리가 너를 부르셨구나' 납득한 표정이었다.

"자, 이젠 들을 준비가 됐으니 이야기를 시작하라고 하시게."

연암이 홍명복을 재촉했다.

"사실 할아버지는 상상력이 풍부하신 분이라 이야기를 잘 만들어내십니다. 어린 손자한테 들려주려고 적당히 꾸며내신 걸 수도 있지요."

갑자기 청중이 늘어나 당황스러웠는지 안쉐량이 망설이는 것 같았다.

"하지만 전 그분이 하신 말씀이 진짜라고 믿습니다."

"왜 그렇소?"

홍명복의 통역을 거친 연암의 질문에 안쉐량이 '그건 들어보면 아시게 될 겁니다'라고 대답했다.

"이야기엔 순서라는 게 있으니까요."

"지금 세상에 요괴라니. 이런 자리서 꼭 이런 허황한 얘기를 해야 하나."

푸요우찌는 여전히 회의적인 표정이었다.

"하여튼 자네는 의심이 많아. 학문하는 자로선 좋은 태도지만, 세상엔 믿기 힘든 일들도 많이 일어난다고."

첸스찌아가 푸요우찌에게 한마디 한 뒤 안쉐량을 바라보았다.

"조선서 오신 분들이 기다리지 않나. 어서 시작하게."

통역을 통해 서생들의 실랑이를 전해 듣자 연암도 고개를 크게 끄덕였다. 선노미도 바짝 긴장해 귀를 기울였다. 홍명복은 한마디도 놓치지 않겠다는 듯 안쉐량의 입을 빤히 쳐다보았다.

안쉐량은 더는 지체할 수 없다고 생각했는지 마침내 목소리를 가다듬고 이야기를 시작했다.

안쉐량의 할아버지 안핑은 제법 이름난 초상화 화가였다.

하던 일을 그만두고 화가로 살겠다고 하자 가족들이 생계를 걱정해 말렸다. 하지만 안핑은 포기하지 않았다. 실력에 자신이 있었기 때문이다. 이름이 알려지기까지 처음 몇 년은 힘들었지만, 차차 시간이 지나면서 그림을 의뢰하는 사람이 늘어났다. 인근 지역뿐 아니라 먼 지방에서도 어찌어찌 소문을 듣고 찾아왔다. 그럴 때마다 안핑은 재능을 믿고 꿈을 포기하지 않길 잘했다고 뿌듯해했다.

어느 날, 밤이 꽤 깊어갈 무렵 한 젊은 여자가 화실을 찾아왔다. 이런 야심한 시각에 손님이 오는 건 예사롭지 않은 일이었다. 그런데 예사롭지 않은 게 또 하나 있었다. 여자가 견줄 데 없이 빼어난 미인이라는 거였다.

잡티 하나 없이 백옥 같은 피부는 자르르 윤기가 흐르고 반짝반짝 빛이 나는 것 같았다. 그린 듯 고운 새카만 눈썹과 허리춤까지 내려오는 칠흑 같은 긴 머리가 새하얀 피부와 또렷한 대조를 이뤘다. 커다란 두 눈은 별빛을 머금은 것처럼 초롱초롱 빛나고 오뚝 솟은 코 밑에 얌전히 자리 잡은 입술은 앵두처럼 붉고 도톰했다.

"초상화 한 점 부탁하러 왔습니다."

여자가 나긋한 목소리로 말했다.

안핑은 여자가 화실에 들어올 때부터 눈을 뗄 수가 없었다. 그야말로 그림 속에서 걸어 나온 것 같은 미인이었다. 이토록 아름다운 여자라면, 돈을 받고 그리는 게 아니라 돈을 주고서라도 그려보고 싶었다.

"가능하신가요?"

"그, 그럼요. 이렇게 아름다운 분이라면 마다할 리 없지요."

안핑은 여자의 미모에 넋이 나가 저도 모르게 말을 더듬었다.

"낭자 이름은 어떻게 되는지요?"

안핑이 묻자 여자는 묘한 미소를 지었다.

"우옌(無顔)이라고 합니다."

우옌이라……. 안핑은 고개를 갸우뚱했다. 저런 미녀가 왜 '얼굴이 없다'는 뜻의 이름을 갖게 되었을까.

"혹시 지금 당장 그림을 그려줄 수 있나요?"

우옌이 안핑을 물끄러미 쳐다보며 물었다. 새카만 두 눈이 흑진주 같았다. 안핑은 가슴이 두근거려 침을 꿀꺽 삼켰다.

"거기 편히 앉아 계시면 바로 그려 드리겠습니다."

초상화는 얼굴이 특징 없이 밋밋할 때가 제일 그리기 어렵다. 하지만 우옌의 얼굴은 화폭에 옮기기만 해도 그대로 걸작이 될 것 같았다. 관건은 저 미모를 어떻게 종이 위에 재현하느냐다.

곧장 작업을 시작하기 위해 먹을 갈려 할 때였다.

"여기선 어쩐지 마음이 편하지 않네요. 제 집으로 가서 그려주시는 건 어때요?"

뜻밖의 말에 안핑은 깜짝 놀랐다. 이런 한밤중에 자기 집까지 같이 가자고? 우옌네 가족은 여인이 외간 남자를 데려와도 신경 쓰지 않는걸까?

안핑은 새삼 여자를 찬찬히 뜯어보았다. 그래, 어쩌면 우옌은 기녀일지도 모르겠다. 저렇게 눈에 띄는 외모도 그렇고, 한밤중에 여자 혼자 몸으로 남자 화실에 거리낌 없이 찾아온 것도 그렇고.

머릿속을 오가는 생각들로 멍하게 서 있자, 우옌이 눈을 내리깔며 한숨을 폭 내쉬었다.

"어려우신가요……."

안핑은 우옌이 실망스러운 표정을 짓자 안절부절못했다. 이런 아름다운 여인이 슬퍼하는 모습을 보는 건 괴로운 일이었다. 절세미녀 포사의 웃는 모습을 보기 위해 거짓 봉화를 올리다 나라를 멸망케 한 주나라 유왕의 심정이 절로 이해가 됐다.

"아닙니다. 가지요. 가겠습니다. 낭자 댁이 어딘지요?"

우옌이 그제야 환하게 웃었다. 그 모습이 너무도 눈부셔 안핑은 잠시 넋을 놓았다.

"저 산 중턱에 있답니다. 지름길을 알고 있으니 저와 같이 가시면 금방 도착할 수 있을 거예요."

산 중턱이라고? 그러면 우옌은 이 밤에 혼자서 산을 넘어 여기까지 왔다는 얘기였다. 게다가 이렇게 급하게 초상화를 그려야 할 이유가 대체 뭐지? 머리 한구석에서 새로운 의심이 새록새록 피어올랐다.

"선생님, 부탁드려요, 네?"

안핑의 망설임을 알아채기라도 한 듯 우옌이 간절한 눈망울로 쳐다보았다. 이미 여자의 미모에 홀린 안핑은 이것저것 따질 생각이 들지 않았다.

"그러시죠. 갑시다."

우옌이 온갖 꽃이 일제히 피어날 때처럼 환한 미소를 지었다.

"감사합니다, 선생님! 사례는 섭섭지 않게 해드릴게요."

안핑이 서둘러 종이며, 붓이며 화구를 챙기려 했다. 우옌이 그의 손을 잡고 말렸다.

"화구는 제 집에 다 있어요. 아마도 선생님 물건보다 훨씬 좋을 거예요."

"하지만……."

익숙한 도구로 그려야 그림이 더 잘 나온다고 말하려다 안핑은 입을 다물었다. 도구 따위에 연연하면 우옌이 제 실력을 미덥지 않아 할지도 몰랐다. 서툰 목수가 연장 탓을 한다고 하지 않던가.

안핑은 결국 화구는 그냥 두고 대신 마침 눈에 띈 단도를 품에 챙겼다. 작지만 쓰임새가 많아 가까이 두고 자주 사용하는 칼이었다. 밤에 산길을 가다 행여 도적이라도 만나면 필요할지도 몰랐다.

"호신용 칼인가요? 아이, 든든해라."

우옌이 안핑을 보며 피식 웃었다. 어쩐지 비아냥거리는 걸로 들렸지만, 안핑은 무심히 흘려들었다.

둘은 캄캄한 산길을 올랐다. 사방은 이미 칠흑 같은 새까만 어둠으로 둘러싸였다. 희미하게 빛나는 달빛이 아니었다면 제 발밑도 구분하기 어려울 정도였다. 밤이슬이 내려앉은 탓인지 발에 밟히는 나뭇

잎은 축축하게 젖어 있었다.

우우우우.

어디선가 산짐승 울음소리가 들렸다.

뚜둑.

이따금 땅에 떨어진 나뭇가지를 밟을 때도 있었다.

짐승 우짖는 소리나 나뭇가지 부러지는 소리가 고요한 정적을 깰 때마다 안핑은 소스라치게 놀랐다.

반면에 우옌은 가는 내내 태연하기만 했다. 발걸음도 빨라 한두 번 산을 타본 솜씨가 아닌 것 같았다. 꽤 오랫동안 오르막길을 걸었는데 호흡도 가지런했다. 멀리서 들리는 짐승 소리도 전혀 신경 쓰이는 기색이 아니었다.

"보기보다 담이 크시구려. 낭자는 밤길이 무섭지 않소?"

안핑이 물었다.

"무섭다니, 왜요?"

우옌이 이상한 질문이라는 듯 되물었다.

"왜라니……. 산짐승이 나타날 수도 있고, 못된 자가 덤벼들 수도 있고……."

"눈에 보이는 건 무섭지 않아요. 진짜 무서운 건 눈에 보이지 않는 것들이죠."

무슨 뜻인지 더 물어보려다 그만두었다. 거침없는 우옌을 따라가느라 숨이 턱 끝까지 차오르는 바람에 물을 틈도 없었다.

한참을 올라가니 과연 산 중턱에 집 한 채가 나타났다. 크지도, 작지도 않은 아담한 집이었다. 외관이 수수한 데다 숲으로 둘러싸여 지나는 사람들 눈에도 잘 띌 것 같지 않았다. 이렇게 호젓한 곳에 용케도 집을 지었구나 싶어 안핑은 감탄하며 둘러보았다.

키 큰 나무들이 희미하게 빛나는 달빛마저 가렸는지 집 안은 암흑 그 자체였다. 드문드문 들리던 산새 우짖는 소리도 뚝 끊겼다. 깊은 밤중이긴 했지만, 인기척 하나 느껴지지 않았다.

설마 이런 산속에 여자 혼자 사는 건 아니겠지?

안핑은 새삼스럽게 우옌을 돌아보았다.

"먼 길 오느라 피곤하실 텐데 어서 안으로 드시지요. 그림은 여기서 그리시면 돼요."

우옌이 입가에 희미한 미소를 띠고 말했다. 안핑은 시키는 대로 안으로 들어갔다. 실내도 칠흑같이 어두워 뭐가 뭔지 하나도 보이지 않았다.

"불 좀 켜줄 수 있겠소?"

우옌이 초에 불을 붙이는 소리가 들렸다.

화르르.

불꽃이 일더니 일렁이는 촛불에 방안이 한순간 환해졌다. 이제까지 암흑 속에 있던 방안 풍경이 하나씩 눈에 들어왔다.

제일 시선을 끄는 건 벽에 걸린 가죽들이었다. 수백여 장의 가죽이 벽 하나를 다 메울 정도로 빽빽하게 걸려 있었다. 무슨 동물의 가죽인지는 모르겠지만, 딱 사람의 피부 두께 정도로 얄팍한데 색상이 각양각색이었다. 핏기없이 창백한 하얀색부터 조금 거무스름한 색, 불그스름한 색, 햇볕에 잘 그을린 구릿빛……. 가죽의 색상도 하나같이 사람의 피부를 연상시켜 안핑은 머리끝이 쭈뼛 섰다.

자세히 보니 가죽엔 사람 얼굴도 그려져 있었다. 늙은이, 젊은이, 어린아이, 남자, 여자, 고관대작처럼 보이는 사람부터 수더분한 옆집 아낙까지. 나이, 성별, 계층을 막론하고 온갖 종류의 사람들 얼굴을 다 그린 것 같았다. 간혹 아직 아무것도 그려지지 않은 가죽도 눈에 띄었다. 그것들은 마치 화가의 손길을 기다리는 하얀 화선지 같았다.

"이, 이, 이건……."

안핑이 갑자기 식은땀을 흘리는데, 등 뒤에서 빈정거리는 목소리가 들렸다.

"역시나 인간은 바보야. 눈에 보이는 것만 믿지."

안핑이 깜짝 놀라 돌아보았다.

우옌이 비웃기라도 하듯 입꼬리를 샐쭉 위로 올리더니 별안간 제 얼굴을 손으로 감싸쥐었다.

스르르.

가면이 벗겨지듯 얼굴 가죽이 벗겨졌다. 안핑이 기겁해 입을 딱 벌린 사이, 벗겨진 가죽이 방바닥에 털썩 떨어졌다.

가죽이 떨어져 나간 우옌의 얼굴은 그저 뭉개진 살덩어리로만 보였다. 얼굴 전체가 짓이겨 있어 눈코입 분간이 안 될 정도였다. 눈구

멍이 있어야 할 곳은 움푹 패어 있었는데, 그 안에 붉게 충혈된 눈알이 희번덕거리는 게 보였다.

실룩실룩.

살덩이가 안핑에게 말이라도 거는 것처럼 움찔거렸다. 그러자 입처럼 가로로 찢어진 부위가 벌어지면서 그 안에서 짐승처럼 날카로운 이빨과 탐욕스러워 보이는 붉은 혀가 언뜻 드러났다.

"왜 그러지? 나한테 홀려 정신 못 차리더니."

징그러운 살덩어리가 말했다. 낭랑한 목소리만큼은 우옌과 똑같았다.

흐느적거리며 살덩어리가 안핑에게 서서히 다가왔다. 가만 보니 온몸에서 끈적끈적한 진물이 흘러내리고 있었다. 우옌의 날씬한 몸매와 섬세한 팔다리는 흔적도 없었다.

바닥에 쏟아져 내릴 것 같은 살덩어리가 움직일 때마다 지독한 악취가 느껴졌다. 도축장의 동물 내장 냄새, 한여름에 생선 썩는 냄새처럼 견디기 어려운 비린내였다.

"얼굴 가죽 하나 벗었을 뿐인데 반응이 천지차이네."

여전히 우옌의 달콤한 목소리로 살덩어리가 말했다.

"너, 너, 너는 정체가 뭐야!"

안핑이 간신히 목소리를 냈다. 공포에 이가 덜덜 떨리고 있었다.

"우옌이라고 했잖아. 이름 그대로 나는 얼굴이 없어. 대신 수십, 수백 개의 얼굴을 갈아낄 수 있지."

"설마……."

안핑은 정신이 번쩍 들었다. 이 살덩어리의 정체는 화피다. 얼굴을 자유자재로 바꿔 끼워 사람을 현혹한다는 요괴. 화피가 실제로 존재한다니, 보고도 믿기지 않았다. 그렇다면 그토록 아름다웠던 우옌은 절세미녀의 얼굴 가죽을 덮어쓴 요괴에 지나지 않았단 말인가.

화피가 안핑의 얼굴과 닿을 듯이 바싹 다가왔다.

코를 찌르는 역한 냄새 때문에 안핑은 숨도 제대로 쉴 수 없었다. 어떻게든 이 무섭고 징그러운 요괴에게서 벗어나야 했다. 문득 품에 단도가 있다는 게 생각났다. 안핑은 망설임 없이 칼을 뽑아 화피의 몸 한가운데 칼을 꽂았다.

주르륵.

칼이 꽂힌 부위의 살덩어리가 아래로 흘러내렸다. 끈적끈적한 밀가루 반죽 덩어리를 칼로 찌른 느낌이었다. 놀랍게도 화피는 뭉개진 살점이 조금 아래로 처지는 게 고작이었다.

깔깔깔.

화피가 우옌의 목소리로 웃기 시작했다. 젊은 여자의 낭랑한 웃음소리와 흉측한 요괴의 모습이 대조적이라 안핑은 온몸에 소름이 돋았다.

"고작 그런 걸로 나를 죽이려고?"

화피는 제 몸에 박힌 단도를 빼내 바닥에 툭 내던졌다.

안핑은 다리가 후들후들 떨렸다. 힘이 빠져 금방이라도 바닥에 털썩 주저앉고 말 것 같았다.

"나, 날 여기에 왜 데려온 거야?"

겨우 목소리를 쥐어짜내 물었다. 화피가 흐느적대며 몸을 돌렸다.

"사람 얼굴을 그려줄 화가가 필요하니까."

"화가……?"

안핑이 시선을 들어 벽에 걸린 가죽을 쳐다보았다. 저 가죽 위에 그림을 그린 것도 다 화가들인가. 그들도 나처럼 잡혀 왔을까.

"사람 얼굴 그림으로 뭘 하려고?"

그렇게 물었다가 곧바로 바보 같은 질문이라는 걸 깨달았다. 아마도 화피는 그걸로 사람들을 현혹하겠지. 자신한테 그랬던 것처럼.

안핑은 혼란스러운 와중에도 머리를 쥐어짰다. 어떻게 해야 이곳에서 벗어날 수 있을까. 예전에 들었던 옛날이야기를 떠올려보았다. 이야기 속에선 도사가 주술로 화피를 퇴치해줬다. 아, 하지만 이런 첩첩산중에서 어떻게 도사를 찾는단 말인가.

"도사 따위는 아무런 도움이 안 돼. 사람들이 마음의 위안을 얻자고 지어낸 것뿐이야."

안핑의 속마음을 읽은 것처럼 화피가 말했다.

"당장이라도 널 죽일 수 있지만, 그러기엔 실력이 너무 아까워. 실력 있는 화가를 찾는 게 생각보다 쉽지 않거든."

화피가 우옌의 얼굴 가죽을 바닥에서 집어 들어 뭉개진 살덩어리 위에 올려놓았다. 마치 종이가 물을 흡수하듯이 가죽은 살덩어리 위에 착 달라붙었다. 순식간에 화피는 황홀한 미인의 얼굴로 돌아왔다. 끈적한 진물이 흘러내리던 몸도 우옌의 고운 얼굴과 어울리는 아름다운 형체로 변했다. 옷 소매 사이로 슬쩍 드러난 가냘픈 손목은 백옥같이 하얗고 대리석처럼 매끄러워 보였다.

"그러니 시간을 주겠다. 그동안 잘 생각해봐. 여기서 그림을 그릴지, 이 산속에서 쥐도 새도 모르게 죽을지."

우옌은 눈부신 미소를 짓더니 안핑을 남겨두고 나가버렸다.

동녘 하늘에 서서히 해가 떠오르기 시작했다. 어두컴컴한 실내에도 조금씩 햇빛이 들어왔다.

어둠이 가셔도 음산한 분위기는 사라지지 않았다. 사람의 온기 없는 집은 살풍경했고, 벽에 걸린 가죽들은 햇빛 아래 더 으스스해 보였다.

안핑은 그때까지도 오들오들 떨고 있었다. 화피의 뭉개진 살덩어리와 끈적끈적한 진물이 흐르는 몸을 언제 다시 맞닥뜨릴지 모른다 생각하니 몸이 절로 오그라들었다. 화피는 간밤에 우옌의 얼굴을 쓰고 나간 뒤 여태 돌아오지 않았다.

안핑은 간신히 용기를 내 조심조심 밖으로 나가봤다. 집엔 아무도 없는 것 같았다.

떨리는 마음을 간신히 진정시키고 작은방, 부엌, 뒷간까지 모조리 살펴봤다. 예상대로 이 집엔 자신뿐이었다.

안핑은 이해할 수가 없었다. 아무도 지키지 않는다니.

혹시 요괴는 낮 동안엔 힘을 못 쓰는 걸까? 문득 그런 생각이 머리를 스쳤다. 옛날이야기 속에도 귀신은 새벽닭이 울면 사라지곤 했으니까. 어쩌면 화피는 날이 새도 도망칠 생각을 못 하도록 간밤에 잔뜩 겁을 줬는지도 몰랐다.

그렇다면 지금이 다시 없을 기회다. 화피가 없는 틈을 타 도망쳐야 한다. 안핑은 뒤도 돌아보지 않고 달아나기 시작했다.

산길은 유난히 음습했다. 워낙 으슥하고 외져서 낮에도 좀처럼 사람이 지나다니지 않을 것 같았다. 인적이 끊긴 고요한 산속에서 다다다닥 뛰어가는 안핑의 발소리만 울려 퍼졌다.

한참을 뛰다 보니 숨이 턱 밑까지 차올랐다. 이마엔 땀이 흥건히 배어났다. 안핑은 걸음을 늦추고 가쁜 숨을 몰아쉬었다. 화피의 소굴에선 꽤 멀리 도망 온 것 같았다. 설령 자신이 사라진 걸 발견했다 하더라도 쫓아오기 힘들 만큼 멀리.

저 아래 맞은편에서 노파 하나가 느릿느릿 산을 올라오는 게 보였다. 여윈 노파는 제 몸집만큼이나 무거운 봇짐을 들고 있었는데, 그렇지 않아도 무거운 발걸음이 자꾸만 느려지는 것 같았다. 노파는 짐이 힘에 부치는지 몇 걸음 걷다 멈춰서서 허리를 두들기고, 몇 걸음 걷다 다시 멈춰 어깨를 주물렀다.

"할머니, 이런 곳에 계시면 안 돼요."

안핑이 노파에게 다가가 부축했다.

"이 산속은 위험해요. 요괴가 산다고요. 그러니 같이 산을 내려가십시다."

"요괴라고?"

노파가 얼빠진 얼굴로 중얼거렸다. 말할 때 보니 성한 이빨도 몇 개 남지 않았다. 그 탓에 두 뺨이 홀쭉했다.

"그렇다니까요! 여기서 지체할 시간이 없어요."

노파는 움직일 기미 없이 눈만 끔뻑거렸다. 다급해진 안핑이 노파를 재촉했다.

"내려가면서 설명해 드릴게요. 짐은 제가 들 테니 어서 따라오세요."

"이렇게 고마울 데가 있나."

노파가 웅얼웅얼 말했다.

안핑이 노파의 짐보따리를 들어 올렸다. 무거워 보였는데, 의외로 보따리는 허탈하리만치 가벼웠다. 안에 공기만 들어있는 것 같았다. 안핑은 고개를 갸웃했다. 이상하다고 생각한 순간 비릿한 냄새가 코를 찔렀다. 생선이 썩는 냄새, 고깃덩어리가 부패하면서 나는 역한 냄새. 안핑은 두려움에 떨며 천천히 노파에게로 고개를 돌렸다.

"그렇게 쉽게 도망갈 수 있을 줄 알았어?"

낮고 음침한 목소리. 이빨 빠진 노파의 웅얼거림이 아니었다. 합죽한 노파의 입 안에서 짐승처럼 뾰족한 이빨과 탐욕스러운 붉은 혀가 언뜻 내비쳤다.

저, 저건……!

안핑은 온몸에 소름이 쭉 끼쳤다. 서둘러 노파를 뿌리치고 달아나려 했다. 그러기 전에 노파가 안핑의 손목을 덥석 잡았다. 겨울 나뭇가지처럼 앙상한 손목인데, 믿기 힘들 정도로 악력이 강했다.

"성가신 놈이군."

노파가 서늘한 목소리로 내뱉더니 제 손을 서서히 턱 아래로 가져갔다. 손으로 얼굴을 스윽 벗었다. 그러자 진흙 덩어리를 멋대로 뭉개 빚은 것 같은 살덩어리가 드러났다.

진득진득한 점액을 흘리며 화피가 안핑에게로 면상을 들이밀었다. 눈구멍 안에서 희번덕거리는 붉게 충혈된 눈, 뭉개진 살점 사이로 흔적만 남은 콧구멍. 화피가 가까이 올수록 코를 찌르는 악취는 점점 심해졌다. 숨을 쉴 수 없을 지경이었다.

화피의 찢어진 입 안에서 송곳처럼 뾰족하게 날이 선 이빨을 본 순간, 안핑은 정신을 잃고 말았다.

안핑은 으악, 비명을 지르며 눈을 떴다. 악몽을 꾼 것처럼 얼굴이 창백했다. 벽에 빼곡하게 걸려 있는 얼굴 가죽들이 눈에 들어왔다. 어디에 있는지 깨달은 안핑은 절망감에 다시 눈을 질끈 감고 말았다.

"도망쳐봤자 소용없어. 난 어디에나 있으니까."

화피가 느긋하게 말했다. 화피는 다시 우옌의 얼굴을 하고 있었다. 안핑이 망연자실한 눈으로 바라보자, 화피는 '네가 이 얼굴을 좋아하는 것 같아서 말이지' 하면서 힐쭉 웃었다.

"넌 내가 준 기회를 날려버렸어. 하지만 한 번 더 기회를 주지. 살고 싶으면 그림을 그려."

우옌이 얼음장처럼 차가운 목소리로 말했다.

"무슨 그림을……."

안핑이 체념한 듯 중얼거렸다.

"평범한 남자를 그려. 나이는 삼십 대 중반쯤. 누구도 눈여겨보지 않을 얼굴이라야 해. 사람들 사이에 섞이면 찾기 힘들 만큼."

우옌이 벽에 걸린 가죽 중 얼굴이 그려지지 않은 것을 골라 안핑 앞에 던졌다. 희지도, 검지도, 불그레하지도 않은 빛깔의 가죽이었다. 평범하기 짝이 없는 남자 얼굴을 그리는 데 제격인 색깔이었다.

"해 질 녘까지 시간을 주마. 그때까지 그림을 다 못 끝냈거나, 마음에 들지 않으면 넌 죽은 목숨이야."

우옌은 눈을 부라리며 안핑을 위협하고는 집을 떠났다.

정신을 잃은 시간이 길었는지 밖은 어느새 저녁노을이 깔리고 있었다.

요괴가 지키고 있지 않더라도 산을 내려가다 보면 날이 어두워질 게 뻔했다. 어둠 속에서 지리도 익지 않은 산속을 헤매다 다시 화피와 맞닥뜨릴지 모른다 생각하니 고개가 저절로 저어졌다. 화피 말대로 다음 번엔 목숨을 부지하기 어려울 것이다.

안핑은 탁자 위에 있는 먹을 개고, 색색의 물감을 풀었다. 지금 믿을 거라곤 제 그림 실력밖에 없었다.

절대 남의 시선을 안 끌 평범한 남자라니.

화피의 주문은 쉽지 않았다. 차라리 눈에 띄는 미녀를 그리라면 그게 더 쉬웠다. 아니면 반대로 깜짝 놀랄 만큼 못생긴 추녀거나. 하지만 평범하다는 건 특징이 없다는 말이고 그건 가장 구현하기 어려운 특징였다.

붓과 먹, 벼루, 물감이 가지런히 놓인 한쪽 구석에 수북이 쌓인 종이 뭉치가 눈에 띄었다. 한 장씩 넘겨보니 죄다 사람 얼굴을 그린 그림이었다. 노인, 아이, 여자, 남자……. 대충 굵은 선으로 형태만 잡아 놓은 그림, 선이나 색채가 엉성해서 실패작이라고밖에 할 수 없는 그림도 있었다. 아무래도 가죽 위에 그림을 그리기 전에 미리 그려본 연습지인 것 같았다.

벽에 걸린 저 얼굴을 그린 사람이 쓰던 걸까?

안핑은 생각을 가다듬고 머리에 떠오르는 얼굴을 하나씩 종이에 그렸다가 찢고, 그렸다가 찢기를 반복했다. 그러길 몇 차례나 반복하는 동안 평범한 남자의 얼굴이 점점 더 뚜렷하게 머릿속에 그려졌다.

곧 안핑의 붓놀림에 속도가 붙기 시작했다. 손의 움직임이 물 흐르는 것처럼 유려했다. 한참 시간이 흐른 뒤, 안핑이 붓을 내려놓고 그림을 바라보았다.

평범한 남자의 얼굴이 안핑을 마주 보고 있었다. 길에서 마주쳤더라면 스치고 지나간 순간 바로 잊어버릴 흐릿한 인상이었다. 안핑은 비로소 안도가 뒤섞인 한숨을 내쉬었다.

화피도 안핑의 그림을 마음에 들어 했다. 우옌의 얼굴을 벗어던지더니 남자의 얼굴 가죽을 뒤집어썼다. 화선지에 물이 스며들듯 가죽이 화피의 살덩어리 위에 스르르 녹아들었다. 안핑의 눈앞엔 평범하기 짝이 없는 남자 하나가 서 있었다. 크다고도 작다고도 할 수 없는 키, 뚱뚱하다고도 말랐다고도 할 수 없는 별 특징 없는 보통 체격도 얼굴과 절묘하게 어울렸다.

"당분간 쓸모가 있겠어."

남자의 얼굴을 뒤집어쓴 화피가 높낮이 없는 무미건조한 어조로 말했다. 말투까지 남자의 흐릿한 인상과 쏙 빼닮았다.

"행여나 또 허튼 생각하지 말고 눈 좀 붙이고 있어. 나중에 또 할 일이 있을 테니까."

화피는 그렇게 일러두고는 곧장 나가버렸다. 아마도 평범한 남자의 얼굴을 이용해 사람을 속여먹으려는 게 틀림없었다.

홀로 남은 안핑은 방바닥에 그대로 주저앉았다. 허탈함인지, 살아남았다는 안도감인지, 제 재능을 이런 데 써버렸다는 자괴감인지 어느 쪽인지 저 자신도 알 수 없었다.

삐걱, 문을 여는 소리에 안핑은 눈을 떴다.

열 살쯤 돼 보이는 어린 소년 하나가 죽그릇을 들고 들어왔다. 소년은 안핑이 잠에서 깬 걸 보더니 머리맡에 가만히 그릇을 내려놓았다.

잘 익은 쌀 냄새에 안핑은 갑자기 맹렬한 허기를 느꼈다. 생각해보니 어제는 종일 아무것도 입에 넣지 못했다. 낚아채듯 죽그릇을 받아 들고 허겁지겁 떠먹기 시작했다.

안핑이 죽을 먹는 동안 소년은 그저 얌전히 앉아 있었다. 아이는 훤칠한 옥동자는 아니어도 꽤 귀염성 있었다. 앞니가 하나 빠지고, 동그란 얼굴에 주근깨가 애교스럽게 흩어져 있었다. 하지만 안핑을 물끄러미 바라보는 아이의 얼굴은 어딘가 그늘이 져 있었다.

"너, 여기서 사니?"

아이가 멍한 눈빛을 했다.

그저께 도망칠 땐 아무도 없었는데.

그렇다면 이 아이는 혹시 그사이에 요괴에게 붙들려 온 건 아닐까? 나와 마찬가지로?

"여긴 어떻게 왔어?"

아이는 거북이처럼 목을 움츠렸다. 잔뜩 겁을 먹은 것 같았다. 안핑이 '괜찮아, 말해도 돼' 하며 아이를 달랬다.

"어떤 아저씨가 데리고 왔어요."

"아저씨?"

안핑의 물음에 아이가 고개를 끄덕였다.

"맛난 걸 준다고 따라오라고 해서……. 그래서 여기까지 왔는데 아저씨가 갑자기 얼굴을 이렇게 스윽……."

아이가 손으로 얼굴 벗기는 시늉을 하더니 채 말을 끝맺지 못하고 울먹거렸다. 끔찍한 광경이 저절로 떠올랐는지 두 눈이 공포에 질려 있었다.

안핑은 더 듣지 않아도 알 것 같았다.

"더는 말 안 해도 된다. 그런데 그게 너한테 여기서 뭘 하라더냐?"

"밥을 하랬어요. 저희 집이 식당이라 요리는 곧잘 하거든요."

아, 그제야 알 것 같았다. 자신을 계속 살려두려면 끼니를 챙겨줄 사람이 필요하다고 여겼을 것이다. 기왕이면 머리가 굵은 어른보다 만만한 아이가 더 쉬웠을 테지. 거기까지 생각이 미치자 문득 안핑의 머리를 스치는 것이 있었다.

"어떻게 생긴 사람이었니?"

"네?"

아이가 눈을 동그랗게 떴다.

"널 데려온 남자 말이다. 어떻게 생겼지?"

"그게……."

아이는 혼란스러운 표정이었다. 아무래도 모르겠는지 '기억이 안 나요'라고 고개를 저었다.

"그냥 되게 평범하게 생긴 아저씨였어요."

안핑이 저도 몰래 탄식을 내뱉었다. 아무래도 화피가 쓴 얼굴 가죽은 간밤에 자신이 그린 얼굴인 모양이었다.

"언제쯤 집에 갈 수 있어요? 집에 가고 싶어요."

아이가 다시 울먹거렸다. 안핑이 어깨를 토닥거려주자 아이가 서럽게 울음을 터뜨렸다.

"안 되겠다. 같이 산을 내려가자."

우는 아이를 내려다보던 안핑이 마침내 결심이 선 듯 말했다.

"둘이 함께라면 괜찮을 게다. 요괴가 없는 틈을 타 빨리 빠져나가자꾸나."

아무리 위험해도 아이를 이곳에 그대로 내버려둘 수는 없는 노릇이었다. 자신이 그림만 그리지 않았더라도 아이가 여기까지 끌려올 일은 없었을 것이다. 밤새 속이 까맣게 타들어갔을 아이 부모를 생각하자, 안핑은 가슴이 저미는 듯했다.

"자, 그러고 있지 말고 어서 출발하자."

안핑이 아이의 손목을 잡아끌었다. 하지만 아이는 꿈쩍도 하지 않았다.

"아직도 정신을 못 차렸군."

별안간 아이가 냉담한 목소리로 말했다. 조금 전까지 엄마가 보고 싶다며 울던 아이라곤 생각할 수 없을 정도로 싸늘한 태도였다. 어쩐지 아이는 눈빛도 달라진 것 같았다.

"너, 너는……."

안핑이 얼굴이 하얗게 질려 말을 더듬었다.

"여전히 도망갈 궁리구나."

스르르.

아이가 제 얼굴을 벗어던졌다.

툭.

벗겨진 아이의 얼굴 가죽이 바닥을 나뒹굴었다. 화피가 뭉개진 살덩어리 면상을 안핑 쪽으로 스윽 돌렸다.

"두 번까지는 봐줬지만, 세 번은 없어. 그때는 진짜 살려두지 않을 거야."

화피가 입을 열 때마다 코끝에서 역하고 비린 숨결이 느껴졌다. 화피의 온몸에서 진득진득하게 녹아내리는 진물이 제 피부에 닿을 것 같아 안핑은 흠칫 몸을 떨었다.

"몇 번을 도망치더라도 소용없어. 다시 잡히게 돼 있으니까. 인간만큼 현혹하기 쉬운 건 없거든."

안핑은 다리에 힘이 빠져 털썩 주저앉고 말았다. 넋이 나간 안핑을 내버려두고 화피는 다시 어디론가 사라졌다.

"이야기가 길어질 것 같으니 차라도 좀 드시지요."

골동품 가게 주인이 일행 앞에 뜨뜻한 차를 한 잔씩 따랐다. 은은한 향기가 실내에 퍼졌다. 다들 허겁지겁 제 앞에 놓인 찻잔을 들고 목을 축였다. 한여름 밤이지만 섬뜩한 이야기에 등골이 오싹해지는 것 같아서였다.

따뜻한 차가 목구멍을 타고 흘러가자, 선노미도 비로소 조금 진정되는 듯했다. 이국땅에서 듣는 낯선 귀신 이야기라 그런지 마치 처음 기담을 접한 것처럼 내내 가슴이 두근거렸다.

"거참, 오래 살다 보니 이런 희한한 이야기도 듣게 되네요."

홍명복이 귀신에 홀린 듯한 표정을 지으며 허겁지겁 차를 넘겼다.

“조선에도 화피라는 요괴가 있나요?”

장한칭이 연암 일행에게 물었다.

“내가 알기론 없소.”

연암이 대답했다.

“그나저나 새삼 인간이 얼마나 어리석은 존재인지 깨닫게 되는구려. 따지고 보면 외모란 얼굴 가죽 한 장 차이인데, 다들 겉모습만 보고 판단하려 들지 않소.”

“그건 그렇습니다.”

첸스찌아가 수긍한 것처럼 고개를 끄덕였다.

“그래서 공자께서도 겉만 번드르르하게 꾸민 사람을 경계하라 하셨지요.”

“하지만 그게 어디 말처럼 쉽습니까.”

홍명복이 갑작스레 입을 열었다. 이제껏 말만 전하던 그가 제 생각을 입 밖에 내자, 모두 새삼스럽다는 듯 그를 바라보았다.

“다들 말로는 외모보다 속 알맹이가 중요하다고 하는데, 알맹이야 어디 눈에 보입니까. 보이는 건 얼굴뿐인데요. 그러니 모두 얼굴로 남을 판단하는 거죠.”

홍명복의 말투가 어쩐지 씁쓸하게 느껴졌다.

“성현들이 아무리 이러니저러니 말씀하셔도 선남선녀들만 대접받는 게 현실입니다. 저처럼 이렇게 생긴 얼굴이 아니라요.”

연암과 선노미가 잠시 할 말을 잃고 홍명복을 바라보았다. 밭에서 캔 감자처럼 울퉁불퉁한 생김새, 작고 땅딸막한 체구, 숱 적은 상투머리가 그의 말이 그럴싸하다고 대변하는 것 같았다.

"이야기를 계속할까요?"

어색한 분위기에 안쉐량이 서둘러 운을 뗐다.

안핑은 한동안 넋을 놓고 앉아 있었다. 앞날을 생각하니 막막하기 짝이 없었다. 번번이 화피의 꾐에 속아 넘어간지라 더는 도망칠 엄두도 나지 않았다. 이대로 요괴를 위해 그림만 그리며 살아야 하나. 그러면 결국 남을 해치는 일을 도우며 사는 거나 마찬가지였다.

하늘에 먹구름이 꾸물꾸물 몰려오더니 한 방울, 두 방울 빗방울이 떨어지기 시작했다. 그렇지 않아도 음산한 실내가 비구름 때문에 더욱 어둑어둑해졌다.

뚝 뚝.

지붕에 빗물 떨어지는 소리가 제 처지만큼이나 처량하게 들렸다.

나가지도 못해 방을 서성이는데 발치에 툭 채이는 게 느껴졌다. 작고 날카로운 칼이었다. 화피를 찔렀던 칼.

결국 칼 같은 건 아무 소용이 없었어.

안핑이 쪼그려 앉아 허탈하게 중얼거리며 칼을 살펴봤다. 요괴를 처치하는 데는 쓸모 없지만, 쓰임새가 많은 물건이다. 칼을 품 안에 집어넣으려는데 바닥의 갈라진 틈 사이로 희끄무레한 게 눈에 띄었다.

접힌 종이 같았다. 가는 틈 사이에 교묘하게 끼어 있어 유심히 살펴보지 않으면 발견하기 어려웠다. 안핑은 칼날을 틈으로 집어넣어 종이를 끄집어냈다.

종이는 몇 겹으로 꼼꼼하게 접혀 있었다. 가장자리는 누르스름하게 변색이 되었다. 안핑은 홀린 듯한 기분으로 종이를 조심스럽게 펼쳤다. 종이 위엔 긴 글이 적혀 있었다.

당신이 이 글을 읽을 때쯤 나는 아마 이 세상 사람이 아닐 거요.

글의 첫 문장은 그렇게 시작됐다.

안핑은 혼란스러웠다. 누가 쓴 걸까. 누구에게 읽히려고 썼을까. 바로 다음 줄을 읽어내려갔다.

내 마지막 소원은 화피가 이 종이를 발견하지 못하는 것이오. 그러면 내 글을 읽는 당신은 아마도 나처럼 화피에게 붙잡혀 온 화가일 거요.

정신이 번쩍 들었다. 이전에도 화가들이 붙잡혀 왔단 말인가? 그런데 그들은 지금 모두 어디에 있지?

이제껏 경황이 없어 거기까지 생각해 본 적이 없었다. 아니, 알고 싶지 않은 진실을 마주할까 두려워 아예 생각을 하지 않았는지도 몰랐다. 그런데 이 글은 안핑이 여태 외면해왔던 진실을 억지로 눈앞에 들이댔다. 종이를 펼쳐 든 손이 부들부들 떨렸다.

나는 화피를 위해 그림을 그렸어. 살아남기 위해 어쩔 수 없이 한 선택이었지. 꼬박 오 년을 노예처럼 지내는 동안 피폐하고 병들어 이젠 죽을 날만 기다리고 있소. 병으로 죽든 화피가 먼저 죽이든 죽음은 이미 내게 피할 수 없는 운명이오. 그러면 나 역시 가죽이 벗겨져 저 벽에 걸리겠지. 내 앞 사람들이 그랬던 것처럼.

안핑은 놀라 고개를 번쩍 들었다.

우르릉 쾅쾅.

때마침 밖에선 천둥 번개가 내리쳤다. 번뜩이는 빛이 순간적으로 벽에 걸린 얼굴을 환히 비추었다. 이마와 뺨에 깊은 주름이 진 노파, 막 피어난 복사꽃처럼 화사한 처녀, 우락부락한 인상의 젊은 남자, 아직 앳된 기가 가시지 않은 청년……. 저 얼굴들을 그린 가죽이, 저 각양각색의 가죽들이 정말 사람 가죽이었단 말인가.

창백하거나, 거무스름한 혹은 불그스름한 색조가 도는 가죽을 하나하나 마주하고 있노라니 욕지기가 올라왔다. 이 글을 쓴 사람도 저기 저 가죽 중 하나가 되어 있을 거라 생각하니 다리가 후들거려 제대로 서 있기도 어려웠다.

쏴아아아.

밖에선 비가 쏟아지기 시작했다. 안핑은 아무 생각도 할 수 없었다. 생각하는 법을 잊은 것처럼 머릿속이 텅 비어버렸다. 안핑이 다시 뒷부분을 읽기 시작한 건 한참 시간이 흐른 뒤였다.

당신보다 먼저 이곳에 있었던 자로서 조언하겠소. 어서 도망치시오.

안핑은 침을 꿀꺽 삼켰다.

여기서 굴욕적인 세월을 보내는 동안 계속 생각했소. 어쨌든 살아남는 게 중요하다고. 살아만 있으면 희망이 있을 거라고. 하지만 그렇지 않았지.

마치 자신에게 하는 말 같아 안핑은 가슴이 뜨끔했다.

돌이켜보면 나는 겁쟁이였소. 몇 번인가 탈출에 실패하자 그냥 안주하고 말았지. 현실을 바꿀 의지는 없으면서 상황이 나아지리라 헛된 꿈을 꾼 거였소.

쏴아아아.

비는 여전히 줄기차게 내리고 있었다. 마치 종이가 빗물을 흡수하듯 갈증 난 안핑의 마음은 자신이 읽은 글귀를 그대로 빨아들였다.

당신도 알겠지만, 화피의 명령을 따르는 건 세상에 죄를 짓는 일이오. 나는 세상에 죄를 짓는 동시에 나 자신에게도 죄를 짓고 있었소. 내 존엄성을, 신념을, 화가로서 추구해 왔던 예술 세계를 스스로 죽이고 있었으니까.

안평은 벽에 걸린 가죽을 다시 한번 찬찬히 바라보았다. 이를 악물었다.

다시 한번 도망쳐야겠다는 용기가 생겼다. 또다시 붙잡히는 한이 있더라도 이대로 포기할 순 없었다. 이자처럼 되느니 차라리 요괴에게 붙잡혀 그 자리에서 죽는 편이 나았다.

안평은 종이를 잡은 손에 힘을 주고 다음 대목을 읽어내려갔다.

도망치기로 했다면 칼이나 불에 의지하지 마시오. 화피에겐 그런 게 통하지 않으니까.

죽은 자가 남긴 말은 계속 이어졌다.

탈출하려면 당신 눈도 믿지 마시오. 눈에 보이는 걸 믿지 마시오. 요괴가 변장한 얼굴에 속지 마시오. 화피에게 대항할 수 있는 유일한 길은 그것뿐이오.

편지는 그렇게 끝을 맺었다.

안핑은 편지를 곱게 접어 원래 있던 곳에 끼워 넣었다. 이곳에 붙잡혀 올지 모를 누군가를 위해. 그러나 자신은 두번 다시 여기 돌아올 생각이 없었다. 설령 화피에게 죽더라도.

안핑은 단도를 품에 단단히 집어넣었다.

쏴아아아.

문을 열자, 빗줄기 소리가 한층 더 크게 들렸다. 안핑은 마지막으로 벽에 걸린 얼굴들을 바라보았다. 한때는 사람이었다가 이젠 생명이 떠나간 육체의 흔적 위에 그려진 공허한 얼굴들을. 얼굴들도 말없이 안핑을 내려다보았다.

안핑은 크게 심호흡을 한 뒤 빗속으로 뛰어나갔다.

폭우가 시야를 가려 앞이 잘 보이지 않았다. 하지만 안핑은 개의치 않았다. 거센 비바람을 고스란히 맞으며 두 다리를 필사적으로 움직였다. 숨이 가빠오는 것도 잘 느낄 수 없었다. 미끄러운 산길을 무작정 뛰어 내려갔다.

옷은 금세 흠뻑 젖었다. 얼굴에 흘러내리는 게 땀인지 빗물인지 분간이 가지 않았다. 안핑은 옷소매로 연신 눈을 닦아내며 쉬지 않고 달렸다.

"이보세요, 도와주세요!"

등 뒤에서 누군가 외치는 소리가 들렸다. 젊은 여자 목소리였다. 거센 빗소리를 뚫고 들리는 여자의 음성은 간절했다. 안핑은 힐끗 뒤를 돌아보았다.

숨이 멎을 만큼 아름다운 여자가 속절없이 비를 맞으며 서 있었다. 비에 젖은 옷이 몸에 딱 달라붙어 육감적인 하얀 속살이 그대로 내비쳤다. 여자가 안핑을 향해 다가왔다. 오른쪽 다리를 다쳤는지 바닥에 발이 질질 끌렸다.

"발목을 삐어 옴짝달싹 못 하고 있어요. 절 좀 부축해주시면 안 될까요?"

빗속에서 오래 떨었는지 입술이 파랗게 얼어 있었다. 커다란 두 눈엔 공포가 서려 있었다. 제발 날 여기 혼자 두고 가지 말아요. 흑진주처럼 검은 여자의 눈이 그렇게 애원하는 것 같았다.

눈에 보이는 걸 믿지 마시오.

다가가려던 안핑은 편지에서 읽은 글귀가 생각나 걸음을 딱 멈추었다. 여자는 안핑이 머뭇거리자 흑흑, 흐느끼기 시작했다.

안핑은 눈을 질끈 감았다. 눈앞에서 여자의 형상이 안 보이니 오히려 모든 게 분명하게 보였다. 젊은 여자 홀로 폭우를 뚫고 이런 외진 산속에 올 리가 없다. 그리고 어디서 갑자기 나타났단 말인가! 그렇다, 저 여자는 요괴가 틀림없다. 예전에 그랬던 것처럼 화피가 변장을 한 것이다.

안핑은 뒤돌아 다시 뛰기 시작했다. 등 뒤에서 '도와주세요'라는 소리가 들렸지만, 안핑이 뒤도 돌아보지 않자 어느새 사라졌다. 마치 빗물에 씻겨 흘러가버린 것처럼.

땅이 진창이라 몇 번이나 미끄러졌는지 모른다. 엉덩방아를 찧고 엎어지고, 바지가 온통 진흙투성이였다. 하지만 그런 데 신경 쓸 겨를이 없었다.

한참을 더 내려가니 노인 하나가 길가에 철퍼덕 쓰러져 있는 게 보였다. 머리가 하얗게 센 노인이었다. 등에는 땔감을 잔뜩 실은 지게를 짊어졌는데, 그 무게를 이기지 못한 것 같았다. 얼굴과 옷이 온통 진흙 범벅이었다.

"이, 이보시오!"

노인이 안핑을 불렀다. 호흡이 가쁜지 노인은 한쪽 손으로 가슴을 부여잡고 계속 헐떡였다. 가쁜 숨 때문에 노인의 입에서 나오는 말이 툭툭 끊겼다.

"나, 나 좀, 도와, 주시구려."

노인이 물 밖에 나온 생선마냥 입술을 빠끔거렸다. 저러다 금방이라도 목숨을 잃을 것 같았다. 노인에게 다가가려던 안핑은 갑자기 머릿속에 떠오른 말에 걸음을 멈췄다.

당신 눈을 믿지 마시오.

노인은 숨이 넘어갈 듯 헐떡거리며 안핑을 쳐다보았다. 안핑은 다시 돌아섰다. 틀림없이 화피의 장난이라 되뇌며 마음을 다잡았다.

달려가다 돌아보니 노인은 이미 온데간데없이 사라졌다.

역시 요괴의 짓이었어…….

안핑은 가슴을 쓸어내렸다. 이제는 화피의 수법을 간파할 자신이 생겼다. 모두 뿌리치고 무사히 산을 내려올 수 있을 것 같았다.

후드득 후드득.

어느새 쏟아지던 빗줄기도 잦아들었다. 빗물에 뿌옇게 흐려졌던 사물들이 오히려 더 선명하게 보였다.

이제 조금만 더 가면 산을 벗어날 수 있을 것이다. 그러면 요괴가 아닌 진짜 사람을 발견할 수 있을 터였다.

"얘야, 얘야!"

등 뒤에서 또 누가 애타는 목소리로 안핑을 불렀다. 안핑은 못 들은 척했다. 이번에도 화피가 변신한 게 틀림없었다. 하지만 귀에 익은 목소리는 어쩐지 뿌리치기 어려웠다. 듣기만 해도 아련한 그리움이 몰려오는 목소리였다.

"얘야, 과이과이(乖乖). 어미를 뿌리치고 가려는 거니?"

어미라는 말에 안핑은 깜짝 놀라 돌아보았다. 고향에 계신 어머니가 눈앞에 서 있었다. 편찮으시다고 들었는데 그래서인지 얼굴이 해쓱하게 여위었다. 몇 년 전 고향을 떠날 때보다 흰 머리가 늘고 등이 굽어 키도 더 작아진 것 같다. 안핑은 눈물이 울컥 나려 했다.

"어머니!"

안핑은 저도 모르게 한 발짝 다가갔다. 어머니가 아닐 수 없었다. 저렇게 똑같은 모습을 하고 있는데. 어릴 때처럼 나를 '과이과이(귀염둥이)'

라고 부르시는데.

안핑이 화가의 꿈을 좇아 큰 도시로 나가겠다 했을 때 어머니는 아버지처럼 무턱대고 반대하지 않으셨다. 하지만 집을 떠나던 날, 안핑은 어머니가 밤새 우시는 걸 들었다. 밭일로 거칠어진 손으로 떠나는 아들을 감싸 안고서 어머니는 어릴 적 애칭으로 불렀다. 과이과이. 자식이 아무리 커도 부모 눈에는 그저 어린아이라는 걸 안핑은 그때 처음 알았다.

"얼굴빛이 안 좋구나. 밥은 잘 챙겨먹고 다니니?"

어머니가 안쓰러운 표정으로 물었다.

"어서 집에 돌아가자꾸나. 네가 좋아하는 요리들 해주마."

안핑은 그리운 어머니 품에 안기고 싶었다. 하지만 막 다리를 움직이려는 순간, 편지에서 읽었던 글귀가 다시 경고처럼 떠올랐다.

당신 눈을 믿지 마시오.

안핑이 움찔해서 멈춰 섰다. 정신을 차리고 나니 의심이 스멀스멀 올라왔다. 어머니는 몇백 리 떨어진 고향에 계신다. 내가 이 산속에 있다는 걸 알 리 없다. 안핑은 어머니 얼굴을 뚫어지게 쳐다보았다.

"당신, 내 어머니가 아니지?"

안핑이 목소리를 깔고 물었다. 어머니는 상처받은 표정을 지었다.

"그게 무슨 말이니? 떨어져 있는 동안 어미 얼굴도 잊은 게냐?"

안핑이 머뭇거리며 움직이지 않자, 어머니가 다가오려 했다. 순간 어머니가 진 땅에 발을 헛디디며 아악, 비명을 질렀다. 어머니의 모습도 사라졌다. 하필이면 서 있던 곳이 제법 가파른 비탈길이었던 탓에 순식간에 비탈길 아래로 굴러떨어진 것 같았다.

"어머니!"

안핑이 저도 모르게 소리를 지르며 달려갔다. 온몸에 식은땀이 흘렀다. 너무나 갑작스러운 일이라 조금 전까지 어머니의 정체를 의심했다는 생각조차 들지 않았다.

"애야, 날 좀 도와줘."

발밑에서 어머니의 가냘픈 소리가 들렸다. 아래를 내려보니 어머니가 가느다란 나뭇가지를 두 손으로 꼭 움켜쥔 채 버티고 있었다. 사람의 체중이 실린 나뭇가지는 금방이라도 뚝 부러질 것만 같았다. 어머니가 애원하듯 주름진 손을 내밀었다. 고향을 떠나올 때 제 손을 꼭 잡아주었던 어머니의 따뜻한 손.

안핑은 손을 뻗으려다 멈칫했다.

아니야, 어머니가 아니야!

어머니와 눈이 마주친 안핑은 고개를 절레절레 흔들었다.

이건 어머니의 얼굴을 한 요괴일 뿐이야.

빠직, 나뭇가지가 부러지려 했다. 껍질 사이에 생긴 틈이 점점 벌어지고 있었다.

"살려……줘."

어머니가 안핑을 쳐다보며 애원했다. 나뭇가지에 매달려 있는 게 힘에 부치는 모양인지 어머니는 목소리도 제대로 내지 못했다.

눈에 보이는 것을 믿지 마시오.

안핑의 귓가에 누군가 그렇게 속삭이는 것 같았다. 그래, 저건 어머니가 아니야. 하지만 어머니랑 저렇게도 닮았는데. 만약, 정말 만약 어머니라면…….

부지직.

나뭇가지의 벌어진 틈이 조금 더 커졌다. 이대로라면 열 셀 틈도 없이 나뭇가지가 꺾여버릴 것 같았다.

"어미를…… 버리는 거니?"

어머니가 원망스런 얼굴로 안핑을 쳐다보며 말했다.

안핑은 홀린 듯 어머니를 향해 손을 뻗었다. 조금만 더 뻗으면 어머니 손을 잡을 수 있을 것이다.

안 돼, 안 돼, 안 돼!

머릿속에서 쉴 새 없이 경고하는 목소리가 들렸다. 저건 네 어머니가 아니라고! 다시 화피의 집으로 끌려가고 싶은 거야? 가죽이 벗겨져 벽에 걸리고 싶어?

하지만……. 안핑은 어머니를 향해 서서히 손을 뻗었다.

당신 눈을 믿지 마시오.

제 마음속에서 들려오는 소리에 안핑은 흠칫했다. 어머니와 눈이 마주쳤다. 어머니는 간절한 눈빛으로 자신을 보고 있었다. 안핑은 어머니에게 뻗었던 손을 거두고 품속에서 단도를 꺼내 제 두 눈을 찔렀다.

"으아아아!"

극심한 고통에 비명이 터져 나왔다. 순식간에 세상이 온통 시커멓게 변했다. 더 이상 어머니 얼굴도 보이지 않았다. 눈에서 뜨뜻한 핏물이 흘러내려 얼굴을 적셨다.

"으으으으……."

안핑은 바닥에 주저앉아 신음했다. 하지만 눈이 허상을 보지 못하니 조금 전까지 자신을 괴롭혔던 갈등도 깨끗이 사라진 것 같았다. 앞으로 영원히 자신과 함께할 컴컴한 어둠 속에서 안핑은 똑똑히 볼 수 있었다. 제 앞에 있는 '어머니'의 정체를. 요괴의 본모습을.

"넌…… 내 어머니가 아니야."

안핑이 두 손으로 바닥을 짚고 엉금엉금 뒤로 물러났다.

"다시는 너 따위한테 속지 않아."

비릿한 냄새가 코끝을 스쳤다. 지금까지 여러 번 맡았던 화피의 냄새였다. 썩은 생선 같은, 부패한 동물의 내장 같은 역한 냄새. 조금 전까지 계속 화피 곁에 있었는데, 왜 지금에서야 이 냄새를 맡게 된 걸까.

"이번엔 실패구나."

발아래서 화피의 목소리가 들렸다. 짐승이 낮게 으르렁거리는 듯한 소리였다. 섬뜩한 그 소리에 안핑은 저도 몰래 몸을 부르르 떨었다.

"하지만 인간이 우리를 이길 순 없어."

우지끈.

가지가 마침내 툭 부러지면서 비탈 아래로 데굴데굴 굴러떨어지는 소리가 들렸다. 안핑은 고통과 두려움 속에서 숨죽인 채 소리가 완전히 잦아들 때까지 기다렸다.

휘이이잉.

모든 게 끝이 나자, 어디선가 불어온 한 줄기 바람이 상처 난 안핑의 두 눈을 어루만졌다.

"할아버지는 그렇게 해서 화피로부터 도망칠 수 있었답니다."

안쉐량이 말하며 긴 한숨을 내쉬었다.

보이지 않는 눈으로 더듬더듬 산에서 내려온 안핑은 사람들에게 발견돼 치료를 받았다. 그러나 시력을 되찾을 수는 없었다. 안핑은 평생을 눈이 보이지 않는 상태로 지내야 했다. 그것이 화피에게서 살아 돌아온 대가였다.

"화가가 눈을 잃다니 너무 가혹하군 그래."

연암이 안타까워하며 말했다.

"화가로서의 생명은 끝난 게 아닌가."

안쉐량은 고개를 저었다.

"아니요, 할아버지는 돌아가시는 순간까지 그림을 그리셨습니다."

"어떻게?"

홍명복의 통역을 듣고 연암과 선노미가 안쉐량의 친구들보다 한 박자 늦게 목소리를 높였다.

"물론 눈에 보이는 풍경 같은 건 그릴 수 없었지요. 대신 할아버지께선 마음속에 떠오르는 장면을 그리셨습니다."

보이는 것을 찍어낸 것처럼 정교하게 그리는 기술은 사라졌지만, 대신 표현력이 깊어졌다. 안핑의 상상이 빚어낸 산수화와 인물화는 어딘지 모르게 묘한 울림이 있었다. 마치 남들이 보지 못하는 걸 보는 것 같았다. 때로는 형체가 없이 색채와 선만으로 뭔지 모를 그림을 그리기도 했는데, 안핑은 감정처럼 추상적인 걸 표현한 그림이라는 뜻에서 '추상화'라고 불렀다.

눈먼 화가가 그리는 독특한 그림은 멀리까지 소문이 났다. 얄궂게도 눈이 먼 뒤 화가로서의 안핑의 명성은 더 높아졌다.

"저도 그림을 좋아해 할아버지가 그림 그리시는 걸 자주 봤죠."

안핑은 가끔 어린 손자의 도움을 받기도 했다. 얘야, 여기에 그려진 그림이 어떤 모양이냐, 적색이랑 파란색이 이 부위에 제대로 칠해진 게 맞느냐, 하면서. 안쉐량은 할아버지 그림 작업을 돕다가 화피 이야기를 들었다고 했다.

"어린아이가 듣기에도 황당한 이야기였죠. 하지만 전 믿었습니다. 할아버지의 진심이 전해졌으니까요."

이야기가 끝나자, 자리는 조용해졌다.

"당신도 그림을 그리시오?"

문득 생각났다는 듯 연암이 물었다. 안쉐량이 고개를 저었다.

"저도 타고난 재능이 아예 없지는 않습니다. 하지만 할아버지 같은 표현력은 나오지 않더군요. 앞뒤가 안 맞는 이야기지만, 눈이 사물의 본질을 꿰뚫어보는 걸 방해하는 것 같았죠."

"눈에 보이는 게 다가 아니라는 얘기로군."

장한칭이 고개를 끄덕였다.

"그러니 자네도 미녀만 쫓아다니는 건 그만두라고."

푸요우찌가 쳰스찌아에게 놀리는 투로 말하자 한바탕 웃음이 터져 나왔다.

"어쩌다 보니 먼 곳에서 오신 분들께 이런 기괴한 이야기만 잔뜩 늘어놓게 됐네요."

안쉐량이 겸연쩍은 표정을 지었다.

"아니, 흥미로운 이야기였소. 재미난 얘기를 들려주셔서 감사합니다."

연암이 청년들에게 고개를 숙였다. 청년들도 뿌듯해하며 마주 고개 숙여 답례했다.

양국 선비들이 기담을 나누는 사이, 밤은 점점 깊어가고 있었다.

연암 일행이 골동품 가게를 나왔을 때 인적이 끊긴 거리는 죽은 듯이 고요했다.

하늘은 칠흑 같은 어둠으로 뒤덮였지만, 상가 앞에 드문드문 내걸린 양각등이 길을 밝혀주었다. 일행은 양각등의 어슴푸레한 빛과 숙소에서 챙겨나온 등불에 의지해 왔던 길을 되돌아갔다. 텅 빈 거리에 세 사람의 발소리만 타박타박 울려퍼졌다.

"고맙네. 자네 덕분에 청나라 서생들과 편히 이야기를 나눌 수 있었어."

연암이 홍명복에게 말했다.

홍명복은 쑥스러워하며 '덕분에 저도 재미있는 이야기를 들었는데요' 하고 대답했다.

"으스스하지만 마음에 와닿기도 하더군요. 특히 '눈에 보이는 것만 믿지 말라'는 대목 말입니다."

"그렇지."

연암을 따라 선노미도 고개를 끄덕였다. 저도 외모 때문에 곤란을 겪은 적이 한두 번이 아니라 그 마음을 잘 알 것 같았다.

"특히 사람을 대할 때 외모로 상대를 판단하는 건 위험한 일이지. 하지만 때로는 인상이 꽤 정확하게 들어맞는 때도 있다네."

홍명복이 곧바로 수긍했다.

"그렇지요. 나리도 기골이 장대하셔서 딱 봐도 체력이 좋으실 것 같은데, 실제로도 쉰이 넘으신 연세에 밤샘도 이렇게 끄떡없지 않으십니까."

"내 나이 아직 마흔넷이네."

조금 기분이 상한 듯 대답하는 연암의 목소리가 뾰족했다.

앗, 그것밖에 안 되셨다고? 선노미는 저도 모르게 연암을 흘깃 쳐다보았다. 영락없이 오십 대 중반쯤이라고 생각했는데. 홍명복도 무안했는지 조개처럼 입을 꽉 다물었다. 셋 사이에 잠시 어색한 침묵이 흘렀다.

숙소까지 지름길을 질러가려면 기방과 요릿집이 즐비한 환락가를 통해야 했다. 조금 전까지 황량했던 주변이 갑자기 활기를 띠기 시작했다. 여기저기서 취객의 노랫소리와 혀 꼬인 소리가 들렸다.

맞은편에서 남녀 한 쌍이 걸어오고 있었다. 가까워지자 여자의 얼굴이 똑똑히 보였다. 절로 감탄사가 나올 정도로 아름다웠다. 살결이 은은히 드러나는 비단옷이나 교태 어린 눈웃음이 영락없는 기녀였다. 손님과 술을 마시다 같이 하룻밤 보낼 장소로 가는지도 몰랐다.

선노미가 홀린 듯이 여자를 보는 사이, 등 뒤에서 누군가 툭 치고 지나갔다. 여기도 젊은 남녀 한 쌍이었다.

남자는 옥을 깎아 놓은 것처럼 미모가 수려했다. 이목구비가 조각처럼 뚜렷하고, 피부가 하얘 새카만 눈동자와 눈썹이 더욱 두드러졌다.

여자는 엷은 망사로 얼굴을 가렸는데, 부딪히며 망사가 젖히는 바람에 가려진 얼굴이 슬쩍 드러났다. '추녀'라는 단어 외엔 달리 표현할 말을 찾기 어려울 정도로 못생긴 여자였다. 잘생긴 청년과 나란히 있으니 더욱 못생겨 보였다.

남자가 무슨 말을 했는데 부딪쳐 미안하다는 것 같았다. 술 취한 손님과 함께 지나가던 아름다운 기녀가 그 소리에 고개를 돌렸다.

기녀가 입가에 야릇한 미소를 띠더니 잘생긴 남자에게 추파를 던졌다. 하지만 남자는 기녀의 시선을 외면한 채 못생긴 여자의 어깨를 다정하게 감싸 안고 가버렸다.

"참으로 미남자로군."

홍명복이 감탄사를 내뱉었다.

"여자를 사러 온 사람 같진 않구만. 여자도 기녀 같아 보이진 않고."

연암이 말했다. 정말이지 미남자와 동행한 여자한테 기녀 같은 분위기는 전혀 없었다. 오히려 순진한 여염집 아가씨처럼 보였다.

미남자와 추녀는 골목 모퉁이를 돌아 외진 건물 안으로 들어갔다. 거긴 여관으로 보였다. 서로를 꼭 껴안은 게 사이가 다정해 보였다.

"젊은 연인인가 보네요. 아마도 남의 눈을 피해 몰래 만날 곳이 필요했나 보죠."

"그런 모양일세. 그건 그렇고 흔히 보기 어려운 조합이군."

연암도 의외라는 투로 홍명복의 말을 받았다. 그의 눈에도 둘의 밀회가 꽤 특이하게 보인 모양이었다.

"남녀 사이란 게 그럴 수도 있지 않겠습니까."

대수롭지 않게 말하면서도 홍명복은 남녀가 사라진 건물에서 눈을 떼지 못했다.

미남자 곁의 여자 얼굴을 보자마자 홍명복은 누이동생 명옥을 떠올렸다. 길쭉한 말상에 잡티 가득한 거무스름한 피부, 가늘게 찢어진 눈, 툭 튀어나온 앞니. 여자는 명옥을 쏙 뺀 모습이었다.

"남자야 인물로 밥 먹고 사는 게 아니니 큰 문제 없다만, 네 누이가 걱정이로구나."

명옥이 시집갈 무렵이 되고서부터 어머니는 가끔 혼자서 한숨을 쉬었다. 명옥은 마음 씀씀이도 넓고, 살림도 잘하는데. 타고난 외모 때문에 명옥의 다른 장점들이 전부 가려지고 마는 것 같아 홍명복은 안쓰러웠다.

다행히도 명옥은 무사히 혼처를 찾았다. 남편 삼식은 꽤 큰 곡물상 아들이었는데, 어린 시절부터 명복과 알고 지내던 같은 동네 동생이었다. 명옥의 시부모님이 웃어른들을 잘 모시고 성실한 명옥을 예비 며느릿감으로 점찍어두었다는 사실을 홍명복은 뒤늦게 알았다.

동네 아낙들은 모두 '짚신도 제짝이 있다더니 명옥이 같은 박색도 시집을 가네' 하며 수군거렸다. 그런 외모로 인물이나 집안이 빠지지 않는 남편감을 만났으니 그보다 더 혼인을 잘하긴 어려울 거라고도 했다. 명옥도 만족스러워했다.

하지만 결혼생활은 행복하지 못했다. 시부모님은 명옥을 아꼈지만, 정작 남편은 밖으로만 나돌았다. 혼례를 올린 직후부터 기방을 전전하더니 나중엔 아예 딴 집 살림을 차렸다.

어서 빨리 아기를 갖고 싶었던 명옥은 낙심했다. 아이라도 있으면 자식 돌보는 걸 낙으로 삼고 살겠는데, 밖으로만 나도는 삼식은 아기를 가질 생각조차 없어 보였다.

보다 못한 홍명복이 처남인 삼식을 불러 앉혀놓고 따끔하게 타일렀다. 하지만 삼식의 반응은 적반하장이었다.

"제 처를 보면 마음이 안 동하는 걸 어떻게 합니까."

부모님이 고집한 혼인이다, 명옥과 결혼하지 않으면 곡물상을 안 물려주겠다고 으름장을 놓았다, 그것만 아니었으면 명옥을 아내로 맞이할 일도 없었다고 삼식은 술술 털어놓았다.

홍명복은 처남과 실랑이를 벌이다 홧김에 그를 한 대 칠 것 같아 그만 자리에서 일어났다. 그렇지 않아도 냉랭한 동생네 부부 관계를 더욱 얼어붙게 만들 순 없었다.

그런데 놀랍게도 얼마 후 명옥이 아기를 가졌다. 이번에도 시부모님의 으름장이 통한 모양이었다. 배가 차츰 불러오자 명옥은 오랜만에 얼굴이 환해졌다. 마음을 주지 않는 남편은 포기하고 태어날 아기를 위해 살겠다고 했다. 아기는 명옥에게 새로운 희망이었다.

하지만 출산하자마자 희망은 절망으로 바뀌었다. 태어난 아기는 딸이었다. 엄마를 꼭 빼닮은 딸. 아기를 품에 안아 든 명옥은 오랫동안 흐느껴 울었다.

"뭘 그리 실망하고 그래. 아들은 다음에 낳으면 되잖아."

삼칠일이 끝나고 여동생을 보러 갔을 때, 홍명복은 그렇게 위로했다. 명옥은 고개를 흔들었다.

"그 때문이 아니에요, 오라버니."

"그러면 왜?"

명옥이 깊은 한숨을 내쉬었다.

"저를 쏙 뺀 딸이잖아요. 사는 게 얼마나 힘들겠어요."

"……."

"오라버니는 남자라 모르세요. 세상은 어여쁘지 않은 여자에게 가혹한 법이에요."

그 말에 명복은 더는 아무 말도 할 수 없었다.

다시 누이를 만날 때 말해주고 싶은 게 생겼다. 눈에 보이는 것만이 전부는 아니라고. 그러니 어쩌면 네 딸의 곱지 않은 얼굴에 가려진 장점들을 발견해 줄 남자가 나타날지 모른다고. 조금 전 마주친 아름다운 청년이 추녀에게 그랬던 것처럼.

"저 청년은 과연 뭘 발견했을까."

홍명복이 혼잣말처럼 중얼거렸다. 나이가 젊을수록 외모에 현혹되기 십상인데, 보이는 것에 휘둘리지 않은 청년이 기특하다는 생각도 들었다.

오랫동안 연을 이어갔으면 좋겠구만.

연인들이 사라진 곳을 바라보면서 홍명복은 속으로 조용히 기원했다.

아름다운 기녀의 추파에도 흔들리지 않는 푸구이를 보면서 당춘메이는 가슴이 벅차올랐다. 자신에 대한 이 남자의 마음이 한 치의 거짓도 없는 진심이라는 걸 깨달아서였다.

푸구이로부터 '당신을 연모한다'는 말을 들었을 때, 당춘메이는 쉽게 그 말을 믿을 수 없었다. 푸구이 같은 미남자가 대체 뭐가 아쉬워서? 밖에만 나가면 여자들이 줄을 설 텐데.

푸구이가 자신에게 호의를 갖고 있다는 건 어렴풋이 짐작하고 있었다. 몇 달 전부터 아버지 포목상에서 일하게 된 푸구이는 부모 없는 고아 출신이라고 했다. 친척 집을 전전하며 어린 시절을 보냈는데, 누구 하나 살가운 애정을 준 적이 없었노라고 했다.

감기 기운이 있는지 자꾸만 콜록거리는 그가 눈에 밟혀 따뜻한 쌍화차를 한 잔 데워주자, 푸구이는 감격한 표정으로 제 과거를 털어놓았다.

그때까지만 해도 당춘메이는 푸구이에게 일말의 연심도 품고 있지 않았다. 쌍화차를 건넨 것도 아버지 가게에서 일하는 직원에게 베푼 작은 친절일 뿐이었다. 그런데 푸구이의 험난한 삶을 듣고 나니 어쩐지 그가 안쓰러워졌다. 푸구이가 퇴근할 때 은근슬쩍 먹을 것을 찔러주기도 하고, 옷 솔기가 뜯어진 걸 보면 꿰매주기도 했다.

그때마다 푸구이는 보는 사람이 무안해질 정도로 감격했다. 절 이렇게 친절하게 대해주신 분은 당신이 처음이에요, 하면서.

그럼에도 불구하고 당춘메이는 설마 푸구이가 자신을 여자로 봐주리라고는 상상도 하지 못했다.

부유한 포목상인 아버지는 딸을 시집보내려고 꽤 큰 지참금을 내걸었다. 하지만 선뜻 나서는 사람은 없었다. 심지어 지참금에 혹해 찾아왔다가 자신을 보더니 고개를 절레절레 흔들며 떠난 사람들도 있었다.

푸구이가 '좋아한다'고 고백했을 때 '지참금 때문에 이래요?'라고 물었던 것도 그 때문이었다.

푸구이는 상처받은 얼굴로 말했다.

"지참금 따위는 한 푼도 필요 없어요. 애초에 받을 생각도 없었고요. 전 당신만 곁에 있으면 돼요."

당춘메이는 혼란스러웠다.

"왜요? 왜 나같이 못생긴 여자를 좋아해요?"

푸구이의 표정이 진지해졌다.

"자신을 그렇게 비하하지 말아요. 당신은 상냥하고, 친절하고, 따뜻한 사람이에요. 요리도 잘하고요. 얼굴 따위는 중요하지 않아요."

당춘메이로선 태어나 처음 들어보는 달콤한 말이었다. 그 말 한마디에 당춘메이는 완전히 허물어졌다. 설령 푸구이가 지참금을 목적으로 접근한 것이라 해도 상관없었다. 이렇게 아름다운 얼굴로 듣기 좋은 말을 해주는 남자라면 그것만으로도 충분하다고 생각했다.

당춘메이와 푸구이는 몰래 사귀기 시작했다. 기분이 우울할 때도 푸구이의 수려한 외모를 보면 당춘메이는 절로 기분이 좋아졌다. 사내들이 미녀에게 혹하는 심정을 이해할 것도 같았다. 둘이 은밀히 만난 지 한 달쯤 됐을 무렵, 푸구이가 당춘메이에게 제안했다. 둘만 있을 수 있는 데로 가서 시간을 보내자고. 환락가 한구석에 사람들 눈을 피할 수 있는 호젓한 여관이 있다고.

잠시 망설였지만 당춘메이는 결국 그러기로 했다. 자신을 품에 안고 싶어 안달하는 아름다운 청년을 도저히 뿌리칠 수 없었다. 남의 눈에 띌까 봐 얼굴을 가린 채 푸구이를 따라나섰다. 푸구이가 정말 자신을 좋아하는지 확신하지는 못한 채로.

아름다운 기녀에게도 꿈쩍 않는 푸구이를 보고서야 당춘메이는 드디어 그를 완전히 믿게 되었다. 더는 뭇사람들 시선은 신경 쓰지 않고 푸구이에게 팔짱을 꼈다.

푸구이가 당춘메이를 향해 환하게 미소 지었다. 세상을 다 가진 것처럼 들뜬 당춘메이는 기녀가 묘한 시선으로 자신들을 쳐다보고 있다는 사실을 조금도 눈치채지 못했다.

아름다운 기녀의 얼굴을 덮어쓴 화피는 남자가 자신과 같은 종족이라는 걸 금세 눈치챘다.

남자 역시 기녀의 얼굴 가죽 아래 본모습을 알아차린 모양이었다. 눈이 마주치자 냉담한 얼굴로 고개를 돌렸지만, 남자의 입가에 야릇한 미소가 스치는 걸 놓치지 않았다. 남자 곁의 여자는 자신이 곧 희생양이 될 거라는 건 꿈에도 모르고 넋이 나간 모습이었다.

사실 화피는 어디에든 존재했다. 얼굴 가죽을 뒤집어쓰면 어느 무리에나 손쉽게 섞일 수 있으니까. 알량한 인간의 눈은 제 종족들과 요괴의 차이를 구분하지 못했다. 얄팍한 얼굴 가죽 아래 숨겨진 화피의 정체를 꿰뚫어보는 인간은 고작 손에 꼽을 정도였다.

이런 곳에서 만난 건 상당한 우연인데.

기녀의 얼굴을 쓴 화피는 남녀가 사라진 건물을 한동안 물끄러미 바라보았다.

“이봐, 뭘 그렇게 보고 있어?”

만취한 손님이 혀 꼬인 소리로 중얼거리며 화피의 허리에 손을 둘렸다.

“밤은 짧다고. 우리도 어서 좋은 시간 보내야지.”

화피는 남자에게 고혹적인 웃음을 지었다. 그의 손에 가녀린 허리를 내맡기고 둘만 있을 장소로 걷기 시작했다.

인간은 참으로 어리석은 존재야.

자신의 죽음을 전혀 예측하지 못하고 희희낙락하는 남자를 바라보면서 화피는 속으로 중얼거렸다.

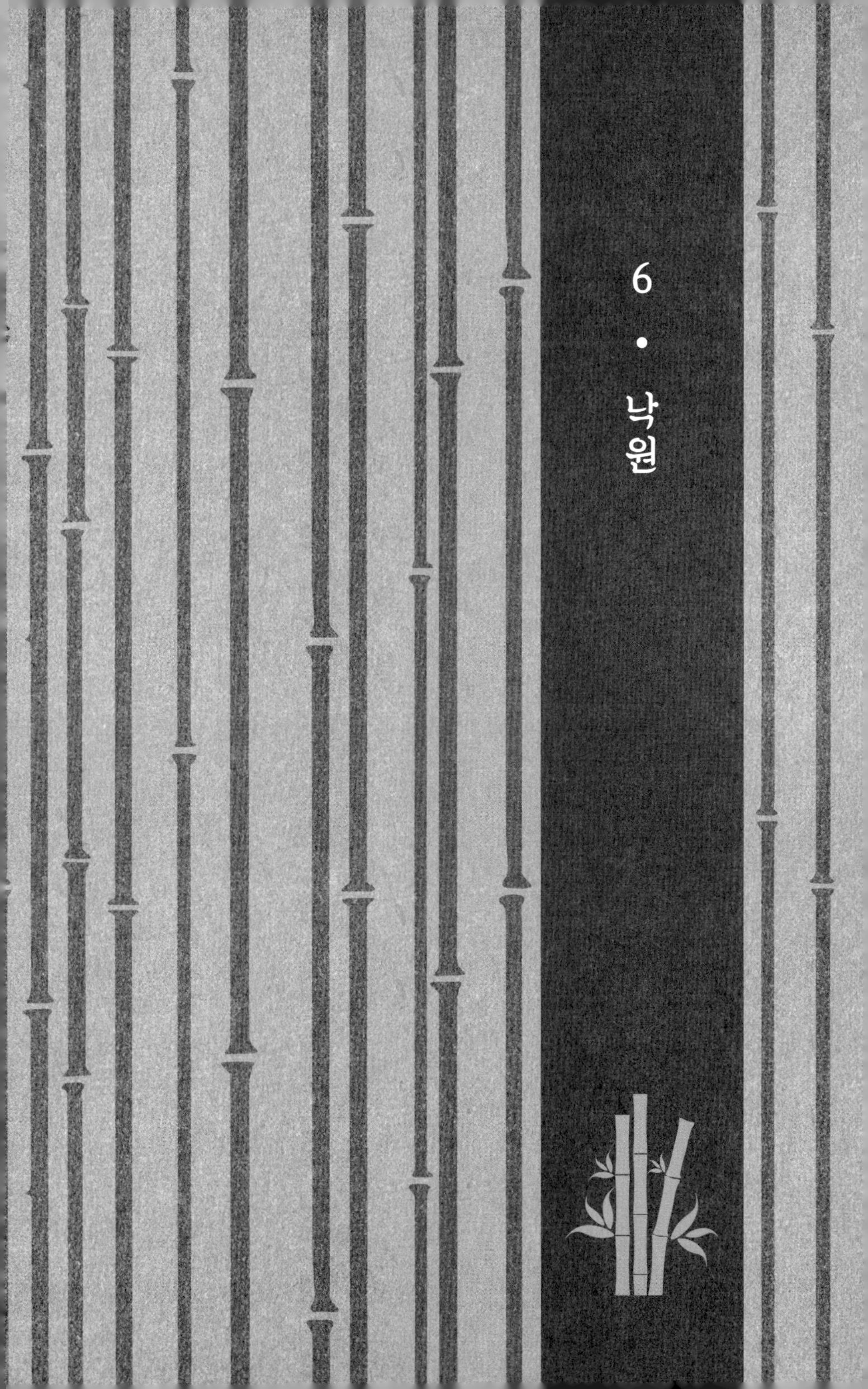
6
•
낙원

천장에는 벌거벗은 어린아이들이 색색으로 채색된 구름 위에서 뛰놀고 있었다.

발그레 화색이 도는 아이들 살결은 만져보면 따뜻한 온기가 돌 것 같고, 손마디와 종아리는 살이 포동포동 쪄서 마치 끈으로 잘록하게 묶어놓은 것처럼 보였다. 공중에 매달린 것 같은 아이들 등엔 작은 날개가 달려 있었는데, 제법 우량한 아이들 체중을 견디기엔 턱없이 작아 보였다.

"아악!"

문득 천장을 올려다본 젊은 만주족 여자가 발작적으로 소리를 질렀다. 나이 지긋한 만주족 부인은 떨어질 것 같은 아이를 받치려는 듯 제 치마폭을 확 펼쳤다.

"허허, 이렇게나 사실적인 그림이라니!"

연암이 감탄해 중얼거렸다.

연암과 선노미는 연경에 있는 천주당을 구경하는 참이었다. 우여곡절 끝에 사절단 임무를 무사히 수행하고 조선으로 돌아가기 전, 잠시 시간이 남아 연경 관광에 나선 것이다. 막판에 숨 가빴던 일이 너무 많았던 탓에 다들 녹초가 돼 숙소에 늘어져 있었지만 연암은 달랐다. 여전히 체력과 호기심이 남아도는 연암은 선노미를 데리고 숙소를 살짝 빠져나왔다.

그가 보고자 했던 것은 서양 선교사들이 지은 천주당이었다. 천주(天主)는 서양인들이 모시는 신이라는데, 천주당은 그 신을 믿는 자들이 모여 예배를 올리는 곳이라고 했다. 건축 양식이나 그림이 특이해 연경에 온 사람들은 한 번쯤 천주당을 방문한다고 했다.

연암의 벗 홍대용도 여길 들른 뒤에 '사람들 모두 그곳이 괴이하다 하여 배척하는데, 이는 서양에 대한 지식이 없기 때문일세'라고 했다. 대체 어떤 곳이기에 그런 말이 나오나 궁금해 연암은 천주당을 꼭 제 눈으로 확인하고 싶었다.

"저 아이들은 무엇이길래 저렇게 옷도 안 입고 하늘에 매달려 있을꼬? 어떻게 생각하느냐, 선노미야?"

선노미는 다른 데 정신이 팔려 천장에서 눈을 떼지 못하는 연암의 말이 들리지 않았다. 대답이 없자 연암도 선노미가 뚫어지게 쳐다보는 곳을 돌아봤다.

긴 나무를 가로 세로로 겹쳐 열 십(十) 자 모양을 만든 형상 위에 헐벗은 남자 하나가 두 팔과 다리에 못이 박힌 채 매달려 있었다. 머리엔 가시가 가득 박힌 관을 써서 이마에서 피가 흘러내렸다. 남자의 표정에서 그가 견디고 있는 고통이 생생하게 전해졌다.

"대체 무슨 잘못을 저질렀기에 저런 심한 벌을 받을까요?"

선노미가 안타까운 눈길로 중얼거렸다.

연암이 슬쩍 돌아보니 선노미의 얼굴에 짙은 그늘이 져 있었다. 안 그래도 공연히 신경이 쓰이던 참이었다. 숙소에서 예까지 오는 동안도 선노미는 고개만 떨군 채 좀처럼 시선을 마주치려 들지 않았다. 요 며칠 바빠 통 얼굴 볼 틈이 없었는데 그사이 무슨 일이 있었던 걸까?

연암이 넌지시 물어보려는데, 뒤에서 어색한 조선말이 들렸다.

"그분은 우리 죄를 대신해 돌아가신 예수님입니다."

키 큰 남자 하나가 뒤에 서 있었다. 생김새가 묘해 위화감이 들었다. 얼굴 윤곽이 칼로 조각한 것처럼 뚜렷했다. 코는 우뚝 솟아 있고, 움푹 들어간 눈동자는 하늘처럼 새파랬다. 머리카락도 볏짚 같은 노란색이었다. 생긴 건 인간이 분명한데, 이제껏 봤던 어떤 사람들과도 달라 보였다. 나이도 도무지 짐작할 수 없었다.

"서양 선교사이신 모양이구만."

잔뜩 얼어붙은 선노미 곁에서 연암이 아는 체를 했다.

"그렇습니다. 법국(法國)에서 온 마티유 뒤퐁 모레티라고 합니다."

이름 역시 해괴하기 짝이 없었다.

"그런데 조선말은 어떻게 하시오?"

그건 선노미도 궁금했던 것이다.

"이곳에 오기 전에 조선에서 오래 살았죠. 그런데 더 이상 머물기가 힘들어져서……."

"그리스도교 박해 때문이군."

마티유가 미처 끝맺지 못한 말을 연암이 대신했다.

"이곳에 오신 지는 오래 되었소?"

"여섯 달밖에 안 됩니다. 아직 여기 말도 못 하고요. 그런데 조선말이 들려서 얼마나 반가웠는지 모릅니다."

발음과 억양이 좀 어색하긴 해도 마티유의 조선말은 능숙한 수준이었다. 의사소통에 무리가 없는 정도였다.

"선교사라면 설명해주실 수 있겠구려. 대체 저기 저 사람들은 무얼 하고 있는 거요?"

연암이 예배당 한쪽에 모인 사람들을 가리켰다.

긴 망토를 몸에 두른 남자가 동그란 밀가루 반죽 같은 걸 높이 쳐들자 모여 있던 사람들이 일제히 허리 숙여 절을 했다.

"저건 예수님의 몸입니다. 다들 그걸 나눠 먹는 거죠."

"몸을 나눠 먹는다고?"

연암과 선노미가 동시에 얼굴을 찌푸렸다.

"예수님은 우리 죄를 대신해 돌아가셨어요. 성체성사는 그분의 은혜를 기리고 감사드리는 의식입니다."

조선 말인데도 마티유가 하는 말은 알쏭달쏭해서 도무지 무슨 뜻인지 알 수가 없었다. 다만 '죄'라는 단어 하나만은 선노미의 마음에 무겁게 내려앉았다.

“흐음, 죄라…….”

연암이 수염을 쓰다듬으며 골똘히 생각에 잠겼다.

“하긴 인간이란 죄가 깊은 존재이긴 하지.”

“그렇습니다.”

마티유가 인자하게 웃으며 고개를 끄덕였다.

“그래서 그리스도교 신자들은 저렇게 자신이 지은 죄를 고백하러 온답니다.”

“죄를…… 고백한다고요?”

선노미의 시선이 마티유가 가리키는 곳을 향했다. 누군가 예배당 한쪽 구석의 작은 방문을 두드린 다음, 안으로 들어갔다.

문 앞에는 차례를 기다리는 사람들이 줄지어 서 있었다.

“고해성사라고 하지요. 신자가 죄를 고백하면 안에서 듣고 있던 신부가 속죄의 방법을 알려드립니다.”

“죄를 지었으면 마땅히 처벌받아야 하는 게 아니오?”

연암이 물었다.

“마음의 죄란 것도 있지 않습니까.”

마티유가 대답했다.

“하지만 만약에 신자가 사람을 죽였다고 고백하면 어떡하오? 제 죄를 밝힐 용기는 없지만, 양심의 가책 때문에 온 것이라면?”

연암이 삐딱하게 묻자 마티유는 조금 주저하다 대답했다.

"잘못을 충분히 회개하도록 해야지요."

"응당 관아에 고하는 게 먼저 아닌가 말이오?"

마티유는 고개를 흔들었다.

"우리가 하는 일은 죄인이 회개하도록 돕는 겁니다. 처벌하는 게 아니라. 그래서 고해성사실 안에서 들은 말은 절대 비밀로 합니다."

"비밀로 한다고요?"

듣고만 있던 선노미가 불쑥 끼어들었다.

연암과 마티유가 동시에 돌아봤다. 선노미의 얼굴이 파랗게 질려 있었다.

"아까부터 왜 그러느냐. 혹시 나 몰래 맛난 거라도 훔쳐 먹었느냐?"

연암이 농담 투로 말했다. 선노미는 정곡을 찔린 사람처럼 이번엔 얼굴이 빨개져서 목을 움츠렸다.

"어쩐지 고해성사가 필요한 것처럼 보이는구나."

선노미를 찬찬히 살피던 마티유가 말했다.

선노미는 긴장된 얼굴로 입을 꽉 다물었다. 조금 전 '고해성사'라는 말을 들었을 때부터 선노미의 가슴은 줄곧 쿵쾅거렸다. 자신이 지은 죄를 털어놓을 수 있다면, 마음을 무겁게 짓누르는 죄책감이 조금은 가벼워질 것 같았다.

"몸이 안 좋은 게냐?"

연암의 안색이 어두워졌다. 혹시나 선노미가 사고 후유증을 겪고 있는 게 아닐지 걱정하는 눈치였다.

“저, 저는…….”

선노미가 어렵사리 입을 열었다. 하지만 자신이 저지른 엄청난 짓은 쉽사리 말이 되어 나오지 않았다.

“다 털어놓고 나면 한결 마음이 가벼워질 겁니다.”

마티유가 달래는 목소리로 말했다. 연암도 격려하듯 고개를 끄덕였다. 우물우물하던 선노미의 입이 드디어 열렸다.

“……저는 사람을 죽였어요.”

믿을 수 없는 고백이 불쑥 튀어나왔다. 둘도 놀랐지만, 가장 놀란 건 말을 내뱉은 본인이었다.

“사람을 죽이다니, 그게 대체 무슨 말이냐?”

그렇지 않아도 우렁우렁 울리는 연암의 목소리가 한층 더 크게 들렸다.

선노미가 고개를 겨우 들어 연암을 바라보았다. 당황과 걱정이 뒤섞인 기색이 얼굴에 그대로 드러났다.

아, 역시 나리는 아무것도 기억 못 하시는구나.

안도감인지 원망인지 모를 감정이 북받쳐 선노미는 저도 모르게 흑, 울음을 터뜨렸다.

갑자기 터진 격한 감정은 좀처럼 가라앉질 않았다. 서러운 눈물이 쏟아져도 어떻게 할 도리가 없었다. 그저 쏟아내는 것 말고는 속수무책이었다.

선노미는 그렇게 하염없이 울고 또 울었다. 망연자실한 연암과 마티유는 오열하는 소년을 말리지도 못한 채 쳐다보고만 있었다. 맘껏 울도록 내버려둘 수밖에 없었다.

"……혹시 내가 기억을 잃어버린 동안 무슨 일이 벌어진 게냐?"

울음이 잦아들 무렵, 연암이 누그러진 어조로 물었다. 겉으론 애써 태연한 척했지만, 그의 눈동자도 불안하게 흔들렸다. 아이가 겪은 일이 홀로 감당할 수 있는 게 아닐지도 모른다는 데 생각이 미치자 아찔한 기분마저 들었다.

선노미가 연암을 물끄러미 바라보다 고개를 끄덕였다.

"나리와 제가 낙원에 있었을 때요."

"……낙원이라고?"

선노미는 다시 머뭇거렸다.

모든 걸 털어놓고 나면 어찌 될까? 예전처럼 연암을 대할 수 없을 것만 같았다. 아니, 연암이 자신을 평소처럼 대하지 못할 것이다. 나를 다른 사람처럼 보고 말 것이다.

나는…… 사람을 죽인 살인자니까.

"도통 무슨 말인지 모르겠구나. 알아듣도록 차근차근 설명해보렴."

연암이 답답하다는 듯 채근했다.

선노미는 이 모든 일을 감내하기엔 아직 어렸다. 그 일이 벌어지는 동안 연암이 곁에 있었지만, 결과적으로 자신만이 겪은 지옥이라는 게 너무도 혼란스러웠다. 누군가 잡아주지 않는다면 이대로 땅속으로 꺼질 것 같은 기분에 사로잡혀 오랜 시간을 고통 속에서 버텨야 할지도 몰랐다.

마음속으로 결단을 내려야 했다. 두 사람이 자신의 한쪽 팔씩 잡아 일으켜주기를 바라는 심정이었다. 그게 고백이었다. 스스로 감당할 수 없다면 그게 신이든, 누구든 자신의 말을 먼저 들어주어야 했다. 선노미는 그렇게 두 사람에게 팔을 내밀기로 했다. 간신히 그의 입이 열렸다.

"연경에 도착한 것까지는 기억하시죠?"

연암이 고개를 끄덕였다.

"거기서부터 시작할게요……."

선노미가 부르르 떨며 심호흡을 했다. 스스로 자신을 추스르려는 듯이.

이제껏 타인들의 이야기만 전했던 소년의 입에서 처음으로 자신이 직접 겪은 기이한 이야기가 흘러나오기 시작했다. 그의 인생을 완전히 바꿔 놓을 이야기가.

천신만고 끝에 연경에 도착해 한숨 돌린 사행단에 청천벽력 같은 소식이 전해졌다. 청나라 황제가 수도 연경이 아닌, 열하(熱河)에 머문다는 것이었다. 연경에서 동북쪽으로 420리나 떨어진 열하엔 황제의 별장이 있는데, 황제는 한여름 무더위를 피해 얼마 전 그곳으로 거처를 옮겼다고 했다.

뒤늦게 알게 된 소식이라 박명원은 어쩔 줄 몰랐다. 황제의 칠순 잔치에 맞추려면 400리도 넘게 떨어진 그곳까지 닷새 안에 도착해야 했다.

"말들이 너무 지쳤습니다. 게다가 열하까지 가려면 크고 작은 물을 수십 개나 건너야 하는데, 폭우로 물이 불어 너무 위험합니다."

박래원까지 나서 고개를 절레절레 흔들었다.

"나랏일을 하러 왔으니 물에 빠져 죽더라도 할 일은 해야 하네. 안 그런가?"

다들 만류했지만 비장한 정사의 태도에 더 이상 아무도 토를 달지 못했다. 윗사람 의향이 워낙 강경하니 그저 입을 꾹 다물고 따르는 수밖에 도리가 없었다. 연암만은 어째 의욕이 넘쳤는데, 그 이유는 박명원과 조금 달랐다.

처음엔 '칠순 잔치를 못 맞추면 어차피 귀양 갈 거 그럴 바엔 여기 눌러앉아 여행이나 할까' 하는 태평한 소리를 해서 박명원의 눈총을 받기도 했다. 그랬던 연암이 이제껏 열하까지 가본 조선 사신들이 없다는 말에 갑자기 호승심이 불타오른 것 같았다.

사절단은 유례없는 강행군에 들어갔다. 밤이고 낮이고 쉬지 않고 열하를 향해 달렸다. 밤에 눈붙이는 시간도 두어 시간으로 줄이고, 나머지 모든 시간을 길 위에 있었다. 하루에 개울과 크고 작은 강을 일고여덟 개나 건너기도 했다. 더위를 먹은 말들이 쓰러져 죽었고, 사람들도 더위와 피로에 지쳐 길바닥에 구토를 해댔다.

"이런 지독한 더위에 역참도 안 들르고 계속 가다니……."

"정사께서도 내일모레 환갑인데 저러다 몸이 축나고 말 걸세. 병이라도 나면 그게 더 낭패라고."

이렇게 수군거리는 이들도 있었다.

"야, 너무하지 않냐? 이러다 정말 죽겠어."

장복도 틈만 나면 투덜거렸다. 입이 무거운 창대는 불평은 안 했지만, 녹초가 된 건 마찬가지였다. 선노미도 군말은 없었다. 너무 지쳐 말할 기운조차 남아 있지 않았기 때문이다.

기진맥진한 일행 앞에 다시 넓은 물이 펼쳐졌다. 그다지 깊어 보이지는 않았지만, 물이 불어 물살이 가팔랐다. 조금 전 막 강을 건너온 일행은 콸콸 소리를 내며 흘러가는 물을 허탈하게 바라보았다.

"이거야 원. 산 넘어 산이라더니 이건 물 건너 물이로군."

누군가 앓는 소리를 냈다.

"다행히 물이 깊지는 않다고 하옵니다. 성인 가슴팍까지 오는 깊이라니 평상시엔 걸어 건널 수 있사온데……."

현지인들에게 사정을 들은 홍명복이 박명원 눈치를 보며 뒷말을 흐렸다. 물이 불어난 지금은 어떨지 모르겠다는 눈치였다.

박명원이 일행을 한번 죽 훑어보았다. 제일 어린 축에 드는 장복은 기골이 어지간한 성인 남자들보다 훨씬 큰 편이었다. 열다섯 선노미도 키는 이미 다 큰 어른들만큼 훌쩍 자라 있었다.

"이대로 물을 건넌다."

잠시 생각하던 박명원이 단호하게 말했다.

"하오나……."

여기저기서 불만이 터져 나왔다.

"나라와 조상님이 우리를 돌봐주실 것이다!"

그 목소리가 얼마나 비장하게 들렸는지 다들 알아서 물 건널 채비를 했다. 창대가 지친 말들을 다독여 물로 슬슬 잡아끌었다. 양반들을 태운 채 말고삐를 잡은 하인들이 바지를 걷고 조심조심 발을 담갔다.

선노미도 뒤따라 들어갔다. 물은 깜짝 놀랄 정도로 차가웠지만, 한여름 땡볕에 쉬지 않고 걸어온 탓에 오히려 그 서늘한 감촉이 반가웠다. 안으로 들어갈수록 물에 젖은 옷이 몸에 무겁게 달라붙었다. 무사히 강을 건너면 따가운 햇볕이 곧 말려주겠지.

물살 때문에 선노미는 연신 휘청거렸다. 발밑까지 미끌미끌해 금방이라도 넘어질 것 같았다.

"발에 힘 꽉 주고 걸어!"

앞서가던 창대가 걱정스러운지 돌아보며 소리쳤다.

안 그래도 선노미는 발가락에까지 힘을 내리누르고 조심스럽게 걸음을 옮기는 중이었다.

"아악!"

이끼 낀 돌을 밟았는지 갑자기 균형을 잃고 미끄러졌다. 잡았던 말고삐를 놓치고 넘어지자 거센 물살이 순식간에 선노미를 낚아챘다.

이대로 떠밀려 내려가나 싶었는데 누군가 팔목을 꽉 붙들었다.

"괜찮으냐?"

올려다보니 말에 타고 있던 연암이었다.

"나, 나으리……."

"조금만 참아라. 곧 일으켜줄 테니."

연암이 몸을 숙여 선노미의 팔을 잡아당겼다. 하지만 생각보다 강한 물살 탓에 오히려 자신이 말 위에서 중심을 잡지 못하고 휘청거렸다. 하필이면 말이 멈춰선 곳이 급류 쪽인지 물살이 다른 곳에 비해 유난히 빠르고 거칠었다.

"선노미야, 조금만 버텨!"

저만치 앞서 가던 장복이 돌아오려고 몸을 돌렸다. 하지만 거센 물살에 다리가 묶여 좀처럼 다가오지 못했다.

안간힘을 쓰는 연암의 얼굴이 평상시의 불그스름한 빛을 잃고 새하얗게 질렸다. 그도 이제 거의 힘이 빠진 모양이었다. 하지만 꽉 붙든 선노미의 손은 한사코 놓치지 않았다.

히히히힝.

연암의 몸이 기울면서 말이 겁을 먹었는지 별안간 앞발을 높이 치켜들며 허공에서 발길질을 해댔다. 그 바람에 연암이 공중으로 붕 뜨더니 급류 속으로 떨어졌다. 거센 물살이 기다렸다는 듯 선노미와 연암을 휘감았다. 눈 깜짝할 사이 벌어진 일이었다.

"으아아아!"

선노미와 연암이 동시에 비명을 지르며 떠내려갔다.

"선노미야, 선노미야!"

"아우! 연암!"

뒤에서 애타게 선노미와 연암을 부르는 소리가 들렸지만, 성난 물소리에 파묻혀 금세 사라져버렸다.

떠내려가는 내내 콸콸 밀려오는 거센 물살이 연신 얼굴을 때렸다. 곧이어 물벼락이 입과 귀를 덮쳐왔다. 아무것도 보이지 않고, 아무것도 들리지 않았다. 정신이 점점 몽롱해졌다. 시야도 점점 컴컴해졌다.

"선노미야, 선노미야!"

"연암 나으리!"

어디선가 일행이 목놓아 자신들을 부르는 소리만 희미하게 들렸다. 귓전에 맴도는 소리가 아득해지며 선노미는 까무룩 정신을 놓았다.

툭. 툭. 툭.

소리가 먼저 들렸다. 딱딱한 것을 가볍게 여러 번 내려치는 소리. 먼 데서 들리는 게 아니었다. 아주 가까운 곳에서…… 바로 귀 옆에서 들리는 것 같았다.

무슨 소리지?

몽롱한 채로 선노미가 귀를 기울였다. 입 안이 까슬까슬하고, 눈도 떠지지 않았다.

툭. 툭. 툭.

소리는 점점 더 크게 들렸다. 혼자가 아니라 여럿이서 내는 소리였다. 선노미가 있는 힘을 다해 무거운 눈꺼풀을 들어 올렸다.

흐릿한 시야에 한 무리의 사람들이 들어왔다. 허연 수염을 드리운 노인이 가장 먼저 보였고, 선노미 또래로 보이는 소년이, 몸집이 풍만한 중년 여인이……. 그 뒤로 둘러싼 사람들은 무려 스무 명이 넘어 보였다. 나이와 성별이 모두 제각각이었지만, 다들 약속이나 한 것처럼 한 손엔 기다란 지팡이를 쥐고 있었다.

여기는 어디인 걸까?

선노미는 끙, 앓는 소리를 내며 일어나 앉았다. 온몸이 아직 축축했다. 사람들 등 뒤로 넘실거리는 물이 보였다. 급류에 떠내려와 여기 물가에 진흙투성이가 된 채 쓰러져 있었던 모양이었다. 점차 깨어나는 의식 속으로 마지막 기억이 되살아났다.

물살이 쉴 새 없이 덮치는 바람에 물 속에서 정신을 잃은 것 같았는데. 물가로 떠밀려온 건 천운임에 틀림없었다. 그렇지 않았더라면 물귀신이 되고 말았을 것이다.

그리고 깨어났을 때 자신을 둘러싼 게 늑대 같은 위험한 짐승 무리가 아니라 사람이라는 것도 얼마나 다행스러운 일인지 몰랐다.

젊은 남자 하나가 한 걸음 한 걸음 느릿느릿 다가왔다. 한 손으로는 지팡이로 땅바닥을 두드리고, 다른 한 손으로는 허공을 더듬으면서.

남자가 걸음을 옮길 때마다 지팡이가 지면에 부딪혀 툭툭툭, 소리를 냈다. 그 끝이 어깨에 닿자 선노미는 몸을 움찔했다. 지팡이는 선을 그리듯 선노미의 어깨에서 팔까지 타고 내려왔다. 거리를 가늠하고 쪼그려앉은 남자는 알아듣지 못할 말로 말을 걸었다.

당황한 선노미는 멍하니 그의 얼굴을 쳐다보기만 했다. 어쩐지 남자의 시선은 자신을 보고 있지 않았다. 제 등 뒤 어딘가를 막연히 향하고 있었다. 남자는 그 상태로 한동안 꼼짝 않고 있었다. 마치 보지도 않고서 선노미의 존재를 느끼려는 것처럼.

자세히 보니 남자의 희멀건 눈동자엔 초점이 없었다. 텅 빈 우물처럼 공허한 눈은 제 앞에 있는 어떤 것도 시각적으로 인식하지 못하는 것 같았다.

'앞을 못 보는 건가?'

그렇다면 남자가 쥔 지팡이의 용도가 이해가 갔다. 눈에 보이지 않는 장애물을 피해 다니고, 물체를 확인하기 위해 사용하는 것일 테다. 하지만 다른 이들은? 저들도 눈이 먼 걸까? 저 사람들 모두가?

"으으으……."

곁에서 신음 소리가 들렸다. 아, 그제야 생각난 듯 선노미는 놀라 돌아보았다.

"나리, 나리 괜찮으세요?"

선노미가 연암을 안아 일으켰다. 그렇지 않아도 덩치가 큰 데다 옷까지 물에 잔뜩 젖어 몸이 이만저만 무거운 게 아니었다. 옷소매 사이로 드러난 팔꿈치에 긁힌 자국을 제외하곤 크게 다친 데는 없어 보였다.

"끄응, 선노미냐?"

연암이 실눈을 뜨고 쳐다봤다. 다행히 정신은 멀쩡한 것 같았다.

"머리가 깨질 것처럼 지끈거리는 것 말고는 괜찮은 것 같구나. 넌 다친 데 없느냐?"

선노미가 고개를 끄덕이며 들릴락 말락 중얼거렸다.

"죄송해요, 나리."

"죄송하다니, 뭐가?"

"저 때문에 나리까지 급류에 휩쓸리셨잖아요. 저만 아니었다면……."

선노미가 기어이 말꼬리를 흐렸다.

"괜찮다. 어쨌든 둘 다 무사해서 다행이다. 그런데 여기는 어디냐?"

연암이 휘휘 둘러보았다.

"눈먼 자들이 사는 마을입니다."

낭랑한 목소리가 머리 위에서 들렸다. 선노미에게 청나라 말로 중얼거렸던 젊은 남자였다.

"눈먼 자들이 사는 마을?"

선노미와 연암이 동시에 남자가 한 말을 되풀이했다.

"하지만 우리들끼리는 낙원이라고 부릅니다. 정말로 낙원 같은 곳이니까요."

툭. 툭. 툭.

남자 뒤에 있는 사람들이 일제히 지팡이로 땅바닥을 내리쳤다. 마치 '그렇다'고 말하는 것처럼.

"대체 여기는 조선이요, 청나라요?"

"어떻게 조선말을 할 줄 아는 건가요?"

남자가 미소를 지었다. 드러난 하얀 이가 정갈해 보였다. 이목구비가 단정하고 생김새가 멀끔한 것이 초점 잃은 희멀건 눈동자만 아니라면 제법 호남이라 불릴 만했다.

"말이 길어질 것 같으니 자리를 옮기지요."

남자는 그렇게 말하고 지팡이로 바닥을 치면서 앞장서서 걷기 시작했다. 선노미와 연암도 흙을 털어주며 서로를 일으켰다.

마을로 향하는 길은 제법 멀었다. 구불구불한 길 양옆엔 굵게 꼬아놓은 동아줄이 마치 울타리를 쳐놓은 것처럼 끝없이 이어졌다.

'앞이 보이지 않으니 이렇게 해놓은 걸까?'

선노미와 연암은 눈짓으로 그렇게 대화를 주고받으며 묵묵히 남자의 뒤를 따랐다.

남자는 이름이 이만춘이라고 했다. 청국 사람인 아버지와 조선인 어머니는 늦은 봄에 태어난 아들에게 만춘이라는 이름을 지어줬다고 했다.

만춘의 어머니는 청나라로 끌려온 조선인 볼모의 후예였다. 끌려온 조선인들이 어떻게든 흩어지지 않으려 모여들었고, 크고 작은 마을들을 만들었다. 그곳에서 조선의 말과 관습을 지키며 살았다. 만춘의 어머니도 그랬다. 부유한 청나라 상인의 첩이 돼 마을을 떠날 때까지는.

만춘의 어머니는 아들에게도 어려서부터 조선말을 가르쳤다. 만춘이 지금까지도 꽤 유창하게 조선말을 할 수 있는 건 모두 어머니 덕분이었다.

첩실 소생이었던 그는 본처 소생들에게 적잖은 설움을 겪었다고 했다. 그래서 철이 들자마자 집을 나와 홀로 떠돌았고, 닥치는 대로 일거리를 찾아다니다 이곳까지 들어왔다. 그리고 방황을 끝내고 여기 정착했다.

아름답고 호젓한 풍광에 먼저 반했다. 강이 발길을 막고, 산이 병풍처럼 막아 바깥세상과 거리를 두고 살기에도 안성맞춤이었다. 이렇게 자신처럼 우연히 들어와 눌러앉은 사람들이 태반이라고 했다.

"그때는 아직 맹인들 마을이 아니었지만요."

만춘이 담담하게 말했다.

"그런데 어쩌다?"

연암이 물었다.

"전염병 때문이지요."

오 년 전, 마을에 원인을 알 수 없는 기이한 전염병이 돌았다고 했다. 가벼운 고뿔 증상을 앓고 난 다음 갑자기 눈이 보이지 않게 되는 병이었다. 처음엔 잠깐 그러고 말겠거니 여겼는데, 시간이 지나도 잃어버린 시력은 돌아오지 않았다. 의원이 처방해 온갖 약을 써봐도 소용없었다. 이 전염병은 삽시간에 마을 전체를 덮쳤고, 모두가 감염되는 난리를 겪었다.

"어떻게 그런 일이……. 한두 사람도 아니고……. 큰 불행을 겪었군요."

"불행이 아닙니다. 오히려 행운이었죠."

어떻게든 위로하려 한 말에 만춘은 오히려 미소를 띠며 고개를 설레설레 저었다. 일부러 하는 말이 아니라 정말 마음에서 우러나 하는 말 같았다. 무시무시한 전염병이 행운이었다고.

"처음엔 다들 절망했습니다. 목숨을 끊는 이도 있었지요. 하지만 시간이 흐르자, 앞이 안 보이는 게 이전에 경험해보지 못한 놀라운 행복이라는 걸 알게 됐답니다."

만춘이 연암과 선노미의 의아한 마음을 읽은 것처럼 말했다.

"사람의 불행이 어디서부터 시작된다고 생각하십니까?"

"그거야……."

난데없는 질문을 받자 연암이 얼른 대답을 못 하고 얼버무렸다. 대답은 만춘이 해주었다.

"남들과 비교하기 때문이죠. 왜 내 집은 저 사람 집보다 작을까, 왜 내 얼굴은 저 사람만큼 아름답지 못할까, 왜 내가 가진 건 이웃보다 적을까, 하면서요."

만춘이 잠깐 말을 멈추곤 고개를 들었다. 보이지 않는 눈으로 마주 앉은 두 사람 표정을 살피기라도 하듯 고개를 좌우로 돌렸다가 다시 입을 열었다.

"하지만 앞이 안 보이니 아예 그런 비교를 할 필요가 없지요."

"그렇기야 하지만……."

연암이 어정쩡하게 호응했다. 알 듯한 말이긴 했지만 낯설게도 느껴지는 것 같았다.

선노미는 만춘이 하는 말을 피상적으로나마 이해했다. 아마 예전이라면 그렇지 못했을지도 모른다. 하지만 요괴의 현혹에서 벗어나기 위해 제 눈을 멀게 한 화가의 이야기를 들었던 터라 그런지 만춘의 말은 꽤 설득력 있게 들렸다.

"앞을 볼 수 없게 된 뒤론 다들 행복해졌습니다. 초라한 집도, 박색인 아내도 상상 속에선 궁궐 같은 집에 양귀비 같은 아내가 되니까요. 비교와 욕심이 사라지니 마음이 편해지더군요. 그러니 여기가 지상 낙원이나 다름없습니다."

선노미는 '마음의 눈으로 그리니 더 잘 그려지더라'는 눈먼 화가의 이야기를 다시 떠올렸다.

"그래도 불편하고 힘든 점이 한둘이 아닐 텐데."

연암이 걱정스러운 말투로 중얼거리자 만춘은 고개를 저었다.

"처음엔 두 눈 멀쩡하던 때와 비교해 적잖이 불편했지요. 그러나 차츰 익숙해지다 보니 사는 데 늘 눈이 필요한 것만은 아니라는 걸 알게 되더군요. 이젠 딱히 힘들 것도 없습니다. 그리고 눈이 멀고 나서야 깨달아지는 게 있었습니다. 세상엔 아름다운 것들보다 차라리 안 보여서 잘됐다 싶은 흉한 것들이 더 많다는 걸 말입니다."

호응도 대꾸도 없이 침묵만 흘렀다. 연암도, 선노미도 보탤 말이나 궁금한 게 떠오르지 않았다. 말이 없어도 서로를 보고 있는 게 아니라 어색하지 않았다. 침묵을 깬 건 밖에서 누군가 만춘을 부르는 목소리였다.

만춘이 고개를 들어 청나라 말로 대답한 뒤, 잠시만 기다리라며 일어나 더듬더듬 문을 열고 나갔다.

열린 문 사이로 인상이 음흉한 남자가 서 있는 게 보였다. 만춘보다 열댓 살은 많아 보이는데, 사십 대 중반은 된 것 같았다.

만춘은 청국어로 남자와 몇 마디 말을 주고받고 나서 다시 방으로 돌아왔다.

"급한 일이 있는 거요?"

연암이 문 쪽을 돌아보며 물었다.

"아닙니다. 저 사람은 중개인입니다."

"중개인이라고?"

어떤 의미의 중개인인지 몰라 반문하자 만춘이 설명했다.

앞이 보이지 않는 마을 사람들은 밭일은 할 수가 없게 되었다. 대신 손으로 온갖 것을 만들어 생계를 유지한다. 그들은 눈이 안 보이는 대신 손기술이 좋았다. 바느질이나 공예, 부채 만들기 같은 자기에게 맞는 일을 제각각 선택해 그걸로 돈을 벌었다. 그러기 위해선 바깥세상서 꾸준히 일감을 구해 올 누군가가 필요했다. 그게 바로 아까 본 중개인이며 이름이 리췬이라고 했다.

리췬은 며칠에 한 번꼴로 마을에 들러 일감과 수당을 건네주고, 마을 사람들이 만든 것을 가져갔다.

“물가에 쓰러져 있는 두 분을 발견하고 제게 알려준 사람도 저 이입니다. 저 사람이 없었더라면 마을에서는 아무도 모르고 넘어갈 뻔했죠. 조금 전에도 당신들 안부가 걱정돼 잠시 들른 거라고 합니다.”

“고마운 일이군요. 그런 줄 미리 알았으면 감사 인사라도 했을 것을.”

만춘이 빙그레 웃었다. 조금 전에 봤던 해사한 미소였다.

“그건 그렇고 조선분들이 어쩌다 이런 곳까지 오게 된 겁니까?”

연암이 사고를 당하게 된 경위를 간략하게 설명했다.

“빨리 일행을 쫓아가야 하는데 어디 있는지 알 수 없으니 난감한 일이구려.”

연암이 갑자기 현실의 처지를 인식한 듯 한숨을 내쉬자 만춘이 달래듯 말했다.

“몸 상태도 안 좋을 테니 우선은 좀 쉬시지요. 저희도 방법을 생각해볼 테니까.”

만춘의 아내로 보이는 젊은 여자가 상을 들고 들어왔다. 곱지는 않지만 수더분한 외모가 호감을 주는 여자였다. 상 위엔 검붉은 액체가 담긴 사발 두 개가 올라와 있었다.

“산매탕(酸梅湯)이라고 합니다. 조린 매실에 꿀을 넣고 끓였다가 식힌 것이죠. 여름철 원기 회복에 좋다고 하니 드셔보시지요.”

그렇지 않아도 갈증이 나던 참이었는지 연암이 사발을 벌컥벌컥 들이켰다. 눈 깜짝할 사이에 산매탕 그릇이 바닥을 보였다.

"입에 맞으시는 것 같은데 한 사발 더 하시겠습니까?"

만춘이 물었다.

"목이 많이 말랐나 봅니다. 염치없지만, 주신다면 더 받겠소."

만춘이 손을 더듬어 아내의 등을 두드리자 그녀가 눈 먼 자 같지 않게 자연스럽게 물러났다. 톡톡톡, 지팡이 소리가 멀어지는 걸 보니 산매탕을 가지러 부엌 쪽으로 가는 것 같았다.

"너도 들어보거라. 새콤달콤한 게 맛이 괜찮구나."

아직 선노미가 입에도 대지 않은 걸 보고 연암이 권했다.

선노미는 물끄러미 산매탕을 바라보기만 했다. 비위가 약해 새로운 음식에 선뜻 손이 가지 않기도 했지만 어쩐지 사발을 보고 있노라니 꺼림칙했다. 콕 집어 말할 순 없지만, 이 마을도, 만춘도 마뜩잖은 구석이 있었다.

'예민해져서 쓸데없는 생각이 드는 거야.'

선노미는 공연한 거정을 떨쳐내며 사발을 들려고 두 손을 뻗었다.

먹지 마!

선노미 귓전에 속삭이는 듯한 소리가 들렸다. 아주 작지만 선명한 여자의 음성이었다.

선노미는 흠칫 놀라 사발로 뻗었던 손을 슬그머니 물렸다. 그럴 리 없는 줄 알면서도 선노미는 방을 둘러보았다. 당연히 다른 사람은 없었다. 분명 귀에 익은 여자 목소리였는데.

"왜 안 마시니?"

연암이 침을 꿀꺽 삼키며 물었다.

"속이 좀 안 좋아서요."

선노미는 그렇게만 둘러댔다.

"기왕 내오셨는데……. 그렇다면 내가 마시마."

연암은 냉큼 사발을 들어 한 번에 훌훌 들이켰다.

선노미는 자기도 모르게 귓전에 들린 말을 속엣말로 중얼거렸다. 그러나 연암을 말리지는 못하고 멍하니 바라볼 수밖에 없었다.

문득 고개를 돌리니 만춘이 서늘한 시선으로 자신과 연암을 슬그머니 보고 있었다. 눈이 마주친 순간, 만춘의 눈동자는 초점을 잃고 다시 흐릿한 맹인의 눈으로 돌아갔다.

마을은 조용하고 평온했다. 어차피 날이 저물 때까지 할 일도 없어 선노미와 연암은 산책 삼아 마을을 휘휘 돌아다녔다. 만춘이 경치가 좋아 이 마을에 정착했다고 했는데, 과연 그 말대로였다. 등 뒤론 산이 포근하게 감싸안고, 앞으론 넉넉한 물이 흘렀는데, 지금은 가장 녹음이 짙게 우거진 터라 그림 속에나 나올 것처럼 아름다웠다. 눈이 안 보여 좋은 점이 많다지만 이런 풍광을 놓치고 사는 건 역시 안타까운 일이라고 선노미는 생각했다.

커다란 나무 그늘 아래 마을 사람들이 삼삼오오 모여 분주히 손을 놀리며 일을 하고 있었다. 한여름 무더위를 식히려고 일부러 밖으로 나와 일하는 모양이었다. 모두 고개도 들지 않고 쉴 새 없이 손을 움직여댔다. 쉬거나, 한가롭게 잡담을 나누는 법도 없었다. 세상에 일감과 자신밖에 존재하지 않는 것처럼 내내 작업에 열중했다.

무서우리만치 일에 몰두하는 걸 지켜보며 선노미는 숨이 턱 막히는 기분이 들었다. 분명 모여서 함께 노동하는 것인데 그 모습이 어쩐지 섬뜩하게 느껴졌다. 사람들 모습이 마치 영혼이 빠져나간 꼭두각시 같았기 때문이다. 보이지 않는 손이 그들을 일만 하는 꼭두각시로 만들어 조종하고 있는 것처럼 보였다. 조금 전 느꼈던 위화감이 스멀스멀 올라왔다.

"저 사람들, 뭔가 이상하지 않아요?"

"사람이라니? 어디에 사람이 있다는 거냐?"

선노미가 답답한 마음에 물었지만 연암은 엉뚱한 대답을 했다.

"저기 나무 그늘 밑에 있는 사람들요."

연암은 눈을 끔뻑거리며 선노미가 가리키는 방향을 한참 들여다보았다. 그래도 침침한지 손으로 눈을 몇 차례 비비기까지 했다.

"그래, 그러고 보니 사람 형체 같은 게 어렴풋이 보이긴 하는구나. 넌 아직 어려서 그런가 눈이 참 좋구나."

선노미는 할 말을 잃고 멍하니 연암을 쳐다봤다. 바로 앞에 있는 사람들이 안 보인다니.

연암은 작은 거 하나 허투루 보는 사람이 아니었다. 사람이고 사물이고 무엇이든 관찰하는 눈이 누구보다 뛰어나고 예리했다. 그런데 저렇게 앞 못 보는 사람 같은 소리를 하다니.

'앞 못 보는 사람?'

그러고 보니……. 문득 떠오른 생각에 가슴이 덜컥 내려앉았다. 물가에서 나와 마을에 들어올 때까지는 다리만 조금 절룩일 뿐 괜찮았는데, 방에서 쉬었다 나온 뒤부터 연암은 그답지 않게 이상하게 굴었다. 방에서 여기까지 오는 동안 몇 번씩이나 발을 헛디뎌 선노미가 결국 부축까지 해야 했다.

연암은 '이거 나이 드니 조심성이 없어져서, 원' 하고 투덜거렸지만, 선노미가 보기엔 그런 걸 떠나 그의 눈이 갑자기 안 좋아진 것 같았다.

연암이 마을 울타리를 쳐놓은 새끼줄에 반사적으로 손을 뻗었다. 맹인들 길 안내를 위해 쳐 놓은 새끼줄에 당연하다는 듯 의지한 채 더듬거리며 한 발짝 한 발짝 조심스레 걸어갔다. 저러다 조금 있으면 지팡이 없이는 못 걷겠다 싶을 정도였다.

"나리, 아직 안 좋으신 것 같은데 돌아가 쉬시지요."

선노미가 서둘러 연암의 겨드랑이를 붙잡고 걷는 것을 도왔다.

만춘은 다시 돌아갈 방도를 찾을 때까지 며칠이고 편히 머물라며 방 하나를 내줬다. 그조차도 선노미는 내키지 않았지만, 별수 없었다. 오히려 쉴 곳을 제공해주니 천만다행이라는 생각이 들어야 할 텐데, 하며 머리만 갸웃거렸다.

"쉬면서 기운을 좀 차리고 나면 바로 마을을 나가 다시 사행단 일행에 합류할 수 있을 거예요."

"사행단?"

연암이 멍청한 얼굴로 선노미가 한 말을 따라 했다.

"사행단이라니, 그게 무슨 소리냐? 그게 나랑 무슨 상관이 있다고."

"나리……."

"그리고 애초에 어느 나라 사행단을 얘기하는 거냐?"

말도 안 되는 걸 묻자 선노미는 입이 딱 벌어졌다. 눈이 안 보이는 것도 모자라 연암은 아예 과거의 기억까지 사라진 것 같았다. 대체 어찌 된 일인지 몰라 덜컥 겁이 났다.

"나리! 기억 안 나세요? 나리랑 저랑 사행단 따라 열하로 가던 길에 급류에 휩쓸려 이 마을로 떠밀려 왔잖아요."

연암의 얼굴에 곤혹스러운 빛이 어렸다. 선노미가 일부러 이것저것 설명해주어도 아무것도 떠오르지 않는 모양이었다. 평상시엔 그렇게 반짝거릴 수가 없었는데 총기를 잃은 연암의 눈동자는 초점도 없고 뿌연 안개가 들어 찬 것처럼 흐릿해졌다. 그 눈빛이 이 마을 사람들과 너무나 닮아 선노미는 온몸에 소름이 쭉 돋았다.

연암의 괴이한 상태는 잠깐 그러고 마는 게 아니었다. 오히려 갈수록 더 나빠지기만 하는 것 같았다. 그동안 몸에 쌓인 피로를 감당하지 못해 나타난 일시적인 증세라고만 여기고 애써 안심하려 해도 괴이한 건 어쩔 수가 없었다. 눈이 가물가물해지고 기억력이 감퇴한 걸 제외하고는 건강에 아무런 이상이 없어 보였기 때문이다. 밥도 잘 먹고, 잠도 잘 잤다. 그리고 갈증이 난다며 하루에도 몇 잔씩 산매탕을 들이켰다. 갈증이 날 리도 없을 텐데 그랬다.

'산매탕!'

그 시커먼 액체가 찰랑거리는 게 떠오르자 선노미는 여간 찝찝한 게 아니었다. 어쩌면…….

연암이 이상해진 건 그 때문일지도 몰랐다. 필요 이상으로 산매탕을 찾아 마시는 것도 이상하긴 했지만, 산매탕을 마시지 말라고 속삭였던 그 목소리가 가장 이상한 이유였다.

정말 그것 때문이었을까. 그것 말고는 도무지 원인을 찾을 길이 없었다. 그렇다면 만춘은 왜 자신과 연암에게 산매탕을 권했던 걸까.

적어도 하나는 분명했다. 더 이상 만춘을 믿어서는 안 된다는 것이었다.

그렇게 마음먹은 뒤로 선노미는 만춘의 일거수일투족을 지켜보았다. 상대가 안 보이니 집요하게 관찰하는 건 오히려 편했다. 그런데 적어도 자신과 연암 앞에서 만춘은 수상쩍은 기미가 전혀 없었다.

저녁 내내 뒤척이다 설핏 잠이 들었는데, 자신까지 눈이 머는 꿈을 꾸다 깼다. 어두컴컴한 걸 보니 밤이 깊은 것 같았다. 깬 김에 일어나 측간에서 소피를 보고 나오는데 텅 빈 부엌에 남자 하나가 우두커니 서 있는 걸 발견했다. 열린 부엌 문 사이로 보니, 만춘이었다.

선노미는 몰래 숨을 죽이고 만춘이 무얼 하는지 지켜보았다.

그는 품 안에서 곱게 접은 종이를 꺼내더니 거기 담긴 하얀 가루를 어딘가에 털어 넣었다. 이 야밤에 수상한 가루를 섞는 행위 자체가 여상해 보일 리 없었다. 불현듯 산매탕을 떠올렸다. 만약 저 가루를 산매탕에 섞는 거라면? 선노미는 저도 모르게 침을 꿀꺽 삼켰다.

은밀한 짓을 다 마쳤는지 손을 탁탁 털고 부엌을 나서려던 만춘은 사람의 기척을 알아차렸는지 흠칫 놀라 걸음을 딱 멈췄다.

"선노미 너, 이 시간에 여기서 뭘 하고 있니?"

"……측간 다녀오다 목이 말라서요."

"그래? 저 안에 주전자에 산매탕이 있으니 그걸 마시렴."

만춘은 부엌 문을 잡은 채 그렇게 말해놓고는 선노미를 남겨두고 제 방으로 돌아갔다.

부엌으로 들어가 자신이 본 게 뭔지 확인해보았다.

주전자 옆엔 실수로 흘렸는지 하얀 가루약이 조금 떨어진 게 보였다. 짐작대로였다. 만춘은 산매탕에 수상한 가루를 섞었다.

선노미는 부엌을 나와 그기 들이긴 방문을 노려보며 생각했다. 여기 서 있는 게 나라는 걸 어떻게 알았을까? 만춘은 마치 자신을 본 것처럼 '선노미'라고 이름을 불렀다. 제 방으로 돌아갈 때 지팡이에 의존하지 않고 똑바로 걸어갔다는 것도. 선노미는 이번엔 부엌을 돌아보았다. 희미한 호롱불이 비치고 있었다. 부엌을 밝히는 불이 왜 필요했을까?

기분 나쁜 예감이 선노미의 가슴에 서서히 퍼져나갔다.

날이 밝자마자 선노미는 연암을 깨워 다그쳤다. 어서 이 마을을 빠져나가야 한다고. 여긴 위험한 곳이라고. 계속 머물다간 무슨 일이 벌어질지 모른다고. 하지만 연암은 '왜? 어디로?'라는 말만 반복할 뿐이었다.

"나리! 빨리 일행들한테 돌아가야죠! 열하를 구경하고 여행기를 쓴다고 하셨잖아요!"

"내가…… 그랬던가?"

"기억 안 나세요? 책 제목을 '열하일기'로 할 거라고 하셨던 것도요?"

이래도 모를까 싶었지만 연암은 도통 반응이 없었다.

"그랬던가……. 하지만 그런 게 다 무슨 소용이란 말이냐. 모든 걸 내려놓으니 이렇게 편하구나. 기필코 이뤄야 할 목표도 없고, 그러니 고민도 없어지잖니. 아무런 욕심도 없으니 이런 게 바로 낙원인가 싶다."

연암의 목소리에서는 음성의 고저가 전혀 느껴지지 않았다. 살아있는 사람의 목소리가 저럴 리 없었다. 선노미는 절망적인 기분이 들어 눈을 질끈 감았다.

"나리, 여긴 낙원이 아니에요! 마을 사람들은 꼭두각시라고요! 여기에 계속 있다간 나리도 꼭두각시가 될지 몰라요!"

연암은 알아듣겠다는 건지 모르겠다는 건지, 흐응, 하는 소리를 내며 그대로 바닥에 드러누웠다. 마치 지금부터 한잠 늘어지게 자려는 기색이었다.

선노미는 머리를 감싸 쥐었다. 무슨 일이 있어도 이곳을 벗어나야 해. 하지만 어떻게 한다? 내 힘으로 덩치 큰 나리를 억지로 끌고 갈

수는 없는데.

아무리 궁리해봐도 어떻게 해야 할지 방법이 떠오르지 않았다. 그래도 시간은 꾸역꾸역 흘러갔다. 연암을 보고 있으면 그는 천하태평이었다. 여기 아예 눌러앉을 것처럼 편안해 보였다.

선노미는 그를 지켜보는 것 말고는 아무것도 할 수 있는 게 없었다. 그의 곁에 있기라도 해야지 홀로 내버려두면 더 큰일이 생길 것만 같았다. 따로 움직여 좀 알아보려고 해도 그럴 수가 없으니 속이 더욱 타들어갔다. 그러는 사이 이미 날도 저물었다.

저녁상을 물린 연암은 여느 때처럼 입맛을 다시며 산매탕을 찾았다. 선노미는 적어도 이럴 땐 무엇을 해야 할지 알 수 있을 것 같았다. 연암이 만춘을 부르려는 걸 말리고 벌떡 일어났다. '제가 가져올게요' 하곤 부엌으로 달려가 산매탕을 주전자째로 바닥에 흘려버렸다.

"가져오다가 넘어져 전부 바닥에 쏟아버렸어요."

선노미는 일부러 주전자를 기저와 기꾸로 흔들어 보이며 말했다.

"허허, 좀 조심하지 그랬니."

연암이 아쉽다는 듯 혀를 끌끌 찼다. 선노미가 미안해하는 게 아니라 당당하게 산매탕을 엎질렀다고 하는 데도 연암은 이상하게 보지 않았다. 그저 그러냐, 하는 반응이었다. 차라리 화를 내기라도 하면 대들어 정신 차리게 해볼 텐데 무덤덤하게 나오니 기가 막힐 뿐이었다.

답답해 울컥 화가 치밀어 올랐지만 만춘이 신경 쓰여 이젠 연암을 다그치기도 어려웠다. 선노미는 곁눈질로 몰래 마당에 나앉은 만춘을 흘깃거렸다.

만춘은 선노미와 눈이 마주치자 슬그머니 고개를 돌렸다. 그건 마치 계속 보고 있다가 의식적으로 회피하는 것만 같았다. 정말 자신을 보고 있었는지는 알 길이 없었다.

발만 동동 구르다 지쳐 설핏 잠이 들고 말았다. 헛잠이 들었던 건지 사람이 소곤거리는 소리에 귀가 먼저 깨고, 곧 눈이 떠졌다. 환청이 아니었다. 밖에서 들리는 소리가 분명했다.

한 목소리는 만춘의 것이었다. 귀를 바짝 기울여 보니 또 한 목소리도 들어본 적이 있었다. 그건 중개인이라던 리퀀의 목소리였다.

선노미는 소리 나지 않게 몸을 일으켜 조심스럽게 움직였다. 깨진 나무문 틈새로 바짝 얼굴을 붙였다. 대문 앞에서 중개인 리퀀과 만춘이 말을 나누는 게 보였다.

이렇게 늦은 시간에 중개인이 어쩐 일로 왔을까. 이 밤에 무슨 할 일이 있는 걸까. 그보다 더 수상한 건 둘 다 멀쩡해 보인다는 것이었다. 만춘은 리퀀을 똑바로 보고 있었고, 리퀀도 그걸 이상하게 여기지 않는 것 같았다. 리퀀은 만춘이 맹인이 아니라는 걸 알고 있는 걸까?

리퀀이 품 안에서 무언가를 끄집어내 만춘에게 건넸다. 사각형으로 곱게 접힌 하얀 종이였다.

어제 보았던 그것이었다. 만춘이 산매탕에 탔던 하얀 가루가 든 약첩. 그걸 왜 이 시간에? 아……. 어쩌면 자신이 일부러 주전자를 쏟아버려 새로 약을 가지고 온 걸지도 몰랐다. 그렇다면 저 중개인도 이 일에 연루가 돼 있었던 건가.

청나라 말로 빠르게 주고받는 데다 뚜렷한 성조 때문인지 그게 꼭 싸우는 것처럼 들렸다. 선노미는 자기도 모르게 덜덜 떨리는 손에 힘을 주고 있었는데 그 바람에 문이 미세하게 움직이며 삐걱, 나무 끼는 소리가 났다.

선노미가 헉, 숨을 들이마신 것과 만춘이 이쪽을 돌아본 것은 거의 동시였다.

달빛에 드러난 만춘의 눈빛은 잘 벼린 날카로운 칼날 같았다. 시선이 이쪽으로 향했을 뿐인데도 칼에 베이는 기분이 들었다. 선노미는 확신했다. 저자는 맹인이 아니다! 무슨 이유인지는 몰라도 맹인 행세를 하고 있다! 그리고 방금 제 비밀을 들킨 걸 알아차렸다!

선노미는 엉금엉금 뒤로 기어 연암에게 다가갔다. 만춘에게 발각된 이상, 더는 시간을 끌 수 없었다. 그는 고의로 눈을 멀게 하려고 했다. 이제 거리낄 것도 없어진 마당에 무슨 짓이든 하려 들 것이다. 그 전에 이 집을, 이 마을을 떠나야 한다!

선노미가 흔들어 깨우자 연암은 가늘게 실눈을 떴다. 눈을 떴는데도 그는 제 몸을 흔들어대는 선노미를 보고 있지 않았다. 그저 천장에만 망연히 시선을 둘 뿐이었다. 선노미가 보이지 않는다는 증거였다. 선노미는 있는 힘을 다해 연암을 일으켜 세웠다.

"나리, 지금 빨리 떠나야 해요!"

"난데없이 그게 무슨 말이냐?"

"자세히 설명할 시간이 없으니 어서요!"

선노미가 몹시 흥분한 걸 처음 본 터라 연암은 움찔했다. 더는 묻지 않고 더듬거리며 몸을 일으켰다.

문 틈으로 밖을 보니 조금 전 있던 두 사람이 보이지 않았다. 아무런 소리도 들리지 않았다.

선노미가 연암을 부축해 막 문을 열고 나설 때였다.

"도망가려고? 그렇게는 안 되지."

어디서 나타났는지 만춘이 문 앞에 버티고 서 있었다.

선노미는 그 자리에 얼어붙은 채로 먼저 그의 눈부터 보았다. 정확히 자신을 보고 있는 눈. 자신과 연암을 정확하게 번갈아 보는 눈.

선노미의 시선이 천천히 그의 팔로 내려갔다. 만춘은 제 주먹 두 배만 한 돌덩이를 움켜쥐고 있었다.

선노미가 연암을 부축한 채로 뒤로 물러섰다. 만춘이 몸을 밀 듯이 해서 들어와선 문을 닫아걸었다. 그리고 어찌할 사이도 없이 손에 들고 있던 커다란 돌로 연암의 머리를 내리쳤다. 연암이 억, 소리를 내며 옆으로 쓰러졌다.

"나리!"

선노미가 바닥에 뒹구는 연암을 부둥켜안았다. 이마 위로 피가 한 줄기 흘러내렸다. 선노미는 겁이 더럭 났다.

"나리, 괜찮으세요? 나리!"

"으으음……."

연암이 고통스러운지 얼굴을 일그러트리며 신음했다. 선노미가 허겁지겁 그의 머리를 살펴보았다. 머리가 조금 찢어지긴 했지만 심각한 정도는 아니었다.

"이게 무슨 짓이야!"

선노미가 만춘을 올려다보며 버럭 소리를 질렀다. 제정신이 아니어서 눈에 뵈는 게 없었다. 만춘의 체격이 저보다 크고 위압적이었지만 두렵지도 않았다.

"세게 내리치지 않았으니 많이는 안 다쳤을 거다. 대신 이제 도망가긴 힘들겠지."

만춘이 머리를 감싸 쥐고 끙끙거리는 연암을 힐끗 쳐다보더니 손에 들고 있던 돌을 바닥에 내려놓았다.

돌로 사람을 내리쳐놓고도 저리 태연하다니, 선노미는 믿기지 않았다. 그것으로 분명해졌다. 그는 마음만 먹으면 연암은 물론이고 자신까지 아무렇지 않게 죽일 수 있는 사람이었다.

"……눈이 안 보인다는 건 다 거짓말이었죠?"

선노미의 목소리가 떨려서 나왔다.

"너 제법이더구나."

만춘이 순순히 수긍했다.

"하긴 산매탕을 일부러 버릴 때부터 여간내기가 아니라 생각했지만."

선노미는 속으로 탄식했다. 자신이 품었던 의심이 모두 사실이라는 게 오히려 허탈하기만 했다. 선노미가 고개 숙인 채 물었다.

"다른 사람들도 모두 맹인인 척하는 건가요?"

"그럴 리가."

만춘은 고개를 저었다.

"그들은 진짜로 아무것도 못 봐."

선노미는 풀리지 않은 의심을 마저 확인했다.

"사실은 전염병이 아니죠? 다들 약을 먹고 눈이 먼 거예요."

만춘의 얼굴에 비웃는 듯한 표정이 스치고 지나갔다.

"그래, 세상에 눈이 멀게 되는 전염병이 어디 있겠니. 그런데도 저 양반은 어이없을 정도로 쉽게 속아 넘어가더구나."

만춘이 고갯짓으로 연암을 가리키며 조롱했다.

"왜, 왜 이런 짓을 하는 거예요?"

귀에 들리는 제 목소리가 떨렸다. 화가 나서인지, 두려움 때문인지 저 자신도 알 수 없었다. 만춘이 순순히 대답했다.

"세상에서 가장 완벽한 일꾼들을 만들기 위해서지."

"……."

완벽한 일꾼이라니……. 그의 대답은 선노미의 의문을 풀어주기는커녕 더 혼란스럽게 만들었다.

만춘은 선노미를 내려다보며 입을 달싹거렸다. 망설이는 눈치더니 결심했는지 천천히 입을 열었다.

"들려주마. 어차피 지금 일어난 일은 모두 잊어버릴 테니까."

모두 잊어버릴 거라고?

모두 잊어버린다는 말의 의미를 알 수 없어 선노미는 등골이 서늘해졌다. 그리고 지금부터 나올 만춘의 말은 끔찍할 것임에 틀림없었다. 차라리 듣지 않는 게 더 나을지도 모를 만큼. 영원히 잊고 싶을 만큼.

"약을 먹으면 눈만 안 보이게 되는 게 아니다. 과거의 기억까지 모조리 사라지지. 내가 누구인지도 모르고, 욕망도 사라져. 그런 게 제거된 인간만큼 일에 완벽히 몰두할 수 있는 사람들은 없어. 그들은 꼭두각시나 마찬가지니까."

꼭두각시라는 말이 뇌리에 서늘하게 와 박혔다. 나무 그늘 밑에서 표정 없는 얼굴로 쉴 새 없이 손만 움직이던 사람들 얼굴이 떠올랐다. 마치 손만 살아있는 사람들 같았다. 그때 느꼈던 오싹한 기분이 어디서 온 건지 이젠 알 것 같았다. 그들은 꼭두각시였던 것이다. 선노미는 욕지기가 치밀어 올라왔다. 만춘의 말이 이어졌다.

"너희들이 급류에 떠밀려 왔을 때 잠시 고민이 되더구나. 일꾼으로 삼을지, 아니며 저 뒷산에 매장해버릴지. 무엇이 되었든 너희들은 살아서 이 마을을 나갈 수는 없었다. 내 몸에 조선인 피가 흘러서 그런가, 살려는 두기로 했지. 물론 눈이 멀고 기억이 사라진 채로."

"왜 멀쩡한 사람들을 그렇게 만들어요? 그래서 대체 뭘 얻겠다고!"

만춘이 그걸 정말 모르는 거냐는 얼굴로 피식 웃었다.

"얘야, 이 마을 사람들이 다 돈이잖니. 돈이 되니까 하는 거지."

선노미는 할 말을 잃고 멍하니 만춘을 쳐다보았다.

"저들의 생산 능력이 얼마나 높은지 너도 봤으면 알 게 아니냐. 안 보이니 계산하지 못하고, 욕망이 없어 불평도 안 하니 이보다 더 좋은 일꾼들이 어디 있겠니."

들을수록 가관이었다. 고작 그런 이유로 사람을 꼭두각시로 만들다니. 그들 틈에 섞여 쉬지 않고 손을 움직여 일하는 연암과 자신을 상상하니 온몸에 소름이 돋았다.

"하늘이 두렵지도 않아요? 어떻게 이런 끔찍한 일을 저질러요?"

"끔찍한 일이라……."

만춘이 느긋한 음성으로 선노미의 말을 따라했다. 만춘의 단정한 이목구비가, 인상 좋은 멀끔한 얼굴이 지금 선노미의 눈에는 온통 일그러져 보였다.

"네가 말한 끔찍한 일을 꾸민 사람의 머릿속은 나도 잘 모르겠구나. 그건 내 생각이 아니라서 말이다."

공모자가 더 있단 말인가! 생각지도 못한 말에 선노미는 눈을 둥그렇게 떴다.

"이 마을을 만든 사람은 내가 아니야. 나는 그저 이곳 관리자일 뿐이다. 사람들을 이상적인 일꾼으로 만든 건 리줜이야."

"리줜? 중개인?"

얼굴이 하얗게 질린 선노미에게 만춘이 고개를 끄덕였다.

"그래, 리줜은 사실 나라의 녹을 먹는 관리야. 사람들을 일꾼으로 만든 건 그 사람 계획이고, 나는 그저 마을이 잘 돌아가나 감시하기 위해 고용되었을 뿐이고. 물론 그 대가가 제법 쏠쏠하다만, 마을 전체가 벌어들이는 수익이 어느 정도인지는 짐작조차 안 가는구나. 너는 고작 마을의 일부만 보았을 뿐이란다. 얼마나 많은 사람들이 여기서 맹인이 되어 일하는지 알고 나면 깜짝 놀랄 거다. 마을 사람들한텐 최소한의 생계비만 주고 나머지는 전부 리췬이 가져가니 그게 얼마나 될지는 나도 상상이 안 가. 그걸 또 누구랑 어떻게 나누는지도 모르지."

선노미는 가슴이 덜덜 떨렸다. 이런 심정이었을까. 이렇게 기가 막히고 울분이 치밀어 올랐을까. 모르는 게 더 나았을지 모를 엄청난 비밀을 알아버린 사람들의 심정은.

자신에게 기이한 이야기를 들려줬던 사람들의 얼굴이 하나씩 스치고 지나갔다. 지금처럼 그들의 심정에 절절하게 공감했던 적은 없었다. 기이한 이야기들은 등골을 서늘하게 하고, 마음을 울리긴 했지만, 내 일처럼 절실해본 적은 없었다. 그건 모두 이야기일 뿐이었으니까.

"……전부 리췬 생각이라고요?"

선노미가 멍한 눈길로 중얼거렸다.

만춘이 이젠 하얀 이를 드러내며 씩 웃어 보였다.

"산매탕에 약을 풀자고 한 건 내 생각이고. 약이 워낙 써서 다른 음식에 넣으면 금방 티가 나거든. 산매탕은 시고 단 맛이 강해 쓴맛을 숨기기 쉽지."

만춘이 품에서 사각형으로 접힌 종이를 꺼냈다. 조금 전 리권에게서 건네받은 것이었다.

내용물의 정체를 알고 있는 선노미는 헉, 숨을 들이켰다.

"얘야. 이젠 기억을 지우자꾸나. 누군가에겐 한 번쯤 말하고 싶어 입이 근질거렸는데, 이젠 다 해소가 됐어. 그러니 마무리해야지."

선노미가 주춤거리며 뒤로 물러서다 벽에 부딪히자 만춘이 씨익 웃었다. 겁에 질린 선노미를 보는 게 즐거운 듯 시선을 고정한 채 한 걸음, 한 걸음 다가왔다. 완력으로 선노미를 벽에 밀어붙이고 억지로 입을 벌려 약을 털어 넣으려는 심산인 것 같았다.

가슴 속에서 심장이 미친 듯이 두근거렸다. 선노미는 세차게 고개를 흔들었다. 이런 곳에서 꼭두각시가 되면 죽은 거나 마찬가지였다. 집에선 어머니가, 여동생들이 나를 기다리고 있는데. 청나라에 간 아들이 돌아오길 목 빠지게 기다리는 어머니 얼굴이 떠올랐다.

"안 돼!"

선노미가 먼저 온몸으로 만춘에게 달려들었다. 방심했던지 만춘이 그대로 바닥으로 넘어졌다. 선노미는 그 틈을 타 밖으로 달아나려 했다.

"이놈!"

뒤로 나동그라졌던 만춘이 몸을 던져 선노미의 다리를 낚아챘다. 그 바람에 선노미도 바닥에 털썩 주저앉았다.

"이거 놔!"

선노미가 필사적으로 다리를 버둥거렸다. 발길질을 해보았지만 만춘의 팔 힘을 당해내지는 못했다. 선노미가 있는 힘껏 만춘의 가슴팍을 향해 다리를 내질렀다. 퍽 소리와 함께 만춘이 악, 비명을 지르며 뒤로 나자빠졌다.

선노미는 연암의 옷깃을 잡고 일으켰다. 연암은 여전히 정신을 못 차린 채 연신 신음하기만 했다.

"나리, 정신 차리세요! 지금 이러고 있을 때가 아니라고요!"

선노미가 연암의 겨드랑이에 제 등을 집어넣고 억지로 일으키려는데, 조금 전까지 쓰러져 있던 만춘이 별안간 뒤에서 선노미를 덮쳤다. 선노미는 눈 깜짝할 사이에 만춘 밑에 깔렸다.

"아이라고 봐줬더니, 제멋대로 굴어?"

만춘이 선노미의 목을 양손으로 쥐고 조르기 시작했다.

숨이 막힌 선노미가 켁켁거렸다. 온몸의 힘이 서서히 빠져나갔다. 시야가 점점 흐려졌다. 사방이 시커멓게 변하려 했다. 어쩐지 익숙한 장면이었다. 어디선가 본 것만 같은. 아, 급류에 휘말려 정신을 잃을 때였던가.

안 돼!

선노미는 젖먹던 힘까지 끌어모아 가물가물 꺼져가는 정신을 움켜잡았다. 손으로 바닥을 더듬었다. 묵직한 것이 손에 잡혔다. 선노미는 돌멩이를 집어 들고 올라탄 만춘의 머리를 힘껏 내리쳤다.

퍽.

둔탁한 소리와 함께 만춘이 비명을 지르며 떨어져 나갔다. 하지만 정신을 완전히 잃지는 않은 것 같았다. 선노미를 노려보는 만춘의 눈이 희번덕거리며 빛났다.

"으아아아!"

겁에 질린 선노미가 소리를 지르며 달려들어 다시 돌로 머리를 때렸다. 몇 번이나 돌멩이를 휘둘렀는지 몰랐다. 문득 정신을 차려보니 만춘의 얼굴이 온통 피범벅이었다. 만춘은 꼼짝도 하지 않았다. 으악! 놀란 선노미는 돌멩이를 내던졌다. 제 손도 이미 핏물에 젖어 있었다. 혹시…… 죽은 걸까?

아무리 흔들어도 만춘은 미동도 하지 않았다. 숨소리도 들리지 않는 것 같았다.

"으으음……."

갑자기 우렁우렁 울리는 신음 소리가 들려 선노미는 화들짝 놀랐다. 뒤에서 연암이 내는 소리였다.

"아이고, 머리가 깨지는 것 같구나."

연암이 끙끙 앓으며 몸을 일으켰다. 정신을 잃고 축 늘어져 있더니 드디어 깨어난 모양이었다.

"나리, 절 알아보시겠어요?"

선노미가 연암의 눈앞에 얼굴을 바짝 들이대고 물었다.

"알아보다니. 넌 선노미 아니냐."

무슨 그런 바보 같은 질문이 다 있냐는 투였다. 자세히 보니 희멀

졓게 변했던 연암의 눈동자가 원래대로 돌아온 것 같았다. 초점을 잃고 내내 멍했던 눈에 총기가 반짝였다.

"……그런데 여기는 어디냐?"

연암이 난생처음 보는 것처럼 휘휘 둘러봤다.

"나리, 이젠 앞이 다 보이시는 거예요?"

선노미가 급하게 외쳤다.

"앞이 보이냐니. 아까부터 계속 해괴한 소리만 하고 있구나. 언제 내가 눈이 멀기라도 했단 말이냐."

선노미는 입을 헤 벌리고 연암을 바라보았다. 연암은 정말로 아무것도 기억하지 못하는 것 같았다. 눈먼 자들의 마을에 온 것도, 자신이 시력과 기억을 잃을 뻔한 것까지도.

자신이 누군지 잊어가고 있던 연암은 이제는 거꾸로 이 마을에서의 기억을 모조리 잃어버린 것처럼 보였다.

"어, 어째서……."

선노미가 중얼거렸다. 어쩌면 만춘에게 머리를 얻어맞는 바람에 옛 기억과 함께 시력이 돌아온 것인지도 모른다. 그런데 왜 여기서 벌어진 일은 모르는 거지? 그것도 머리를 얻어맞은 반작용일까?

"사행단을 따라 열하로 가던 것까지 기억나는데……. 우리가 왜 이런 곳에 있는 거냐?"

"그런 걸 설명하고 있을 시간이 없어요."

선노미는 연암을 재촉했다. 연암은 제 뒤쪽에 쓰러진 만춘을 아직 보지 못했다. 행여 만춘이 죽었다면, 그리고 연암이 발견하게 된다면 뭐라고 설명해야 할지 선노미는 알 수 없었다. 게다가 뒷일도 걱정이 됐다. 이르든 늦든 만춘에게 벌어진 일은 마을에 알려질 것이다. 그러니 그전에 어떻게 해서든 이곳을 떠나야 했다.

"여기서 우물쭈물하다간 일행을 전부 놓쳐버릴 거라고요!"

그 말이 효력을 발휘했는지 연암이 망설이지 않고 벌떡 일어나 비틀거리며 밖으로 나갔다.

제대로 걸을 수 있을까 걱정했는데 생각보다 회복이 빠른 것 같았다. 선노미는 연암을 부축하며 잰걸음으로 마을을 빠져나왔다. 마음이 조급한 데다 저보다 무거운 연암까지 지탱하려니 얼굴에서 땀이 비 오듯 쏟아졌다. 하지만 마을 사람들이나 리쥔이 뒤쫓아오면 큰일이라는 생각에 발걸음을 늦출 수 없었다.

"나리, 머리는 괜찮으세요?"

"좀 지끈거리고 찢어진 곳이 쓰리긴 하지만, 그럭저럭 견딜 만하다. 그건 그렇고, 넌 어디로 가야 하는지는 알고 가는 거니?"

연암이 걱정스럽게 물었다.

"그럼요. 걱정 말고 따라오세요."

대답은 자신 있게 했지만, 선노미도 알 턱이 없었다. 여기가 어딘지도 모르는데. 다만 둘이 급류에 휘말려 도착한 물가까지 가면 뭔가 방법이 생길 것 같았다. 운이 좋으면 배가 있을지도 모른다. 배를 타면 이 마을에서 완전히 벗어날 수 있겠지. 선노미 마음속엔 그 생각밖에 없었다.

멀리 강이 보이기 시작했고, 물가엔 배 대신 빈 뗏목이 출렁이는 물결에 흔들리고 있었다.

뗏목에 매달린 채 간신히 강을 건너 반대편에 도착한 두 사람은 쉬지 않고 산 하나와 강 하나를 더 건넜다. 하루가 꼬박 걸렸고, 그동안 아무것도 먹지 못했다. 선노미는 오직 마을과 최대한 멀어져야 한다는 일념밖에는 없었다. 여기까지라면 안심해도 되겠다 싶을 때까지 걷고 또 걸었다. 드디어 도착한 낯선 도시의 초입에서 연암이 지나던 유생을 잡아 세웠다.

유생과 필담을 주고 받는 연암의 얼굴이 점점 상기되기 시작했다. 얼굴엔 화색까지 돌았다. 연암이 선노미를 돌아보며 쾌재를 부르듯 소리쳤다.

"소가 뒷걸음질 치다가 쥐를 잡는다더니 세상에 이런 우연이 있나. 선노미야, 여기가 어딘지 아느냐? 열하다, 열하라고!"

"네?"

선노미도 눈을 동그랗게 떴다.

"이러고 있을 게 아니다. 어서 태학관, 태학관으로 가야지."

연암은 유생 앞에 다시 '태학관'이라고 썼다. 조선인 사신들 일행이 열하에서 묵을 예정인 숙소였다.

유생의 도움으로 마차를 얻어타고 태학관에 당도하자, 그곳에선 한바탕 난리가 벌어졌다. 전날 태학관에 도착한 일행은 다들 선노미와 연암이 죽은 줄로만 알고 있었다.

둘이 떠내려간 뒤 백방으로 찾아다녔지만 결국 발견하지 못하자 그들은 먼저 열하에서 바쁜 업무를 소화했다. 그리고 연암과 선노미가 떠내려갔던 곳으로 돌아와 시신을 거둘 생각이었노라고 했다. 그랬는데 멀쩡하게 살아서 제 발로 태학관까지 찾아왔으니 놀라 자빠질 수밖에 없었다.

"대체 어찌 된 일인가? 그동안 어디 있었나?"

저 때문에 두 사람이 죽었다고 자책했던 박명원이 눈시울을 붉히며 물었다.

연암이 고개를 흔들었다.

"기억나지 않습니다."

"뭐라고? 기억이 안 난다고?"

"기절해 있다가 어느 방 안에서 정신이 든 것 같긴 한데……."

연암이 도움을 청하는 눈빛으로 선노미를 곁눈질했다. 선노미는 연암을 한참 바라보다가 천천히 고개를 저었다. 자신도 모르겠다는 듯이.

그 뒤로 다시 연경에 돌아오기까지 시간은 정신없이 지나갔다. 그동안 연암은 공무 일정으로 바빠 선노미와 제대로 얼굴을 마주할 기회조차 없었다. 선노미도 되도록 연암과 마주칠 일을 피했다. 무슨 일이 벌어졌던 거냐고 캐묻기라도 하면 대답할 말을 찾기 어려울 것 같아서였다.

처음엔 선노미도 연암이 기억을 잃어버린 척하는 게 아닐까, 의심했다. 어떻게 그렇게 감쪽같이 잊어버릴 수 있단 말인가. 차츰 시간이 지나면서 선노미는 그가 정말 기억을 잃어버린 게 틀림없다고 결론 내렸다.

한편으론 안심이 됐지만, 한편으론 답답하고 속상했다. 나는 이렇게 기억이 생생한데 나리는 마음 편하게 아무것도 기억 못 하다니. 나도 차라리 기억을 잃어버렸으면 좋았을 텐데.

하지만 만춘을 돌로 내리칠 때 느꼈던 끔찍한 기분은 꿈에서조차 떠올릴 수 있을 만큼 생생했다. 퍽, 하는 귓가에 울려 퍼지던 둔탁한 소리도, 제 손에 남아 있는 감촉도.

사람을 죽였을지도 모른다고 생각하니 밤에도 제대로 잠을 이룰 수 없었다. 어렵게 눈을 붙였다가 한밤중에 땀에 흠뻑 젖어 눈을 뜨는 날들이 이어졌다.

차라리 청나라에 오지 않았더라면.

악몽에 시달리다 깬 날이면 선노미는 연암을 따라 이곳에 온 자신의 선택이 한없이 원망스러웠다.

"그런 일이 있었다니……."

선노미가 그동안의 사연을 다 마치자, 연암은 넋을 놓은 표정을 했다.

"혹시 꿈을 꾼 게 아니냐?"

선노미는 고개를 저었다. 꿈이었으면 좋겠다고 수천 번은 생각했다. 하지만 원망스럽게도 만춘을 돌로 내리친 건 엄연한 현실이었다.

"어째서 그런 일을 가슴에 묻어두고만 있었느냐. 왜 진작에 털어놓지 않았어."

얼굴이 붉게 물든 걸 보니 연암은 화가 단단히 난 모양이었다. 목소리도 평상시보다 거칠어졌다. 연암이 화를 내는 대상이 선노미의 고민을 미리 알아채지 못한 자신이라는 사실을 잘 알았다.

"……죄송해요."

선노미가 고개를 푹 수그렸다.

"네가 죄송할 일이 아니다."

한참 동안 침묵이 흐른 뒤에야 연암이 입을 열었다.

"네가 만춘이라는 자를 돌로 치지 않았더라면 그가 너를 죽였을지 몰라. 너와 내가 눈먼 꼭두각시가 됐을지도 모르고. 그러니 그건 어쩔 수 없는 일 아니냐."

"……하지만 저 때문에 사람이 죽었을지도 몰라요."

선노미가 기어 들어가는 소리로 중얼거렸다.

"그 사실은 변함없으니까요."

연암이 더 말하려다 입을 다물었다. 무슨 말을 해도 지금 선노미에겐 아무런 위로가 될 것 같지 않았다.

난감해하는 연암의 얼굴을 보니 선노미는 자신이 저지른 잘못의 무게가 더 크게 느껴졌다. 가슴이 갑갑했다. 어느새 다시 눈에 눈물이 괴기 시작했다.

"나리, 전 앞으로 어떻게 해야 하나요?"

“평생 속죄해야지요.”

연암 대신 말없이 듣고만 있던 마티유가 대답했다.

“속죄요?”

마티유가 가만히 고개를 끄덕였다.

“하지만 그런다고 죽은 사람이 살아 돌아오는 건 아니잖아요. 만약 제가 사람을 죽였다면요.”

“그렇지요.”

“그러면 그게 무슨 소용이 있나요?”

“다른 사람을 하나 살릴 수 있지요.”

“다른 사람이라고요?”

선노미는 머리가 혼란스러웠다.

“그게 누군데요?”

마티유는 잠시 선노미를 뚫어지게 쳐다본 뒤 대답했다.

“바로 당신입니다.”

선노미가 입을 딱 벌렸다. 마티유는 뭔가를 골똘히 생각하다 어렵게 입을 열었다.

“당신이 안고 있는 마음속 어둠은 나도 잘 알고 있습니다. 나 역시, 사람을 죽인 적이 있으니까요.”

마티유가 고해성사하듯 이야기를 시작했다.

마티유가 죽인 사람은 절친한 친구 제롬이었다. 사소한 말다툼 끝에 제롬과 몸싸움이 벌어졌는데 어쩌다 그를 너무 세게 밀치고 말았다. 쓰러지면서 날카로운 테이블 모서리에 머리를 찍은 제롬은 어이없게 숨을 거뒀다.

과실치사가 명백했기 때문에 마티유는 큰 벌은 면했다. 어린 시절부터 알고 지냈던 제롬의 부모님도 결국엔 그를 용서했다. 마티유를 용서하지 못한 건 자기 자신뿐이었다.

그때부터 마티유의 마음속에 자라기 시작한 어둠은 조금씩 그를 좀먹었다. 아무리 떨치려 해도 친구를 죽였다는 죄책감과 양심의 가책은 사라지지 않았다. 아마도 그것들은 평생을 따라붙을 것이었다.

오랫동안 방황하던 마티유에게 안식을 선사한 건 종교였다. 신(神)의 품 안에 있는 순간만큼은 견딜 수 없이 괴로웠던 마음이 조금은 진정되는 것 같았다. 마티유는 망설임 없이 종교에 귀의했다. 자신을 받아들여준 신을 위해 헌신하고, 평생 제 잘못을 회개하며 살겠다고 결심했다.

세월이 흐르면서 그를 괴롭히던 어두운 감정들도 조금씩 씻겨졌다. 불에 덴 화상 자국처럼 흔적은 남겠지만, 더는 그런 감정들로 인해 못 견디게 고통스럽지는 않았다.

"언젠가는 당신도 그렇게 될 수 있어요. 꾸준히 잘못을 빌고 용서를 청하면."

마티유가 선노미를 향해 또박또박 힘주어 말했다.

하지만 그의 말도 선노미에게 위안을 주지 못했다. 십 년, 이십 년 뒤라니. 지금도 이렇게 마음이 답답한데. 가슴이 납덩이를 단 것처럼 무거운데. 그렇게나 오랜 세월 동안 괴로움이 가시지 않을 거라 생각하니 앞이 아득해지는 것이 오히려 더 견디기 어려웠다.

"저 십자가를 당신에게 선물로 줄게요."

마티유가 조금 전 선노미가 바라봤던 십자가를 가리켰다.

"십자가가 마음에 들었지요? 아마 당신의 마음을 위로해줄 수 있을 거예요."

느닷없는 배려에 선노미는 적잖이 놀랐다.

"생각해주는 마음은 감사하지만, 그건 좀 곤란하오. 조선에선 그리스도교 물건을 지닐 수 없소."

당황한 선노미를 대신해 연암이 부드럽게 거절했다.

사정을 잘 아는 마티유는 곧바로 수긍했다.

"사정이 그러니 어쩔 수 없지요."

대화의 주제가 무거웠던 탓에 어색한 침묵이 흘렀다.

"시간이 많이 흘렀구나. 이만 일어서자."

더는 천주당에서 할 일이 없다고 생각했는지 연암이 먼저 운을 뗐다. 아직 충격이 가시지 않은 듯 연암 역시 혼란스럽고 당황한 얼굴이었다.

선노미도 그를 따라 순순히 일어섰다. 낯선 사람 앞에서 괜한 말을 했다는 후회도 들었지만, 그래도 마음이 조금은 가벼워진 것 같았다.

하지만 연암이 자신을 어떻게 생각하는지 몰라 걱정스러웠다. 겉으론 어쩔 수 없는 일이었다고 위로했지만, 속으론 살인자라고 비난

하지 않을까. 실수로 사람을 죽여놓고 적당히 이야기를 꾸며낸 거라 경멸하지 않을까. 연암으로부터 비난과 질책을 받을지 모른다고 생각하니 한결 개운해졌던 마음에 다시 먹구름이 드리워진 것 같았다.

"우리는 곧 귀국할 테니 아마 이게 마지막일 것 같소."

연암이 마중 나오는 마티유에게 허리 굽혀 인사했다. 마티유도 연암에게 인사한 뒤 선노미를 돌아보았다.

"조심해서 돌아가요. 어둠이 마음을 좀먹게 놔두지 말고."

마지막 말은 무슨 뜻인지 알쏭달쏭했지만, 선노미는 마티유에게 감사하다고 했다.

연암과 선노미가 숙소로 발걸음을 옮겼다. 서양인 신부는 두 조선인의 모습이 완전히 사라질 때까지 그들을 지켜보았다.

연암과 선노미가 떠난 뒤 마티유는 예쁘장한 조선인 소년이 유심히 쳐다봤던 십자가를 물끄러미 들여다보았다. 150년쯤 전에도 이 십자가를 그렇게 바라본 조선인이 있었다. 마티유는 그 사실을 전임자가 남긴 기록을 통해 알았다.

참 기이한 인연이군.

마티유가 휴, 한숨을 내쉬었다.

150년 전, 이 십자가에 마음이 뺏겼던 사람은 조선에서 온 왕자, 소현세자였다. 당시 성경에 볼모로 잡혀 있던 소현세자는 새 황제의 즉위를 축하하기 위해 연경까지 왔다가 서양인 선교사 아담 샬과 친분을 맺게 됐다. 소현세자는 십자가를 처음 보고 아담에게 '대체 이 남자는 누구냐'고 물었다고 했다.

"인간들이 선대로부터 물려받은 죄를 용서받고자 몸소 희생하신 분이십니다."

아담은 그렇게 대답했다.

"무슨 뜻인지는 잘 모르겠지만, 아비의 죄를 물려받는다는 대목이 희한하게 수긍이 가는구려."

소현세자가 씁쓸하게 말했다.

그러고 보니 저 왕자도 아버지인 왕의 잘못으로 머나먼 타향에서 볼모 생활을 하고 있구나, 싶어 아담은 마음이 짠했다.

소현세자는 눈이 맑은 사람이었다. 그래서인지 사물을 삐딱하게 보는 법이 없었다. 열린 시선으로 세상을 바라보고 자신이 본 것을 편견 없이 받아들였다. 생김새도 낯설고 생각하는 것도 다른 외국인 선교사가 하는 말도 귀 기울여 들어주었다.

덕분에 아담은 소현세자와 허물없이 가까워졌다. 세자가 성경으로 돌아간 뒤에도 둘은 서신을 계속 주고받았다. 소현세자는 그리스도교에 대해서도 관심이 많았다. 편지를 통해 아담에게 많은 걸 물어보기도 하고, '분명 사람들이 따를 만한 이유가 있구려' 하고 감탄하기도 했다.

소현세자가 귀국할 때 아담이 그에게 십자가를 선물한 것도 그런 이유에서였다. 둘 사이에 친분이 싹튼 계기가, 세자가 처음 그리스도교에 관심을 가진 계기가 바로 저 십자가니까. 하지만 세자는 아담의 선물을 정중히 돌려보냈다.

'조선은 그리스도교가 금지된 나라라 가져갈 순 없습니다. 대신 마음은 감사히 받겠습니다.'

소현세자는 편지에 그렇게 썼다.

그 뒤 소현세자가 돌려보낸 십자가는 여러 사람들의 손을 거쳐 마침내 연경 천주당 벽에 걸리게 되었다. 이곳에서 아담이 남긴 기록을 읽고 십자가에 얽힌 사연을 알게 된 마티유는 기묘한 인연에 감탄했다.

박해를 피해 조선에서 청으로 온 자신이 청나라에 억류됐던 조선인 왕자와 인연이 닿은 십자가를 보게 되다니. 그런데 조금 전 또 다른 조선인들까지 십자가에 관심을 갖는 걸 보니 아무래도 저 십자가는 조선과 인연이 깊은 모양이었다.

문득 조금 전 소년이 했던 이야기가 머릿속에 펼쳐졌다. 눈먼 자들이 사는 마을. 자신들이 꼭두각시가 됐다는 자각은 하지 못한 채 낙원에서 살고 있다고 생각하는 마을 사람들.

어쩌면 소현세자가 십여 년 만에 고국에 가서 맞닥뜨린 현실도 그와 비슷하지 않았을까. 세상의 변화는 전혀 보지 못한 채 자신들이 속한 작은 세계가 전부고, 최고라며 생각하고 살았던 조정 대신들은 넓은 세상을 구경한 소현세자에겐 어쩌면 맹인들 같아 보였을지도 모른다는 생각이 들었다.

세자는 결국 그 마을을 벗어나지 못한 채 숨을 거뒀고, 눈먼 자들의 마을에서 살아 돌아온 소년은 마음의 일부를 잃었다. 이 또한 묘한 우연이었다.

선노미라고 했던가. 그 아이가 앞으로 행복해질 수 있을까.

마티유는 무릎을 꿇고 가슴에 성호를 그었다.

부디 그 아이가 어두운 감정에 매몰되지 않기를. 마음속 어둠이 그 아이를 삼켜버리지 않기를, 마티유는 진심으로 기도했다.

연경에서 출발해 의주로 다시 돌아오는 데는 한 달쯤 걸렸다.

그제야 선노미는 조선에 돌아왔구나, 실감할 수 있었다.

주변은 칠흑처럼 새카맸다. 달도 뜨지 않은 캄캄한 하늘은 마치 검은 장막을 덮어씌운 것처럼 보였다. 흩어져 반짝이는 별들까지 모두 자취를 감췄다. 그야말로 어둠이 온 세상을 감싼 듯한 밤이었다.

선노미는 일행들이 깨기 전에 살그머니 숙소를 빠져나왔다. 다행히 아무도 눈치챈 사람은 없었다.

막상 도망쳐 나오긴 했지만, 선노미는 어디로 가야 할지 아무런 계획이 없었다. 앞으로 무엇을 해야 할지, 어디서 어떻게 숙식을 해결할지도 생각해본 적이 없었다. 다만 이대로는 한시도 더 연암을 마주할 수 없다는 생각뿐이었다. 선노미의 죄책감과 양심의 가책은 이미 한계 상태까지 도달해 있었다. 아무 일 없었다는 것처럼 태연하게 사람들을 대할 수 없었다.

가족들 생각을 하면 가슴이 더 무거웠다. 한때는 보고 싶어 미칠 것 같던 가족이 이제는 피하고 싶었다. 가족이 그립지 않은 게 아니었다. 오히려 그 어느 때보다 그리웠다. 하지만 무사히 돌아왔다고, 장한 아들이라고 자신을 껴안아줄 어머니와 여동생들을 상상하니 몸 둘 바를 몰라 쥐구멍에라도 들어가고 싶었다.

나는 사람을 죽였을지도 모르는데.

집으로 돌아오는 날이 가까워질수록 마음속 어둠은 점점 더 짙어졌다. 고민을 거듭하던 끝에 마침내 사행단 일행을 떠나야겠다고 결심했다. 언제가 될지 모르지만, 제 마음속을 좀먹고 있는 어둠이 걷히고 난 후에야 연암을, 가족들을 다시 웃는 낯으로 볼 수 있을 것 같았다. 그래서 연암 앞으로 언문 편지를 남겨놓고 한밤중에 몰래 숙소를 빠져나왔다.

기껏 배운 언문으로 처음 쓰는 편지가 이런 거라니.

생각해보니 어이가 없어 그 와중에도 웃음이 픽 터져 나왔다.

나리, 죄송해요. 건강하세요.

아직 잠들어 있을 연암에게 선노미는 마음속으로 조용히 마지막 인사를 건넸다.

주위는 한 치 앞을 예상할 수 없는 선노미의 미래처럼 어둠 속에 에워싸여 있었다. 선노미는 그 어둠 속으로 한 발짝 발걸음을 내디뎠다.

삼개주막은 한양 도성에서 서남쪽으로 약 십 리쯤 떨어진 마포나루 어귀에 있었다. 마포나루, 혹은 삼개나루라고도 불리는 이곳은 한양을 거슬러 오는 장삿배들과 각지에서 올라온 사람들로 언제나 북적거렸다. 온갖 사람들이 모여드는 이곳에 그들만큼이나 괴이하고 신기한 이야기가 모여들었다.

신기한 이야기가 만나는 곳에서 선노미와 연암의 인연이 시작됐다. 이야기를 통해 이어진 소년과 괴짜 선비는 이야기를 찾아 함께 더 넓은 세상으로 떠났지만, 어두운 마음에 홀려 길을 잃은 소년은 미지의 세계에 홀로 발을 들이려 하고 있었다.